GOLDMANN

Buch

In den Grampian Mountains, einer einsamen australischen Landschaft, verschwinden zwei junge Mädchen. Als ein Polizist, der nach ihnen fahnden soll, ermordet aufgefunden wird, übernimmt Detective Inspector Napoleon Bonaparte den Fall. »Bony« quartiert sich im Baden Park Hotel ein, wo die Mädchen zuletzt gesehen wurden. Bald fällt seine Aufmerksamkeit auf das riesige Nachbargrundstück der Familie Benson, wo – abgeschirmt durch einen elektrischen Zaun und andere Sicherheitsmaßnahmen – seltsame Dinge vor sich gehen. Als Bony sich dem Areal nähert, entgeht er nur knapp einem Mordanschlag. Doch das kann seine Neugierde nur verstärken...

Autor

Arthur William Upfield wurde 1888 in England geboren. Mit neunzehn Jahren ging er zum erstenmal nach Australien und bereiste bis 1914 den ganzen Kontinent. Seine dort als Pelztierjäger, Schafhirte, Goldsucher und Opalschürfer gemachten Erfahrungen fanden später Eingang in seine Kriminalromane. Nach dem Ende des Ersten Weltkriegs kehrte Upfield nach Australien zurück und ließ sich dort für immer nieder. Er starb 1964.
Mit dem Mischlingsinspektor Napoleon »Bony« Bonaparte schuf Upfield den Held für seine Kriminalromane, von denen 25 bereits ins Deutsche übersetzt wurden. Als 26. Roman erscheint *Tödlicher Kult*, der 1948 entstanden ist und jetzt nach über 40 Jahren für das deutsche Publikum entdeckt wird.

Von Arthur W. Upfield sind im Goldmann Verlag lieferbar:
Der sterbende See (214) · Der neue Schuh (219) · Die Giftvilla (180) · Der Kopf im Netz (167) · Die Leute von nebenan (198) · Der Schwarze Brunnen (224) · Der streitbare Prophet (232) · Bony und die schwarze Jungfrau (1074) · Fremde sind unerwünscht (1230) · Bony stellt eine Falle (1168) · Bony wird verhaftet (1281) · Bony und der Bumerang (2215) · Todeszauber (6244) · Höhle des Schweigens (5147) · Viermal bei Neumond (4756)

ARTHUR W. UPFIELD
TÖDLICHER KULT

The Mountains Have a Secret

Kriminalroman

Aus dem Englischen
von Edith Walter

GOLDMANN VERLAG

Deutsche Erstausgabe

Die vorliegende Übersetzung folgt der Taschenbuchausgabe von Charles Scribner's Sons, New York.

Der Goldmann Verlag
ist ein Unternehmen der Verlagsgruppe Bertelsmann

Made in Germany · 7/91 · 3. Auflage

Umschlaggestaltung: Design Team München
Umschlagillustration: Loh, Heidelberg
Satz: Uhl + Massopust, Aalen
Druck: Elsnerdruck, Berlin
Krimi: 5132
Lektorat: Ulrich Genzler
Redaktion: Ursula Walther
Herstellung: Heidrun Nawrot/Sc
ISBN 3-442-05132-0

1

Bony nimmt eine Waffe

Als Detective Inspector Napoleon Bonaparte Glenthompson hinter sich gelassen hatte, sah er die Grampian Mountains zum erstenmal. Sie erhoben sich aus der riesigen Ebene goldenen Grases; zuerst waren über den nordwestlichen Horizont nur einzelne Felsblöcke verstreut, die immer höher anstiegen, bis sie sich zackig in den kobaltblauen Himmel zu bohren schienen. Die Felsen vereinten sich, und in diesem Teil der Ebene konnte man sehen, daß ein kosmischer Hurrikan die Erde gepeitscht und ein Meer geschaffen hatte – ein Meer aus blauschwarzen Wogen, die bereit zu sein schienen, mit graphitischen Schaumkronen vorwärtszustürmen.

Ferne war Geheimnis, weckte Phantasie, belebte Erinnerung. Unter diesen wogenden Wellenkämmen hausten bestimmt die Geschöpfe aus Australiens Traumzeit, oder vielleicht warteten hier die Walküren der Nordmänner darauf, daß sie mit den sterblichen Überresten der Helden in Walhall einziehen konnten.

Bonaparte hatte schon viele Berge gesehen, die aus Ebenen gewachsen waren: Berge mit runden Kuppen und Berge mit schroffen, gezackten Gipfeln, aber die Grampian Mountains waren anders. Die schnurgerade, ebene Straße schien sich vor ihnen zu fürchten und immer weiter von ihnen zu entfernen.

Es war Anfang März und der Tag heiß und still. Vor und hinter Bonaparte verlor sich der Highway in einem Hitzeschleier, der den Bergen, denen sich Bonaparte näherte, nichts anhaben konnte. In dem alten Tourenwagen hallte noch immer die Stimme wider, die am Morgen des vorhergehenden Tages in Melbourne gesagt hatte: »Haben Sie eine Waffe im Gepäck? Nein. Ich bringe Ihnen eine. Eine von meinen eigenen. Einfach zu bedienen – leicht zu verstecken. Nehmen Sie meinen Wagen. Ich lasse Nummernschilder aus New South Wales anbringen. Am besten geben Sie sich als Schafzüchter aus, der die Riverina Region verlassen hat, um Urlaub zu machen. Denken Sie, solange Sie sich im Schatten dieser Berge aufhalten, immer an das, was Price passiert ist.«

Die blauschwarzen Wellen fluteten dem ungeduldigen Bonaparte über die goldene Ebene entgegen. Am liebsten hätte er angehalten, um sie zu beobachten. Wieder erreichte ihn die Stimme von Superintendent Bolt, Chef des C. I. B.

»Menschen verschwinden immer wieder – viele freiwillig und ein paar, weil sie umgelegt werden und man sich ihrer mit Erfolg entledigt. Die meisten tauchen einzeln unter. Daß zwei oder mehrere Personen zusammen vermißt werden, kommt selten vor. Zwei junge Frauen sind mit dem Zug in Dunkeld eingetroffen und von dort zu einer Wanderung durch die Grampians aufgebrochen. Unterwegs haben sie sich ein paar Tage in einem Hotel, das sich Baden Park Hotel nennt, aufgehalten. Dort sind sie ausgezogen, und seither hat sie niemand mehr zu Gesicht bekommen. Das war am zweiundzwanzigsten Oktober. Sie kannten den Busch und waren nicht unerfahren, außerdem hatten sie eine Campingausrüstung und Proviant für den Notfall bei sich. Das Land ist mit einem Netz fließender Gewässer überzogen. Aber nach ihrem Aufenthalt im Baden Park Hotel hat man keine Spur von ihnen gefunden. Ein paar Wochen nachdem die Suche abgebrochen worden war, machte sich der junge Price auf den Weg in die Grampians. Er war einer unserer vielversprechenden jungen Männer. Geboren in den Gippsland Mountains. Er hielt sich zehn oder elf Tage im Baden Park Hotel auf und wurde fünfundzwanzig Meilen von dort entfernt in seinem Wagen tot aufgefunden. Erschossen. Es gibt keine Verbindung zwischen ihm und den beiden jungen Frauen – das glauben zumindest meine Beamten. Ich weiß es nicht. Ich bin nicht sicher. Wenn Sie interessiert sind, merken Sie sich, was ich Ihnen erzählt habe. Nehmen Sie eine Waffe mit – nehmen Sie eine Waffe mit –, und zwar die hier. Sie ist sehr handlich.«

Dunkeld kam Bony durch die Hitzewellen entgegengeschwommen, um ihn willkommen zu heißen – ein Landstädtchen, alt und zerknittert, doch genauso geschwätzig wie die Männer und Frauen, die ihm mit ihren Ochsenwagen entgegenkamen. Unmittelbar hinter dem flachen Tal erhob sich auf der Nordseite der erste Berg mit dichtem Baumbestand auf dem langen westlichen Abhang.

Bony fand ein Hotel und parkte seinen Leihwagen dort, wo hundert Jahre zuvor die Kutschen gestanden hatten, während die Passagiere Erfrischungen zu sich nahmen und die Pferde gewechselt wurden. In der kleinen Bar saßen keine Gäste, und Bony trank mit dem Wirt ein Bier und unterhielt sich mit ihm über die Landschaft, die bei Künstlern so beliebt war. Nach dem Lunch erklärte er, er wolle sich ein bißchen in der Stadt umsehen. Auf seinem Spaziergang fand er die Polizeistation und betrat sie.

»Erfreut, Sie kennenzulernen, Sir«, sagte Senior Constable Groves zu ihm. »Sie wurden mir vom Headquarters schon angekündigt. Kann ich irgendwas für Sie tun?«

Nachdem sein Gast sich neben dem mit allem möglichen Papierkram übersäten Schreibtisch niedergelassen hatte, musterte Groves aus lebhaften grauen Augen Bonapartes Gabardinehose, das Sporthemd mit offenem Kragen, seine dunkelbraunen Arme und die Finger, die sofort anfingen, eine Zigarette zu drehen. Ohne von seiner Beschäftigung aufzublicken, sagte Bony: »Ja. Geben Sie bitte die Meldung durch, daß ich heute hier eingetroffen bin und am Nachmittag weiterfahren werde. Ich werde im Baden Park Hotel absteigen. Wissen Sie, warum ich hier bin?«

»Nein, Sir, obwohl es natürlich nicht schwer zu erraten ist. Man hat mir aufgetragen, Sie in jeder Hinsicht zu unterstützen und Ihnen alles zu besorgen, was Sie brauchen.«

Bony hielt ein Streichholz an die Zigarette, und durch den aufsteigenden Rauch sah Groves ein Paar leuchtend blauer Augen, die ihn durchdringend und forschend betrachteten. Der Rauch schwebte zur Zimmerdecke, und Wärme trat in die blauen Augen. Der Polizeibeamte wunderte sich. Die schlaksige Gestalt, die sich auf dem Stuhl rekelte, paßte nicht zu dem Bild, das seine Vorgesetzten ihm von einem Detective Inspector vermittelt hatten.

»Ich bin am Schicksal der beiden jungen Damen interessiert, die vergangenen Oktober in den Grampians verschwunden sind«, erklärte Bony bedächtig. »Nachdem schon so gründlich nach ihnen gesucht worden ist, erwarte ich nicht, auf eine brauchbare Spur zu stoßen. Aber ich habe in ähnlichen Fällen schon Erfolg gehabt. Darf ich mit Ihrer Unterstützung rechnen?«

»Aber gewiß, Sir«, erwiderte Senior Constable Groves herzlich. »Ich werde tun, was ich kann.«

»Danke. Beginnen Sie bitte damit, mir Ihre ganz persönliche Meinung über das Motiv für den Mord an Detective Price darzulegen.«

»Ich glaube, daß Price zufällig einen gefährlichen Verbrecher aufgespürt und erkannt hat. Vermutlich war der Gangster mit dem Wagen unterwegs, oder er gehörte zu einer großen Straßenbande, die in der Nähe des Tatorts kampierte.«

»Sie glauben nicht, daß seine Ermordung etwas mit dem Verschwinden der beiden Mädchen zu tun haben könnte?«

Groves schüttelte den Kopf und betrachtete die in einem großen Maßstab gehaltene Landkarte an der Wand. Bony sprang auf, ging zu der Karte, und Groves stellte sich neben ihn.

»Hier haben Sie die Grampians«, sagte er. »Sie erstrecken sich über fünfzig Meilen von Norden nach Süden und etwa fünfundzwanzig Meilen von Osten nach Westen. Hier unten am Südrand liegt Dunkeld. Am Nordrand sehen Sie, genau entgegengesetzt, Hall's Gap. Drei Meilen von Hall's Gap entfernt hat man Detective Price gefunden. Die Mädchen wurden zuletzt fünfundzwanzig Meilen weiter südlich gesehen und sind wahrscheinlich in den Bergen verschwunden. Waren Sie schon mal dort?«

»Nein. Zeigen Sie mir die Route, die die beiden Mädchen genommen haben.«

»Tja, also von Dunkeld hier unten sind sie auf dieser Straße nordwärts gewandert, vorbei am Mount Abrupt, den Sie mit bloßem Auge sehen können, wenn Sie hier aus dem Fenster schauen. Sie sind morgens gegen neun aufgebrochen und am

Abend desselben Tages noch von einem Lastwagenfahrer gesehen worden. Sie hatten ihr Nachtlager neben der Straße an einem kleinen Bach aufgeschlagen. Zwanzig Meilen hinter Dunkeld. Am nächsten...«

»Der Lastwagenfahrer. Wo ist er hergekommen?«

»Von der Baden Park Station – hier.«

»Oh! Fahren Sie fort.«

»Am nächsten Morgen folgten die Mädchen ungefähr zehn Meilen der Straße nach Hall's Gap bis zu einer Brücke und einer Abzweigung zum Baden Park Hotel. Sehen Sie hier den Wasserlauf?«

»Von dieser Abzweigung scheint eine Nebenstraße abzugehen, die nach Hall's Gap führt.«

»Das ist richtig«, stimmte Groves zu. »Bei ihrem Aufbruch sagten die Mädchen, daß sie nach Hall's Gap wollten; sie müssen es sich jedoch, als sie zu der Abzweigung an der Brücke kamen, anders überlegt haben. Dort ist ein Wegweiser, auf dem steht, daß es bis zum Baden Park Hotel noch vier Meilen sind. Sie hatten eine Straßenkarte und haben wahrscheinlich beschlossen, die Abzweigung zu nehmen, im Hotel abzusteigen, später bis zum Gästehaus am Lake George weiterzugehen und von dort einem Weg zu folgen, der sie auf die Straße nach Hall's Gap zurückbrachte. Aber das wissen Sie wahrscheinlich längst, Sir.«

»Macht nichts. Jetzt erzählen Sie mir die Geschichte.«

»Gut. Die Mädchen erreichten das Baden Park Hotel, einen Tag nachdem sie in Dunkeld losmarschiert waren. Sie blieben zwei Tage dort. Der Hotelbesitzer hat im Gästehaus am Lake George angerufen und ein Zimmer für eine Nacht reservieren lassen. Die Mädchen meldeten sich gegen zehn im Hotel ab; bis zum Gästehaus hatten sie dreieinhalb Meilen zu gehen. Am nächsten Nachmittag rief jemand aus dem Gästehaus im Hotel an, um Bescheid zu geben, daß die Mädchen nicht eingetroffen waren, aber im Hotel machte man sich noch keine Sorgen, weil die beiden ihre Campingausrüstung und Proviant für den Notfall dabeihatten. Zwei Tage vergingen, bevor der Hotelbesitzer nach ihnen zu suchen begann. Er hatte keinen Erfolg und organisierte für den nächsten Tag einen Suchtrupp. Sie...«

»Schildern Sie mir bitte die Suche«, unterbrach ihn Bony.

»Gut – in Ordnung. Eh – nachdem der Hotelbesitzer die ganze Strecke bis zum Lake George abgeritten und nirgends Spuren eines Lagerplatzes gefunden hatte, meldete er mir am Abend, was passiert war. Wir kamen überein, uns mit der Baden Park Station in Verbindung zu setzen und um ein paar Reiter zu bitten, die sich am nächsten Morgen in aller Herrgottsfrühe auf die Suche machten. Ich selbst wollte zwei Männer im Wagen mitnehmen. Meine Leute und ich waren am nächsten Morgen schon bei Tagesanbruch beim Hotel. Wir durchsuchten den Busch links und rechts neben der Straße, und die Reiter von der Station schwärmten weiter aus. Es ist ein höllisches Land. Wir haben zwei Wochen gesucht, aber nichts gefunden.«

»Und zwei Monate später hat Detective Price sein Glück versucht«, ergänzte Bony.

»Price tauchte eines Nachmittags hier auf und sagte, daß er zum Baden Park Hotel fahren und sich umsehen wollte. Er hoffte, doch noch etwas über den Verbleib der Mädchen herauszufinden. Zehn Tage blieb er in der Gegend. Die Leute aus dem Gästehaus haben ihn noch gesehen, als er auf dem Weg nach Hall's Gap am Spätnachmittag dort vorüberkam. Am nächsten Vormittag wurde er dann tot in seinem Wagen aufgefunden.«

»Wußte der Hotelbesitzer, daß Price Kriminalbeamter war?«

»Ja. Er hat Price seine Pferde zur Verfügung gestellt und später gesagt, daß Price, soweit ihm bekannt war, keine Spur von den beiden Vermißten entdeckt hatte. Er meinte außerdem, daß Price, als er das Hotel verließ, die Hoffnung auf Erfolg aufgegeben hatte.«

»Wie lange sind Sie schon hier stationiert?« fragte Bony.

»Zehn Jahre«, antwortete Groves.

»Und was halten Sie persönlich von dem Hotelbesitzer?«

Stirnrunzelnd betrachtete Groves die Landkarte, bevor er antwortete.

»Der eigentliche Besitzer des Hotels ist Joseph Simpson, ein alter kranker Mann. Er hat sich vor vierzig oder noch mehr Jahren dort niedergelassen. Weder gegen ihn noch gegen seinen Sohn James hat je etwas vorgelegen. James leitet das Hotel seit fünfzehn Jahren. Er ist ein kleiner Blender, wenn Sie verstehen, was ich meine. Aber, wie gesagt, er ist unbescholten. Er ist ein Spieler und fährt einen teuren Wagen. Er hat eine Schwester, die jetzt um die Dreißig sein dürfte; und dann gibt es noch die Mutter; sie ist die Köchin. Gewöhnlich haben sie auch noch einen Angestellten, der die schwere Arbeit erledigt.«

»Rechtfertigt die Lage des Hotels die Konzession für den Ausschank alkoholischer Getränke?«

»Ja und nein«, antwortete Groves. »Im Lake George kann man fischen, die Gesellschaften steigen aber lieber im Hotel ab, weil in einem Gästehaus eben kein Alkohol ausgeschenkt werden darf. Meiner Meinung nach wird im Hotel manchmal ziemlich wild gebechert, das Haus liegt jedoch so weit abseits, daß man es nicht so kontrollieren kann, wie es sich gehört. Aber die Simpsons sind respektable Bürger, und Mr. Benson von der Baden Park Station hält viel von ihnen.«

»Die nächsten Nachbarn der Simpsons sind die Leute vom Gästehaus am Lake George?«

»Schwer zu entscheiden, wer näher ist – sie oder die Bensons.«

»Die Bensons. Was haben sie? Schafe oder Rinder?«

»Schafe«, antwortete Groves mit einem Unterton von Erstaunen. »Sie züchten die berühmte Rasse der Grampians. Baden Park umfaßt ungefähr fünfzehntausend Hektar. Sie haben massenhaft Geld. Ich war vor ein paar Jahren mal draußen. Früher hat den Bensons auch das Hotel gehört.«

»Hm.« Bony trat ans Fenster und schaute zum Mount Abrupt hinüber, der im Sonnenlicht warm und farbenfroh aussah. Dahinter ragten dunkelblau und geheimnisvoll die gezackten Berggipfel auf. »Die Bensons? Was sind das für Leute?«

»Sie haben selten Gäste und interessieren sich kaum für das, was im Bezirk vorgeht«, sagte Groves. »Mr. Benson ist nicht verheiratet. Seine Schwester lebt bei ihm. Der Vater war ein ziemlich berühmter Astronom. Er hat sich in der Nähe des Hauses ein eigenes Observatorium gebaut, das ein Vermögen verschlungen haben muß. Der Sohn hat aber nichts dafür übrig. Wie ich gehört habe, hat er das Teleskop verkauft. Er denkt nur an seine Schafzucht, und ihn plagt nur eine einzige Sorge: Wie er seine Schafe vor Dieben schützen kann. Das kann man ihm kaum übelnehmen, weil er für einen Schafbock aus seiner Zucht gut und gern tausend Guineen verlangen kann.«

»Wissen Sie, wie viele Männer er beschäftigt?«

»Nicht besonders viele – ein halbes, höchstens ein ganzes Dutzend.«

»Werden viele Schafe gestohlen?«

»Zur Zeit nicht. Die Benzinrationierung behindert das Spielchen ein wenig. Aber vor dem Krieg war es sehr schlimm mit den Diebstählen. Das geht ganz einfach, wissen Sie. Ein paar Männer fahren mit einem schnellen Viehtransporter vor, halten an, springen über den Zaun, laden auf, und fix geht es zurück in die Stadt. Benson hat einen stabilen Zaun um seinen Besitz gezogen und noch ein paar andere Maßnahmen getroffen, um die Diebe abzuschrecken.«

Bony reichte Groves die Hand.

»Ich fahre jetzt ins Baden Park Hotel«, sagte er. »Sie dürfen sich unter keinen Umständen mit mir in Verbindung setzen. Ich bin ein Schafzüchter aus Neusüdwales und mache hier Urlaub. Ach, übrigens – wie konnten die Leute aus dem Gästehaus wissen, daß der Wagen, der an dem bewußten Tag vorbeikam, Price gehörte?«

»Weil Price vom Hotel aus zweimal mit dem Wagen im Gästehaus gewesen war.«

2

Im Baden Park Hotel

Nachdem er den Mount Abrupt umrundet hatte, fuhr Bony durch ein Tal nordwärts, das immer schmaler und von den erstarrten Felswogen gesäumt wurde. Auf beiden Seiten überragten hohe Eukalyptusbäume das undurchdringliche Unterholz und erfüllten die warme, stille Luft mit ihrem Duft, und über ihnen bewahrte das drohende Granitgesicht der Berge seine Geheimnisse.

Hinter einer Kurve tauchte das weiß gestrichene Geländer einer langen Brücke auf; am Anfang der Brücke stand dort, wo eine Nebenstraße von der Hauptstraße abzweigte, ein Wegweiser wie eine Schildwache. Geradeaus ging es nach Hall's Gap – zwanzig Meilen. Dunkeld lag in entgegengesetzter Richtung – dreißig Meilen. Ein dritter Arm zeigte zu der abzweigenden Nebenstraße und verkündete, daß dies der Weg zum Baden Park Hotel – vier Meilen – und zum Lake George – siebeneinhalb Meilen – war.

Bony summte eine Melodie und bog in die schmale, holprige, dicht von Gestrüpp umstandene Seitenstraße ein. Seine Augen funkelten fröhlich, und im Herzen fühlte er die prickelnde Erwartung, die den geborenen Abenteurer vorwärtstreibt.

Im ganzen Land gibt es kein Buschland, das diesem vergleichbar wäre, und nirgendwo sonst gibt es so markante Orientierungspunkte wie diese Bergkette. Die Straße führte leicht bergab, und Bony brauchte das Gaspedal nur leicht anzutippen. Hin und wieder bemerkte er Lücken in der undurchdringlichen Mauer aus Gestrüpp – Lücken, die für einen unerfahrenen Wanderer verlockend sein konnten.

Die Veränderung kam von einer Sekunde zur anderen. Eben noch drängte sich das Dickicht an die Straße heran; im nächsten

Augenblick war es verschwunden, und der Wagen rollte über eine große Lichtung. Links von der Straße stand das Hotel, dessen witterungsbedingt verschalte Mauern cremefarben gestrichen waren; das Wellblechdach saß wie eine terrakottafarbene Kappe auf dem Gebäude. Quer durch die Lichtung floß ein Bach, über den sich eine zweite, jedoch viel kleinere, weiß gestrichene Brücke spannte.

Bony hielt vor den Verandastufen an. Linker Hand bedeckten Glyzinen den unteren Teil der Veranda und rankten sich an den Pfeilern hinauf, die das Dach trugen. Auf die Fenster rechts war in goldenen Lettern das Wort »Bar« gemalt worden. Es war ein gemütlich aussehendes Gebäude, ein Gebäude, das den Reisenden willkommen hieß. Bony schaltete den Motor aus und hörte eine Stimme sagen: »Zum Teufel, raus mit dir!«

Eine andere Stimme krächzte: »Jetzt reicht's aber.«

Darauf die erste Stimme: »Quatsch! Wie wär's mit 'nem Drink?«

Aus der Fliegengittertür trat ein Mann in Sporthemd und grauer Sporthose und ging dem Reisenden entgegen, der aus dem alten Einsitzer stieg. Er war Ende Dreißig, und sein gutaussehendes Gesicht trug unverkennbare Anzeichen zu hohen Blutdrucks. Schlaue, kalte Augen musterten den Gast forschend, während sich der sinnliche Mund zu einem nicht unsympathischen Lächeln verzog.

»Guten Tag«, sagte er mit unerwartet angenehmer Stimme und einem Fragezeichen hinter dem Gruß, als kämen nur selten Fremde in diese Gegend.

»Guten Ta-ag«, antwortete Bony mit betont schleppender Sprechweise. »Sie sind der Wirt, nehme ich an? Können Sie mich für ein oder zwei Tage unterbringen? Es gefällt mir hier. Sieht so friedlich aus.«

»Friedlich ist es allerdings – meistens.« Zustimmung und bedeutungsvolles Lächeln. »O ja, wir können Ihnen ein Zimmer geben. Mein Name ist Simpson. Nennen Sie mich Jim.«

»Gut. Ich hasse Förmlichkeiten. Mein Name ist Parkes. Nennen Sie mich John. Ist die Bar geöffnet?«

»Für Hausgäste immer. Kommen Sie rein. Der Wagen kommt

noch früh genug in die Garage, und das Gepäck können wir auch später ins Haus bringen.«

Bony folgte Simpson auf die Veranda, und der große Kakadu mit dem gelben Kamm, dessen Käfig vom Verandadach herunterhing, fragte höflich:

»Wie wär's mit 'nem Drink?«

Ein Stück weiter unten auf der Veranda rief ein menschliches Wrack, das in einem Rollstuhl kauerte: »Schönen guten Tag auch!«

»Auch Ihnen einen schönen guten Tag, Sir«, antwortete Bony.

Der Kranke rollte näher. Bony blieb auf der Türschwelle stehen und blickte in die wäßrigen blaßblauen Augen eines Mannes über siebzig, in denen jetzt ein Funken Hoffnung glühte. Das weiße Haar und der Bart hätten dringend gestutzt werden müssen.

»Mein Vater«, sagte Simpson. »Hat schwere Arthritis. Der Herr heißt Parkes, Vater. Er will ein paar Tage bleiben.«

»Wie wär's mit 'nem Drink?« kreischte der Kakadu.

Der alte Mann hob den Kopf, schaffte es jedoch nicht bis zu dem von ihm angepeilten Winkel, drehte den Rollstuhl herum, bis er den Vogel anschauen konnte, und drohte ihm dann mit der knochigen Faust. Sein sabbernder Mund war wutverzerrt, und seine Stimme klang wie ein im Wind schwirrender Draht.

»Wenn ich aus diesem Stuhl rauskönnte, würde ich dir deinen verdammten Hals umdrehn!«

Worauf der Vogel einen Ton von sich gab, den man nur als verächtliches Schnauben bezeichnen konnte.

Der Sohn lachte leise. Bony betrat die kleine Hotelhalle und wurde vom Anblick einiger großer Ölgemälde an den Wänden und einer Panoramakarte der Umgebung überrascht, die ihm sofort sehr vielversprechend und interessant erschien. Durch den Flur hinter der Halle gelangte man in eine kleine Lounge, die Einblick in die Bar gewährte. Hier war es schummrig und kühl, und Fußboden und Möbel glänzten vom häufigen Polieren wie Ebenholz. Bony bestellte ein Bier und lud Simpson ein, ihm Gesellschaft zu leisten.

»Kommen Sie aus Melbourne?« fragte Simpson.

»Ich lebe nicht dort«, erwiderte Bony. »Ich mag es nicht und würde für die ganze Wolle Australiens nicht in einer Großstadt wohnen. Ich habe einen kleinen Besitz außerhalb von Balranald. Dort züchte ich Schafe, aber nicht im großen. Hab' seit Jahren keinen Urlaub gehabt, jetzt leiste ich mir einen und genieße ihn. Ich fahre ganz einfach kreuz und quer durchs Land.«

»Die Gramps sind anders als das Land, das Sie gewohnt sind, nehme ich an?«

»Und ob sie das sind. Ich bewirtschafte fünfzigtausend Hektar Land und kann das Ganze mit einem guten Fernglas ohne weiteres überblicken, wenn das nicht flach ist! Schenken Sie mir noch einmal nach? Kommen viele Leute hierher?«

»Nicht sehr viele«, antwortete Simpson und betätigte den Zapfhahn. »Meist sind es Stammgäste. Sie kommen ein- bis zweimal im Jahr – hauptsächlich, um im Lake George zu fischen und von den Schürzenzipfeln loszukommen – die meisten brauchen dringend Abwechslung.« Er stellte die Gläser auf die schmale Theke und steckte sich eine Zigarette an. »Auf diese Seite der Gramps verirren sich kaum Touristen. Das Land ist nicht so erschlossen wie drüben in Hall's Gap. Unsere Gäste sind solide und lassen gern was springen, und wenn wir zwischen den einzelnen Gruppen Leerlauf haben, reißen wir uns kein Bein aus.«

»Ein Punkt zugunsten Ihres Hotels«, erklärte Bony. »Wie ist übrigens die Straße nach Hall's Gap?«

»Sie wurde erst vergangenes Jahr geöffnet«, antwortete Simpson, stieß den Rauch aus und betrachtete gelassen seinen Gast. »Sie ist noch holprig und gefährlich für Wagen mit schadhaften Bremsen. Fünfzigtausend Hektar besitzen Sie? Das ist aber eine Menge Land. Wie viele Schafen halten Sie denn?«

»Oh, rund zehntausend. Wissen Sie, es ist nicht so wie in den Gegenden, durch die ich gekommen bin, nachdem ich Melbourne verlassen hatte. Trotzdem – man kann davon leben.«

Simpson lachte leise und nahm die Gläser zum Zapfhahn mit.

»Besser, als ein Hotel zu leiten«, sagte er. »Ach, übrigens, mein alter Herr wird Ihnen vielleicht ein bißchen lästig fallen – beachten Sie ihn nicht. Er wird Sie um einen Drink angehen, aber ich wäre Ihnen sehr verbunden, wenn Sie ihm keinen spendieren würden. Alkohol war sein Ruin, und jetzt ist er nicht mehr ganz richtig im Kopf. Er redet albernes Zeug und bildet sich ein, die ganze Welt sei gegen ihn und so weiter.«

Die frisch gefüllten Gläser standen wieder auf der Theke. Außerhalb des ruhigen Raumes hörte man ab und zu Geräusche: der Kakadu kreischte, eine vorüberfliegende Krähe krächzte, ein Eimer schepperte, ein Hahn krähte. Bony war die Atmosphäre vertraut, aber es gab einen winzigen Unterschied zwischen diesem und anderen Hotels an den Straßen des Outback. Erstens sah man hier kein Stäubchen, und zweitens waren die Gemälde in der Halle zu gut für ein solches Gebäude untergebracht und zu groß, um eine so kleine Halle zu schmücken.

Auch Simpson hatte etwas Merkwürdiges an sich. Obwohl vor Bony keine anderen Gäste eingetroffen waren, schien der Wirt zu elegant und zu kostspielig gekleidet. Groves hatte Simpson als einen kleinen Blender bezeichnet, und zweifellos hatte sich der Ausdruck auf die äußere Erscheinung des Mannes bezogen.

Trotz aller Anzeichen eines »Lebenswandels«, waren Simpsons Bewegungen athletisch, und der sensible Bony spürte auch die dynamischen Tiefen seines Charakters. »Soll ich Ihnen jetzt Ihr Zimmer zeigen?« fragte er.

Der Raum entsprach ganz Bonys Geschmack; das Fenster öffnete sich auf die Veranda, auf der noch immer der Kranke im Rollstuhl residierte. Sie brachten den Wagen in die Garage, und Simpson, ganz der freundliche Gastgeber, half dem neuen Besucher mit dem Gepäck, zeigte ihm den Weg zu den Badezimmern und sagte ihm, wann die verschiedenen Mahlzeiten eingenommen wurden.

»Wenn es ruhig ist, essen wir gewöhnlich um halb sieben zu Abend«, sagte er. »Falls Sie jetzt nichts mehr trinken wollen, werde ich ein paar Dinge erledigen, um die ich mich selbst kümmern muß. Vielleicht reite ich auch mit einem Pferd aus, das ich erst kürzlich gekauft habe. Ich habe es noch nicht ausprobiert.«

Bony versicherte, daß er sehr gut allein zurechtkommen

würde. Nachdem er ein paar Sachen für den täglichen Gebrauch ausgepackt hatte, verließ er das Haus durch eine Seitentür und schlenderte auf die Brücke zu, die über den Bach führte. Die Sonne ging unter, und ihre Strahlen färbten das steinerne Antlitz der Berge, die bedrohlich hinter dem Hotel aufragten, bernsteinfarben und grau. Am Hotel vorbei führte ein Weg in Richtung Berge, die höchstens eine Meile entfernt sein konnten.

Das Hotel und die Lichtung, die es so gebieterisch beherrschte, waren von den Geräuschen der Natur umgeben. Der kleine Wasserlauf plätscherte unermüdlich vor sich hin, war Begleitstimme zu dem Gesang der versteckten Vögel, dem Bellen eines Hundes und dem Kreischen des Kakadus. Ein paar Minuten später, scheinbar aus der Stille auftauchend, wurde das leise und fast musikalische Brummen eines Automotors vernehmbar.

Anfangs wußte Bony nicht, aus welcher Richtung es kam. Es erstarb, war einen Augenblick später wieder zu hören und erstarb dann abermals. Lange dreißig Sekunden vergingen, bevor er das Geräusch wieder vernahm und zu dem Schluß kam, daß sich das Fahrzeug von den Bergen her näherte. Bald darauf tauchte es rasch aus dem Busch auf und kam auf dem Fahrweg, der um den Bach herumführte, auf das Hotel zu. Es hielt seitlich vom Haus, und Simpson erschien an der Tür, durch die Bony ins Freie gelangt war.

Obwohl sich Bony nicht sonderlich für Autos interessierte, sah er, daß es sich bei dem Wagen um einen ganz besonders prächtigen Rolls-Royce handelte, der von einem Chauffeur in Uniform gesteuert wurde. Im Fond saßen ein Mann und eine Frau. Simpson ging auf den Wagen zu und sprach durch das offene Fenster mit den Insassen. Was er sagte, konnte Bony nicht verstehen, aber die Frau verriet durch eine leichte, unwillkürliche Neigung des Kopfes, daß er über den neuen Gast sprach.

Dann trat Simpson zurück und blieb steif und aufrecht stehen. Der Wagen rollte an und bog um das Gebäude, um die Lichtung zu überqueren. Bony erhaschte einen flüchtigen Blick auf ein finsteres Männergesicht und das unbestreitbar hübsche einer Frau. Sie sah Bony nicht an, der Mann jedoch warf ihm einen hastigen Seitenblick zu. Dann verschluckte der Busch den Wagen auf seiner Fahrt nach Dunkeld.

Wahrscheinlich waren das die Bensons von Baden Park gewesen, doch ihre Identität war für Bony von weitaus geringerer Bedeutung, als die offensichtliche Tatsache, daß seine Landkarte ungenau war. Auf ihr war die Abzweigung zur Baden Park Station eine halbe Meile hinter der Brücke, auf der Straße zum Lake George eingezeichnet, nicht beim Hotel.

Er blieb noch etwa fünf Minuten auf der Brücke stehen und schlenderte dann zu den vorderen Verandastufen, wo er vom Kakadu mit »Idiot« begrüßt wurde. Ein paar Stühle waren an die Hausmauer gerückt, und Bony setzte sich in die Nähe des alten Simpson, dessen Miene sich bei der Aussicht, mit jemandem schwatzen zu können, deutlich aufhellte.

»Ein schöner Ort und ein schöner Tag«, stellte Bony fest.

»Stimmt«, antwortete der Alte gleichgültig. Die müden Augen musterten den neuen Gast vom schwarzen Haar bis zu den Schuhen, und dann blitzte ein Funke Hoffnung in ihnen auf. »Haben Sie Moos?«

Der in Yorkshire übliche Ausdruck für Geld war verblüffend, denn die zitternde Stimme hatte nicht den geringsten Yorkshire-Akzent.

»Nicht besonders viel«, antwortete Bony, dem einfiel, worum der Sohn ihn gebeten hatte.

»Ein Jammer. Kein Mensch scheint Geld zu haben. Haben Sie wenigstens Mumm?«

»Auch nicht besonders viel. Und wenn ich welchen hätte – vorausgesetzt, Sie meinen Mut?«

Der Alte warf einen verstohlenen Blick auf das offene Fenster neben Bonys Zimmer. Dann rollte er seinen Stuhl näher und flüsterte: »Ich weiß, wo's massenhaft Schnaps gibt. Jim und Ferris fahren heut abend nach Dunkeld, und die Alte geht gegen zehn ins Bett. Wie wär's, wenn wir den Alkoholvorrat plündern? Der Vorratsraum liegt gleich neben dem Flur, und ich hab' den Schlüssel. Hab' ihn schon seit Jahren. Sie haben ihn nie bei mir gefunden. Wissen nicht, daß ich ihn hab'. Im Lagerraum gibt es bergeweise Whisky und Brandy und Wein – eine Kiste neben der anderen. Wollen wir heut einen draufmachen? Seit Jahren hab' ich nichts Anständiges getrunken und bin ausgetrocknet wie Zunder. Wir könnten uns dort einsperren und trinken und trinken. Machen Sie mit?«

Die Stimme schmeichelte, bettelte. Die weit aufgerissenen Augen flehten. Der Mann im Rollstuhl war der Gefangene eines dahinsiechenden Körpers. Was für eine Flucht der Gefangene sich erträumte, was für eine Flucht für nur eine Stunde! Bony empfand Mitleid, aber er war entschlossen abzulehnen, auch wenn er sagte: »Ich muß darüber nachdenken.«

»Nachdenken!« spottete der Alte. »Über einen solchen Vorschlag nachdenken! Ein kostenloses Besäufnis, soviel Sie schlukken können. Und Sie wollen drüber nachdenken? Ihr jungen Leute tickt nicht mehr richtig, so steht's mit euch. Keinen Mumm – keinen – keinen... Wie, haben Sie gesagt, war Ihr Name?«

»Nennen Sie mich John. Was fehlt Ihnen?«

»Mir?« Empörung auf der ganzen Linie. »Mir fehlt gar nix, Sie junger Spund. Arthritis hab' ich, und ab und zu plagt mich die Gicht – das schlimmste ist die verdammt trockene Kehle. Ich bin bei guter Gesundheit und hab' 'ne Menge Mumm, und ich hab' – anders als Sie – keine Angst davor, den Schnapsvorrat zu plündern. Da ist der verdammte Lagerraum, und ich hab' den Schlüssel dazu. Ich will nur, daß Sie mit mir rübergehen, sobald die Alte im Bett ist, um mir die Tür aufzusperren, weil ich das Schloß nicht erreichen kann. Ich sag' Ihnen, mir fehlt überhaupt nix.«

»Idiot«, krächzte der Kakadu genau im passenden Moment. Er murmelte noch etwas und kreischte dann: »Wie wär's mit 'nem Drink?«

3

Die Gefangenen

»Holen Sie mir den Vogel runter«, bat der alte Simpson. »Ich möchte seinen Hals zwischen den Fingern spüren. Sie hängen ihn nur da auf, damit er über mich spottet und mich mit seinem bösen Blick verhext. Ich soll nicht wieder gesund und Herr im eignen Haus werden.«

Tränen des Selbstmitleids liefen über die welken Wangen und in den ungepflegten weißen Backenbart, und Bony sagte: »Leben Sie schon lange hier?«

Der Alte fuhr sich mit dem zittrigen Unterarm über die wäßrigen Augen. Seine Lippen bebten. Bony wandte einen Moment den Blick ab und sah sich dann einem Bild aus Jugend, Kraft und Tapferkeit gegenüber.

»Bevor Sie geboren wurden«, sagte das Bild, »sind wir im Jahr eins hergekommen, ich und die Alte. Hinter Dunkeld gab's keine Straßen mehr, nur eine Wagenspur, die durch die Berge nach Baden Park führte. Jede Meile dieser Spur war schwerer zu überwinden als zwanzig Meilen in der Ebene.«

Die Erinnerung löschte im Gesicht des Alten die Verwüstungen der Zeit aus und legte ihm eine Maske an, die ihn aussehen ließ wie den Mann, der er einmal gewesen war. Die Stimme klang nicht mehr brüchig, sondern fest, und in den hellblauen Augen blitzte der Wagemut des Pioniers.

»Ich war jung, damals, und die Frau war noch jünger als ich. Ich hatte sechs Ochsen vor meinen Wagen gespannt und sie vier Pferde vor einen leichten vierrädrigen. Sie war schwanger, mit Alf. Wir haben vierzehn Tage gebraucht für die dreißig Meilen. Hab' in den Wochen zwei Brücken bauen müssen, aber Kurt Benson hatte mir Land und Hilfe für den Anfang versprochen, wenn wir's schafften.

Und geschafft haben wir's. Grad zur rechten Zeit. Wir haben uns gleich hier am Bach niedergelassen. Die Lichtung war schon damals 'ne Lichtung, und als wir am ersten Abend die Ochsen und die Pferde ausgespannt hatten, kriegte die Frau die Wehen. Es regnete wie verrückt, und es war kalt. Heutzutage brauchen die Frauen ein Krankenhaus und 'nen Doktor. Sind nur noch Weichlinge – sie halten nix mehr aus.

Wir haben das Land hinterm Bach kultiviert und Trauben und Obst angebaut. Benson, der Vater vom jetzigen, war ein guter Mann und ehrlich. Er hat für uns getan, was nur ging, und später hat er uns die Lizenz und die Einrichtung besorgt, hat für uns in Zeitungen inseriert, uns mit der Straße geholfen und alles.

Unser ältester Sohn ist im Bach ertrunken, als er drei war, und dann bekam die Frau noch Jim und Ferris. Es ist uns gut gegangen, mir und der Frau. Das alles hier gehört nämlich mir, verstehen Sie? Und ich bin noch nicht tot. Jim liegt mir seit Jahren in den Ohren, daß ich ihm das Ganze übergeben soll, aber da mach' ich nicht mit. Ich hab' ein Testament gemacht, und sie wissen nicht, wo's ist. Sie möchten's gern wissen, werden's aber nie erfahren – nicht, solange ich lebe. Wenn sie wüßten, wo es liegt, würden sie's verbrennen und in der nächsten Nacht das Schnapslager offenlassen.«

»Wozu denn das?« fragte Bony ohne besonderes Interesse, denn die Geschichte, die er eben gehört hatte, war nicht ungewöhnlich. Die Stimme des Alten wurde zu einem zischenden Flüstern.

»Damit ich rein kann und trinke und trinke und trinke und nie wieder rauskomme. Dann wär' ich 'ne zweite Leiche im Schnapslager, steif und kalt. *Sie,* mein Junge, würden mich nicht so lange trinken und trinken lassen, bis ich umfalle, nicht wahr? Sie hören mir zu und reden mit mir. Das tut sonst niemand. Jim hat's verboten. Jim sagt ihnen, daß ich nicht mehr richtig im Kopf bin und mir alle möglichen Sachen einbilde. Er holt sie immer weg von mir und freut sich, wenn mich dieser verdammte Vogel quält. Und seine Mutter ist auf seiner Seite.«

Der Kakadu schlug mit den Flügeln und kreischte, und es

war, als wische die Kakophonie dem Alten die Maske vom Gesicht, und das war das Ende des entschlossenen Mannes.

»Mach, daß du hier rauskommst, zum Teufel!« schrie der Vogel.

Die Glyzinen verbargen die Verandatreppe vor Bony und dem siechen Alten, so daß sie die beiden Männer nicht sehen konnten, die jetzt die Stufen heraufkamen. Sie trugen Reithosen, braune Stiefel, Leggins und breitkrempige Filzhüte. Sporen klirrten. Einer der beiden lachte. Sie waren jung, schlank und hart und von Sonne und Wind dunkelbraun gebrannt.

»Wie wär's mit 'nem Drink?« fragten beide den Kakadu, der erste mit einem ausländischen Akzent, der zweite in der schneidigen Sprechweise des Städters. Der Vogel antwortete mit einem Schnauben und hängte sich mit dem Kopf nach unten an eine Käfigstange. Als die Männer das Gebäude betreten hatten, flüsterte der Alte: »Das sind Bensons Leute.«

Es gab keinen offensichtlichen Grund, warum er das auf so geheimnisvolle Weise mitteilte. Seine Stimme klang furchtsam, aber seine Augen, die Bony jetzt klar und fest ansahen, wirkten unerschrocken. Bony glaubte sogar, so etwas wie Spott in ihnen zu entdecken.

»Haben Sie viele Gäste?« fragte er, und in das verwitterte Gesicht trat wieder der ihm schon vertraute Ausdruck des Selbstmitleids.

»Nicht um diese Jahreszeit. Weihnachten und Ostern sind wir so voll, daß man weder raus noch rein kann. Dann darf ich nie hier draußen sitzen – jetzt nicht mehr. Hat mir nicht viel ausgemacht, als Ted O'Brien hier gearbeitet hat und ich und Ted über die alten Zeiten reden konnten. Aber Jim hat Ted rausgeworfen. Er hat behauptet, daß er zuviel trinkt. Hat ihn eines Morgens stockbetrunken aus dem Schnapslager rausgeholt.« Wieder liefen ihm die Tränen in den Backenbart. »Hab' keinen mehr, mit dem ich mich unterhalten kann, seit Jim Ted O'Brien rausgeworfen hat. Sie sprechen mit mir, nicht wahr? Sie glauben nicht, daß ich nicht mehr richtig im Kopf bin, und weichen mir auch nicht aus, wie? Wir wollen Freunde sein, und nachts können wir den Schnapsvorrat plündern. Heute nacht. Jim und Ferris fahren nach Dunkeld. Ferris hat's der Frau erzählt, hab' ich selber gehört.«

Das Gespräch versickerte zu einem wehleidigen Monolog, und kurz darauf kamen von Jim Simpson gefolgt, die beiden Reiter aus dem Haus. Eine Weile standen sie auf den Verandastufen und redeten leise miteinander. Als die Männer gegangen waren, kam Simpson zu Bony und dem Alten herüber. Sein Lächeln galt jedoch nur dem Gast und schloß seinen Vater aus.

»Wir servieren das Abendessen heute schon um sechs, weil meine Schwester und ich in die Stadt fahren«, sagte er. »Jetzt ist es halb sechs. Wollen Sie vor dem Abendessen was trinken? Ich frage nur, weil ich mich gern umziehen würde.«

»Nein, besten Dank. Nach dem Essen vielleicht.«

Wieder lächelte Simpson, aber seine Augen blieben kalt. »Meine Mutter fühlt sich nicht besonders wohl. Vielleicht sind Sie einverstanden, wenn ich Ihnen eine oder zwei Flaschen ins Zimmer stelle.«

»Ja, das ist eine gute Idee. Ich hätte gern eine Flasche Whisky und ein bißchen Sodawasser. Werde wohl früh zu Bett gehen.«

Simpson nickte und schaute auf den alten Mann hinunter, der kein Wort gesagt hatte.

»So, Vater, und dich bringe ich ins Bett, bevor ich mich umziehe.«

»Ich will nicht ins Bett!« schrie der Invalide. »Es dauert noch Stunden bis zum Sonnenuntergang.«

»Trotzdem – es geht nicht anders«, antwortete Simpson scharf. »Ferris zieht sich um, und Mutter fühlt sich nicht wohl. Sie wird sich nicht auch noch um dich kümmern wollen, wenn sie aufgeräumt hat.«

Der Sohn stellte sich hinter den Rollstuhl und blinzelte Bony zu.

Der Vater brüllte, daß er sehr gut allein ins Bett finden könnte und überhaupt nicht ins Bett gehen müßte, weil er überall und jederzeit in seinem Stuhl schlafen könnte. Schließlich wäre »John« da, der ihn später ins Bett bringen würde. Trotz seiner Proteste wurde er weggefahren. Seine weiße Mähne sträubte sich, und die schwächliche Rechte drosch auf die Armlehne des Rollstuhls ein.

Die Stimme des Alten klang dumpfer, als er – wie Bony vermutete – in ein Zimmer unmittelbar hinter der Ecke des Gebäudes geschoben worden war. Aber seine Proteste, mit denen er doch nichts erreichte, waren noch immer zu hören. Dann wurde die Stimme ganz leise, und Bony fand es seltsam, daß der Sohn, nachdem er mit dem Vater verschwunden war, kein einziges Wort mit ihm gesprochen hatte.

Doch stärker als das Mitleid mit dem alten Simpson war sein Interesse für ihn. Warum erlaubte ihm sein Sohn nicht, sich mit den Gästen zu unterhalten? Er schien noch durchaus bei klarem Verstand zu sein. Ein bißchen senil, vielleicht. Reizbar und verzweifelt unglücklich, ganz bestimmt. Wer wäre das mit solchen Schmerzen nicht? Er wollte sich doch nur ein bißchen unterhalten. Warum durfte er das nicht, wenn ein Gast nichts dagegen hatte?

Vielleicht, weil er möglicherweise Familienangelegenheiten ausplauderte. Wahrscheinlich. Fast jede Familie hütet ängstlich ihre dunklen Geheimnisse. Den Alten vom Alkohol fernzuhalten war klug, doch es war auch eine andere Erklärung möglich. Ein Lächeln trat in Bonys Augen. Sein Unterbewußtsein hatte dem Verstand signalisiert, eine Flasche Whisky zu bestellen, obwohl er nur sehr selten Alkohol trank. Ein Schluck löste eine Zunge wahrscheinlich besser als ein ganzes Alkohollager mit einer Schnapsleiche darin.

Ob das, was er vorhatte, ethisch zu vertreten war, mußte er später entscheiden – falls es nötig wurde, aber das schien zweifelhaft. Schließlich kann ein Invalide, der seinen Besitz nicht mehr selbst bewirtschaften kann, zum Tyrannen und verheerenden Störfaktor für jedes Geschäft werden. Und bei einem siechen Vater fiel überdies die Verantwortung für Mutter und Schwester auf den Sohn.

Jim Simpson kam wieder um die Ecke.

»Der alte Knabe will nie ins Bett«, sagte er. »Manchmal ist er schon eine rechte Plage, und Mutter ist mit der Küche und allem anderen ausreichend beschäftigt.«

»Er sagt, er leidet an Arthritis«, entgegnete Bony. »Das ist sehr schmerzhaft, nicht wahr?«

»Ja, das stimmt. Der Doktor sagt, daß keine Aussicht auf Heilung besteht. Gegen zehn geben wir ihm gewöhnlich eine Schlaftablette.« Simpson unterbrach sich, schob die Unterlippe vor und sah Bony fest an. »Eigentlich tu' ich's ja ungern«, fuhr er fort. »Und ich täte es auch nicht, wenn Mutter ganz in Ordnung wäre. Wenn es danach ginge, dürften Ferris und ich heute abend gar nicht nach Dunkeld, aber ich habe mir gedacht... hätten Sie etwas dagegen, um zehn zu dem alten Knaben hineinzuschauen und ihm seine Tablette zu geben?«

»Aber nein, das tu' ich doch gern«, antwortete Bony, und ein nicht unsympathisches Lächeln huschte über Jims zu feistes Gesicht.

»Ich lasse die Tablette und ein Glas Wasser auf dem Tisch in der Halle. Passen Sie auf, daß er die Tablette nicht ausspuckt. Das versucht er nämlich manchmal. Hat er Ihnen von seinen Sorgen und Leiden erzählt?«

»Nein«, antwortete Bony. »Er hat mir erzählt, wie es war, als er und Mrs. Simpson sich hier niederließen. Muß damals sehr hart gewesen sein, ganz besonders für eine Frau.«

»O ja, das war es. Tja, ich muß den Wagen vorfahren und mich umziehen. Whisky und Soda stelle ich in Ihr Zimmer, und die Tablette für den Alten lege ich auf den Tisch in der Halle. Wir sehen uns später. Und vielen Dank. So kann Mutter wenigstens ins Bett gehen, wenn sie nach dem Abendessen aufgeräumt hat.«

Mit energischen Schritten verließ er die Veranda, ein Mann, der in dieser Umgebung fehl am Platz wirkte. Er war kein Hinterwäldler, und der Gedanke, daß er der Sohn des gebrechlichen Alten war, verwirrte Bony. Ein Wagen wurde aus der Garage gefahren und hielt vor den Verandastufen. Simpson stieg aus und ging ins Haus. Nach einer Weile stand Bony auf. Jetzt konnte er den Wagen sehen und die Lichtung überblicken, die jetzt im Schatten lag.

Es war ein schöner Wagen, fast funkelnagelneu, ein Buick, schwarz und silbern, ohne ein Staubkörnchen auf dem glänzenden Lack. Bony erinnerte sich, daß diese Automobile über elfhundert Pfund kosteten. Wie Simpson selbst, war auch sein Auto hier fehl am Platz.

Als der Gong zum Abendessen ertönte, stand Bony in der Halle und studierte die Panoramakarte der Umgebung. Die Karte stammte von einem Künstler – sie wäre ein Schmuck für jede Halle gewesen. Das Hotel auf der Lichtung, dahinter die Nebengebäude und eine Graskoppel mit Ställen und Hühnerhäusern und hinter der Koppel ein Weingarten waren hervorragend wiedergegeben. Der Weg, auf dem der Rolls-Royce aufgetaucht war, reichte auf der Karte nur bis zum Weingarten. Der Bach und die Brücke, über die man auf die Straße zum Lake George gelangte, waren jedoch eingezeichnet. Alle Einzelheiten waren sehr übersichtlich dargestellt. Man konnte auf der Straße zum Lake George fahren, dann machte sie einen weiten Bogen und mündete in die Hauptstraße nach Hall's Gap.

Als Bony den Speisesaal betrat, saß an einem der beiden gedeckten Tische ein sehr gut gekleidetes Paar. Fast bestürzt stellte er fest, daß der Mann im eleganten marineblauen Zweireiher Jim Simpson war. Das Mädchen ihm gegenüber war noch keine Dreißig und genauso elegant angezogen. Sie stand auf, ging dem Gast entgegen und deutete auf einen anderen Tisch.

»Nehmen Sie bitte hier Platz«, sagte sie mit tiefer Stimme.

Bony verneigte sich leicht und setzte sich. Sie legte ihm die handgeschriebene Speisekarte vor, und er traf seine Wahl. Dabei fiel ihm auf, daß Ferris schlecht geschminkt war und rauhe, abgearbeitete Hände hatte. Auch wirkte sie trotz der vornehmen Kleidung nicht so weltgewandt wie ihr Bruder.

Bony wartete noch immer auf sein Essen, als sie und Simpson ihren Tisch verließen und auf dem Weg zum Hoteleingang an ihm vorüberkamen. Simpson ging selbstbewußt vor seiner Schwester her, dachte jedoch nicht daran, ihr die Flügeltür aufzuhalten. Die Szene erinnerte Bony an eine Aboriginalfrau, die ihrem Herrn und Gebieter folgte.

Durch die hintere Tür betrat eine schwächliche alte Frau mit einem Tablett den Speisesaal. Sie hatte strähniges weißes Haar, eine graue Gesichtshaut und traurige braune Augen. Sie stellte die Suppe vor Bony auf den Tisch und sagte mit dünner Stimme: »Ich hoffe, es macht Ihnen nichts aus, daß ich heute abend serviere. Meine Tochter ist mit ihrem Bruder nach Dunkeld gefahren. Sie hat nicht oft Gelegenheit, abends auszugehen.«

»Sind Sie Mrs. Simpson?« fragte Bony und stand auf.

»Ja«, sagte sie und bekam große Augen, als sie zu ihm aufblickte. »Jetzt setzen Sie sich nur wieder hin, und essen Sie Ihre Suppe. Ich glaube, sie wird Ihnen schmecken. Mögen Sie die Bratkartoffeln schön braun?«

Er war beim Kaffee angelangt, als sie sagte: »Hoffentlich ist es Ihnen heute abend nicht zu einsam hier. Ich gehe früh zu Bett. Bin nicht ganz gesund. Danke, daß Sie sich bereit erklärt haben, meinem Mann die Tablette zu geben. Er hat manchmal schreckliche Schmerzen.«

Er stand wieder auf, denn obwohl die Frau hausbacken aussah und ihn bediente, hatte sie etwas an sich, das man nicht genau bestimmen konnte, einem jedoch Respekt abnötigte.

»Sorgen Sie sich nicht um Mr. Simpson«, sagte er. »Ich kümmere mich um ihn. Er hat mir erzählt, wie schwer Sie zu kämpfen hatten, als Sie sich hier niederließen.«

Die müden braunen Augen funkelten, aber das Gesicht blieb ausdruckslos. Dann verschwand das Glitzern ganz plötzlich wieder.

»Glauben Sie nicht alles, was mein Mann erzählt«, sagte sie. »Er ist sehr launisch und leicht reizbar. Aber diese ersten Jahre waren wirklich hart. Wir mußten beide schuften und schuften. Dann kamen leichtere Zeiten, aber leider fing mein Mann an zu trinken. Nun bezahlt er für seine Sünden. Das müssen wir alle, wissen Sie. Jetzt entschuldigen Sie mich, ich muß noch unserem Arbeiter das Abendessen bereitstellen.«

Bony trank in aller Ruhe seinen Kaffee und rauchte eine Zigarette. Er war in nachdenklicher Stimmung. Mann und Frau hatten harte Zeiten durchgemacht. Sie hatten gearbeitet wie die Sklaven und sich nichts gegönnt, weil sie sich in dieser Wildnis ein Heim schaffen wollten. Und die Zeit hatte sie überrannt, ihnen Jugend und Kraft genommen und wenig Freude und viel Kummer gebracht. Diese beiden, der alte Simpson und seine Frau! Was hatten sie jetzt von ihrer Plackerei, ihrer Sparsamkeit und ihrer Genügsamkeit? Sie Leere, er Schmerzen.

Bony setzte sich auf die Veranda, beobachtete, wie sich die Nacht über die Lichtung senkte, und lauschte den Vögeln, die sich einen Schlafplatz suchten. Der Sohn erntete, was die Eltern gesät hatten. Es wäre vermutlich unmöglich, daß er sich aus den Einnahmen dieses kleinen Hotels auf dem Land teure Garderobe und einen kostspieligen Wagen leisten könnte, wenn seine Eltern nicht gespart und gedarbt und auf alles verzichtet hätten.

Um zehn Uhr holte Bony den Whisky aus seinem Zimmer. Als er durch die Halle kam, nahm er das Glas Wasser und die Tablette vom Tisch. Der alte Mann war wach, Bony unterhielt sich zehn Minuten mit ihm und brachte es fertig, ihn durch die Gitterstäbe seines Gefängnisses ein bißchen Menschlichkeit fühlen zu lassen.

Die Dunkelheit auf der Veranda war wie duftender Samt. Als er am Vogelkäfig vorbeikam, blieb er stehen und leuchtete mit seiner Taschenlampe hinein. Der Vogel murmelte etwas, und Bony sagte leise: »Du und der Alte, ihr sitzt lebenslänglich hinter Gittern, aber er hat wenigstens früher die Freiheit gekostet.«

4

Der Mann aus Texas

Am nächsten Morgen verließ Bony das Hotel, als die Sonne über die Gipfel des Felsengebirges schaute. Der Himmel war mit winzigen weißen Wolken übersät, und der Wind spielte mit den Zweigen der Sträucher, die die Lichtung säumten. Bony überquerte die kleine weiße Brücke und schlenderte weiter die Straße zum Lake George entlang. Ein weißhaariger Terrier raste ihm nach, hinter dem Hotel krähten Hähne, und in den Hecken meldeten die Würger, daß er vorüberkam.

Friede. Sicherheit. Alles durchdringende heitere Stille. Gewiß keine Szenerie für Tragödien. Tragödien konnten – wie Ungeheuer – aus den Rissen und Schründen dieser granitenen Felsen aufsteigen und sich lautlos auf die beiden Mädchen gestürzt haben. Vielleicht wurden sie durch irgend etwas von der Straße weg und immer tiefer in den Busch gelockt – weg vom rettenden Wasser – und immer weitergejagt, weiter und weiter weg von jeder Hilfe, bis jede Hilfe nichts mehr genützt hätte.

Sie waren in dieses stille, gemütliche Hotel gekommen, zwei Mädchen Anfang Zwanzig. Und eines Morgens, als die Sonne nicht viel höher stand als jetzt, hatten sie ihre Rucksäcke geschultert, hatten Simpson und seiner Schwester die Hand geschüttelt. Hier, gleich hinter der Brücke, hatten sie sich umgedreht und Jim und Ferris, die auf der Veranda standen, zugewinkt. Dann waren sie um die Kurve gebogen und vom Hotel nicht mehr zu sehen gewesen. Sie waren weitergegangen und dann? Es war, als hätten die Berge sie verschlungen.

Jetzt war es März, und die beiden waren im Oktober hiergewesen. Anfang Dezember war ein Mann hierhergekommen, der während der ersten zwanzig Jahre seines Lebens in Bergen gelebt hatte, die noch höher und noch wilder waren als diese. Er war ein erfahrener Spurensucher, das Produkt einer harten Ausbildung, und er hatte, was den Busch und seine Macht anbelangte, so seine eigenen Ideen gehabt. War es ihm gelungen, die schwere Hülle zu heben, unter der sich das Geheimnis der verschwundenen Mädchen verbarg? Hatte er einen Hinweis gefunden, und war er dieser Entdeckung wegen zur Zielscheibe von Stahlmantelgeschossen geworden? Superintendent Bolt hatte früher als alle anderen Blut unter der Hülle gerochen. Bisher konnte Bony kein Blut riechen, und er war enttäuscht.

Er überprüfte die Eindrücke, die er bisher gesammelt hatte. Zuerst nahm er sich James Simpson vor. Nur weil er sich gut kleidete und teure Sachen trug, wenn er in die Stadt fuhr, weil er einen teuren Wagen und Rennpferde besaß, konnte man nicht automatisch annehmen, daß er die beiden jungen Frauen getötet hatte. Die Schwester war still, hatte nicht das gleiche prahlerische, arrogante Wesen wie ihr Bruder und war ganz bestimmt nicht gewalttätig. Und ihre Mutter? Genausogut konnte man sich vorstellen, daß die alte Dame imstande wäre, gegen Joe Louis in den Ring zu treten. Daß der alte Simpson nur noch ein Stück lebenden Strandguts und sein Geist nicht mehr so wendig war wie früher, war nur allzu offensichtlich.

Was für ein Motiv hätten diese Leute gehabt, zwei ihrer Gäste zu ermorden? Und sie hätten auch kein Motiv für den Mord an Detective Price gehabt. Price hatte seine Rechnung bezahlt, das Gepäck im Wagen verstaut, sich ans Steuer gesetzt und die Wagentür zugeschlagen. Eine Weile hatte Simpson noch bei ihm gestanden, mit ihm geschwatzt und gesagt, daß er sich freuen würde, Price irgendwann wiederzusehen. Er hatte auch versprochen, Price zu benachrichtigen, falls doch noch ein Hinweis auf das Schicksal der beiden Mädchen gefunden würde.

Price hatte die Straße genommen, auf der die Mädchen verschwunden waren, dieselbe Straße, die Bony jetzt entlangging. Price war beim Gästehaus am Lake George vorübergekommen. Dort hatten ein paar Leute seinen Wagen erkannt, weil er vorher zweimal zum Lunch dort gewesen war. Dann war er noch fünf Meilen weitergefahren, um zu der Straße zu kommen, die von Dunkeld nach Hall's Gap führte – dann über die nicht ungefährliche Kreuzung und hinunter ins Tal, an dessen Ende der Fremdenverkehrsort lag. Als man ihn erschossen in seinem Wagen fand, war er ungefähr zweiundzwanzig Meilen vom Hotel entfernt gewesen.

Die Beweise ließen den Schluß zu, daß die Stelle, an der Price gefunden wurde, auch der Tatort gewesen war. Auf der Fahrertür entdeckte man Fingerabdrücke von Simpson, die er dort zurückgelassen hatte, als er sich von Price verabschiedet hatte. Außer den seinen fand man nur noch die Abdrücke des Mechanikers in Dunkeld, der den Wagen aufgetankt hatte.

Das Bild des Hotels und seiner Bewohner war absolut klar. Es wurde nur geringfügig getrübt durch den alten Simpson, einen streitsüchtigen Nörgler, der Gift und Galle spie gegen jene, die ihn vor dem bewahren wollten, was sein Leben zerstört und seinen Verstand benebelt hatte.

Hatte dieser leichte Fleck auf dem Bild mehr Bedeutung als ein Fliegenschiß?

Der alte Mann hatte Dinge gesagt, die von Bedeutung sein konnten. Er hatte erklärt, einen Schlüssel zum Alkohollager zu besitzen, und er hatte Bony aufgefordert, das Lager mit ihm zu plündern – ein Vorschlag, den nur jemand machen konnte, der nicht ganz richtig im Kopf war. Dann hatte er gesagt, daß man die Tür zum Vorratsraum für ihn offen ließe, wenn sein Testament gefunden würde, »damit ich rein könnte, um zu trinken und zu trinken und zu trinken und nie wieder rauszukommen. Dann wär ich 'ne zweite Leiche im Schnapslager, steif und kalt.«

Bony versuchte gerade herauszufinden, wie groß der Fleck auf dem Bild war, als er zu einer Lücke im Busch kam, die nicht von der Natur geschaffen worden war. Sie war schmal, mit Holzsplittern übersät und früher ein Pfad gewesen, der auch benutzt worden war. Bony rief sich die Einzelheiten seiner Karte in Erinnerung; ungefähr hier mußte der Weg zur Baden Park Station beginnen. Das kleine Rätsel, warum er nicht auf der Panoramakarte des Hotels eingezeichnet war, war hiermit gelöst. Die Leute von der Baden Park Station benutzten jetzt einen Weg, der um das Hotel und den dahinterliegenden

Weingarten herumführte. Bony machte kehrt und ging zurück, und seine Gedanken beschäftigten sich wieder mit dem Fleck auf dem Bild.

Der alte Simpson hatte sich beklagt, daß sein Sohn ihm nicht erlaubte, mit Gästen zu sprechen. Jim wollte zweifellos verhindern, daß der Alte die Gäste langweilte, denn es war verständlich, daß sie auf der Veranda sitzen wollten, ohne den ständigen Tiraden ausgesetzt zu sein. Deshalb wurde der Alte, wenn das Haus voller Urlauber war, nach hinten verbannt, wo er mit dem Arbeiter, einem älteren Mann namens Ted O'Brien schwatzen konnte.

Dieser Ted O'Brien war Angestellter im Baden Park Hotel gewesen, als die beiden Mädchen verschwanden. Er wurde im offiziellen Bericht des Falles erwähnt. Der alte Simpson hatte behauptet, O'Brien sei hinausgeworfen worden, weil man ihn betrunken im Alkohollager gefunden hatte. In dieser Angelegenheit war Bony einen Schritt weitergekommen, als er dem Alten am gestrigen Abend vor seiner Tablette einen Schluck Whisky gegeben hatte. Auf seine Frage, wann O'Brien entlassen worden sei, hatte der alte Simpson geantwortet, Anfang November – also nachdem der offizielle Bericht enstanden war.

Simpson war durchaus im Recht, wenn er einen Angestellten entließ, der sich irgendwie Zugang zum Alkohollager verschafft und sich sinnlos betrunken hatte. Die Tatsache, daß der alte Simpson behauptete, O'Brien sei viel zu ehrlich gewesen, um so etwas zu tun, hatte angesichts seines Geisteszustands nicht viel zu bedeuten. Aber man konnte dieses »nicht viel« auch nicht ganz außer acht lassen, und man würde herausfinden müssen, was O'Brien nach seiner Entlassung angefangen hatte.

Und das Vertrauen des alten Simpson mußte noch weiter ausgenutzt werden.

Als Bony die kleine Brücke überquerte, sah er, daß der prächtige Buick bei der Garage von einem hochgewachsenen jungen Mann im blauen Overall gewaschen wurde. Er ging auf den Wagenwäscher zu, begrüßte ihn und wurde aufmerksam von zwei weit auseinanderstehenden hellgrünen Augen unter einem Schopf zerzauster brauner Haare gemustert.

»Morgen, Sir. Bißchen frische Luft geschnappt?«

Bony, der selten Erstaunen verriet, zog beim Klang dieser Stimme die Brauen in die Höhe.

»Amerikaner, wie?« rief er aus.

»Ja, Sir, ich komme aus den Vereinigten Staaten. Ich bin Glenn Shannon, der Arbeiter hier.«

»Und Sie kommen aus dem Süden?«

»Aus Texas, und das, womit ich augenblicklich beschäftigt bin, ist ein bißchen Heimat für mich.«

»Es ist ein sehr schöner Wagen«, pflichtete Bony bei. »Arbeiten Sie schon lange hier?«

Der Mann aus Texas wrang einen Lappen aus und wischte an der spiegelblanken Karosserie herum.

»Mr. Simpson hat mich kurz nach Weihnachten eingestellt«, antwortete er in der so angenehm klingenden gedehnten Sprechweise, die jedem Nichtamerikaner sofort Illusionen ewigen Sonnenscheins, galoppierender Pferde und beidhändig schießender Männer vorgaukelte. »Guter Job hier. Nicht viel Arbeit und eine Unmenge Zeit, sie zu erledigen.«

»Und Australien gefällt Ihnen?«

»Mir gefällt es hier. Es erinnert mich an Zuhause. Zu Hause haben wir oft einen ganzen Monat lang keinen Fremden gesehen. Mein Pa hatte eine Ranch, und wir Kinder interessierten uns mächtig für alles. Sie wissen schon, Pferde und Rinder und alles, was so dazugehört.

Schätze, es war der Krieg, der alles verändert hat. Ich meldete mich zur Armee, und zwei meiner jüngeren Brüder gingen zur Marine. Als der Krieg vorüber war und ich nach Hause kam, schien es nicht mehr so zu sein wie früher. Aber eigentlich war ich derjenige, der sich verändert hatte. Also – bin ich hier.«

»Eines Tages gehen Sie doch bestimmt wieder zurück, nehme ich an?«

»Na klar! Eines Tages. Pa hat gesagt: ›Sieh dich nur um, Junge. Streif das Moos ab. Wir Shannons haben uns nie lange unter Moos begraben lassen.‹« Die hellgrünen Augen hatten einen freundlichen Schimmer, als sie Bony ansahen, und Shannon lachte leise, bevor er hinzufügte: »Pa war, soweit ich mich erinnern kann, nie bemoost. Er war kahl wie eine Billardkugel. Aus welcher Gegend Australiens kommen Sie?«

Bony fand die Art, wie der junge Mann sein Haar aus der Stirn zurückwarf, ebenso anziehend wie das Lächeln, das immer wieder in seinen Augen aufblitzte. Er hatte ein festes Kinn, und sein Körper wirkte muskulös.

»Ich habe einen kleinen Besitz in Neusüdwales«, antwortete Bony. »Ungefähr dreihundertfünfzig Meilen nördlich von hier. Ich züchte Schafe.«

»Ein Schafhirt also! Wenn das nicht interessant ist! Mit Schafen hatten wir nie zu tun. Wie viele?«

»Rund zehntausend«, sagte Bony.

»Zehntausend! Mann, das ist aber 'ne Menge. Wieviel Hektar Land haben Sie denn?«

»Fünfzigtausend. Ich hab' Ihnen ja gesagt, es ist nur eine kleine Farm.«

»Fünfzigtau ... Machen Sie auch keine Witze? Was ist in Ihren Augen ein großer Besitz?«

»Weiter draußen im Outback gibt es welche, die zwischen dreihundertfünfzigtausend und fünfhunderttausend Hektar umfassen.«

Bony beschrieb seinen nicht vorhandenen kleinen Besitz, den Grundriß, die Bodenbeschaffenheit, die Landschaft.

Nachdem er das Gehörte verdaut hatte, meinte Shannon: »Einen Grenzzaun um fünfzigtausend Hektar Land zu ziehen, muß ganz schön kostspielig sein.«

»Vor dem Krieg etwa zweiundzwanzig Pfund pro Meile.«

»Mehr nicht? Wieviel Stacheldraht?«

»Keinen Meter. Mein Zaun besteht nur aus fünf einfachen Drähten.«

Shannon legte die Stirn in Falten und machte sich wieder an die Arbeit. »Hat man in Ihrer Gegend keine höheren Zäune?« fragte er nach einer Weile hartnäckig weiter.

»Nein. Das ist nicht nötig.«

Shannon rieb fest an einem Kotflügel herum und sagte, ohne sich aufzurichten: »Wovor will man sich mit einem Zaun schützen, der zweieinhalb Meter hoch ist, mit Stacheldrähten in fünfzehn Zentimeter Abständen und einer Oberbegrenzung aus fünf parallel verlaufenden Stacheldrähten?«

»Vor den Japanern, könnte ich mir denken«, antwortete Bony lachend. »Wo gibt es denn einen solchen Zaun?«

»Ich erinnere mich nicht mehr. Ein Typ, der vor ungefähr zwei Wochen im Hotel wohnte, hat mir davon erzählt. Haben Sie da, wo Ihre Ranch liegt, gute Straßen?«

»Sie sind recht ordentlich. Aber nach starken Regenfällen ist mit dem Auto kein Weiterkommen. Unsere Straßen sind unbefestigt, müssen Sie wissen.«

»Wie ginge es bei nassem Wetter mit dem Motorrad?«

»O ganz gut. Haben Sie ein Motorrad?«

»Ja. Es steht in der Garage. Wann ist die günstigste Zeit, sich Ihren Teil von Australien anzusehen?«

Shannon war begierig nach Informationen. Als Soldat war er in Melbourne und Sydney gewesen, und es hatte den Anschein, als hindere nur die Benzinrationierung ihn daran, den Kontinent kreuz und quer zu bereisen. Er bezweifelte die Notwendigkeit dieser Rationierung, und Bony pflichtete ihm bei, indem er sagte, man hätte sie nur deshalb noch nicht abgeschafft, weil man einen Haufen Leute in völlig überflüssigen Jobs halten wollte. Shannon belohnte Bony für diese Erklärung mit seinem rasch aufblitzenden, offenen und freundlichen Lächeln, und Bony ging ins Hotel, um zu frühstücken.

Er hatte schon häufig den Wunsch gehabt, Amerika zu besuchen, und als er allein im Speisesaal beim Frühstück saß, das ihm von Mrs. Simpson serviert wurde, überfiel dieser Wunsch ihn von neuem und stärker denn je. Niemand kannte Australien besser als er – seinen machtvollen Zauber, die noch überall spürbare Aura der Vorzeit. Zweierlei wollte er in Amerika sehen: Death Valley und den Grand Canyon. Dreierlei gab es, was er gern tun wollte: Gast eines Indianerhäuptlings sein, vor der kalifornischen Küste Speerfische fangen und den Chef des FBI kennenlernen.

Er verbrachte den Tag auf der Hotelveranda, träumte von diesen Dingen und malte sich aus, wie er vier Monate Urlaub herausschinden könnte, um sich seine Wünsche zu erfüllen. Am

Spätnachmittag schlenderte er den Weg entlang, auf dem der prächtige Rolls Royce zum Hotel gekommen war. Die Sonne fiel voll auf den Granit, der sich zum Zenit hin türmte und vielleicht schon von sehr bergerfahrenen Kletterern bezwungen worden war. Von dunkelgrau bis leuchtendrot schimmerte der Stein in allen Farben und strahlte Wärme aus.

Der Weg, den Bony nachdenklich einschlug, führte ihn am Hotel und den Nebengebäuden vorüber; vorüber an der fünf Hektar großen Koppel mit Ställen, Hühnerhäusern und einem Schweinekoben auf der gegenüberliegenden Seite; und weiter an einem ausgedehnten Weingarten vorüber, der langsam in Wildnis überging. Hinter dem Weingarten bog der Weg nach rechts ab und zog sich am Fuß der dicht mit Bäumen und Buschwerk bewachsenen unteren Hänge der schroffen, kahlen Granitberge hin. Der Bach neben dem Weg bog auch rechts ab, und bald darauf begann der Weg langsam anzusteigen und führte bis zu einem weiß gestrichenen Tor. Es bestand aus Stahlrohrpfosten und Maschendraht und war mit einer dicken Kette und einem großen Vorhängeschloß versperrt. Dahinter führte der Weg weiter den Abhang hinauf und konnte bis zur Baumgrenze eingesehen werden. Bony sah, daß der einsfünfzig hohe Zaun mit dem Stacheldraht als Abschluß linker Hand bis zum Felsen reichte. Rechts verlief er den Abhang hinunter zum Bach. Um den Zaun aufstellen und reparieren zu können, hatte man eine Schneise ins Buschwerk geschlagen. Bony folgte ihr und stellte zu seinem nicht geringen Erstaunen fest, daß der Zaun am Bach endete. Er war nur Kulisse und absolut nutzlos, es sei denn, man betrachtete den Bach als unüberwindliches Hindernis.

Anstatt am Zaun entlang auf den Weg zurückzukehren, ging er am Ufer weiter und kam anfangs nur schwer vorwärts. Ab und zu erhaschte er einen Blick auf den Zaun des Weingartens auf der anderen Seite des Wegs, und als er dort anlangte, wo dieser Zaun Weingarten und Graskoppel trennte, kam er zu einem Pfad, der neben dem Bach verlief und sich bequem begehen ließ.

Wie immer, interessierte er sich ganz besonders für den Boden. Auf diesem schmalen Pfad entdeckte er die Eindrücke von Vogelfüßen, von Walabys, einem Fuchs, mindestens zwei Hunden und kurz darauf die Fußspuren eines großen Mannes. Es waren die Eindrücke von Glen Shannons Stiefeln.

Er war mehr als einmal vom Hotel aus hierhergekommen und hatte den Pfad an einer Stelle verlassen, an der zwischen Bach und Pfad mehrere glattstämmige weiße Eukalyptusbäume standen. Ein Mal auf dem Stamm eines dieser Bäume erregte Bonys Aufmerksamkeit, und als er nah genug war, stellte er fest, daß dieses Mal aus mehreren kleinen Kerben bestand, aus denen Harz getropft war. Er zählte wenigstens dreißig solcher Kerben in einem Kreis mit einem Durchmesser von ungefähr zwölf Zentimetern.

Der Baum war als Zielscheibe mißbraucht worden. Die Kerben stammten jedoch weder von Speeren noch von Pfeilen, sondern von Messern. Glen Shannon war hierhergekommen, um sich im Messerwerfen zu üben, und es war nicht zu übersehen, daß er ein Meister darin war. Er hatte aus einer Entfernung von zwanzig Schritten geworfen, und nicht ein einziges Messer hatte die Rinde außerhalb des Kreises verletzt.

5

Ein aufgelegter Schwindel

Beim Abendessen saßen die Familie Simpson und der Arbeiter am Nebentisch; der alte Simpson am Kopfende konnte sich diesmal über mangelnde Freundlichkeit nicht beklagen. Nach dem Essen setzte sich Bony zu ihm auf die Veranda.

»Sie rauchen nicht?« fragte Bony.

»Sie haben's mir verboten, weil ich einmal das Bett in Brand gesteckt habe.« Der alte Mann fing an zu weinen, als plötzlich Motorengeräusch laut wurde. »Das werden die Bensons sein«, erklärte er. »Ich mag sie nicht. Der junge Benson ist nicht wie sein Vater. Seine Schwester ist auch hochnäsig.«

Der Wagen hielt. Jim Simpson tauchte aus der Halle auf und lief die Stufen hinunter. Bony, der neben der Glyzinie saß, die sich zum Verandadach hinaufrankte, bog vorsichtig die Blätter auseinander, damit er beobachten konnte, ohne aufstehen zu müssen. Er konnte gerade noch sehen, daß der männliche Insasse des Wagens eine Tür öffnete und Simpson aufforderte, einzusteigen und sich, mit dem Rücken zum Fahrer, auf einen Klappsitz zu setzen. Die Tür blieb offen.

Carl Benson saß auf der Seite, die Bony am nächsten war, und zeigte ihm daher sein Gesicht im Profil. Er war ungefähr fünfundvierzig, in guter körperlicher Verfassung und hatte kurzgeschnittenes graues Haar. Sein Gesicht war kräftig, aber obwohl er entspannt wirkte, lächelte er nicht.

»Hat mehr Moos als der König«, flüsterte der alte Simpson. »Möchte wissen, was er damit macht. Kann in den letzten zwei Jahren nicht viel ausgegeben haben. Er hatte früher oft Gäste und feierte 'ne Menge Partys drüben in Baden Park. Unten in Portland hat er ein großes Boot liegen, aber auch das haben sie in den letzten zwei Jahren nicht oft benutzt.«

James Simpson hörte Carl Benson zu und nickte nur hin und wieder zustimmend. Die Frau neben Benson versteckte ein Gähnen hinter der behandschuhten Hand. Sie muß, dachte Bony, viel jünger sein als ihr Bruder.

»Er kann nicht pleite sein«, murmelte der Alte vor sich hin. »Vor ein paar Tagen erst hat er zwanzig Schafböcke verkauft – für neunhundert Piepen das Stück. Sein Vater war ein guter Freund von mir, aber der Junge ist anders. Der Alte ist immer mal rübergekommen, um einen zu heben, und nie vorbeigefahren, ohne reinzuschauen und mir und der Frau guten Tag zu sagen. Krieg' ich heut abend wieder 'n Schluck von Ihnen?«

»Was haben Sie mir versprochen – gestern abend?« entgegnete Bony. Simpson stieg aus dem Wagen. Als er die Tür zuwarf, sagte er etwas, das Bony nicht hören konnte. Benson wandte Bony jetzt das Gesicht zu. Es war ein kaltes, ruhiges, starkes Gesicht. Zum erstenmal lächelte er frostig, und Jim Simpson trat zurück und sah dem Wagen nach, bis er hinter dem Haus verschwand.

»Wie sind eigentlich die Leute vom Gästehaus am Lake George?« fragte Bony.

»Ich weiß nicht viel von ihnen«, antwortete der Alte, als sein Sohn die Verandastufen heraufkam und das Hotel betrat. »Hätte nicht gedacht, daß Lund und seine Frau es solang hier aushalten würden. Es ist ziemlich trostlos dort drüben. Ich hab' ihnen höchstens sechs Monate gegeben, und jetzt sind sie schon drei Jahre da. Das Haus war fast fünf Jahre geschlossen, bevor sie gekommen sind.«

»Dann haben sie also das Haus nicht selbst gebaut?« fragte Bony weiter, obwohl er über die Pächter des Gästehauses schon ausreichend informiert war.

»Ne, ne, das haben sie nicht«, antwortete der Alte. »Der Vater von Benson hat es gebaut, als 'ne Art Fischercamp. Lund hat es nur gepachtet. Ob Sie mir wohl heute abend 'ne halbe Flasche Whisky rüberschmuggeln können?«

Bony beugte sich vor und berührte das lahme Bein des Alten. »Kann Ihr Sohn boxen?« fragte er.

»He, he!« keckerte der Alte. »Und ob der boxen kann! Und

wie er boxen kann, Hölle und Teufel. War im Western District früher mal der Champ.«

»Dann schmuggle ich auch keine halbe Flasche Whisky zu Ihnen rein«, sagte Bony mit übertriebenem Ernst. »Ich wette, dieser Ted O'Brien hat es auch nicht riskiert, sich zu Brei schlagen zu lassen.«

Der Alte riß die wäßrigen Augen auf, und seine Stimme klang kräftiger.

»Ich wette mit Ihnen um 'ne Flasche Whisky gegen nix, daß Ted es mehr als einmal riskiert hat. Wie wär's mit 'ner halben Flasche gegen nix?«

»Dann hat er den Rausschmiß verdient.«

»Deshalb hat Jim ihn ja nicht rausgeschmissen. Er hat ihn rausgeschmissen, weil die Tür zum Vorratsraum offen war und Ted reinging und sich drin hat vollaufen lassen. So hat Jim es mir wenigstens erzählt.«

»Wissen Sie, wo Ted zu Hause ist?« fragte Bony.

»He, he! Der ist zu Hause, wenn er seinen Hut aufsetzt. Der hatte sein Leben lang kein richtiges Zuhause. Seine Schwester wohnt in Hamilton, aber er hat ihr nie geschrieben und jahrelang nicht besucht. Vernünftiger Mann, der Ted, o ja. Nix Falsches an ihm. Er hat immer seine Arbeit erledigt. Er ...« Tränen rollten in den Backenbart. »... hat sich nicht mal von mir verabschiedet. Sie müssen ihm 'nen Haufen Lügen über mich erzählt haben, oder haben sie ihm nicht erlaubt, mir Lebewohl zu sagen, weil sie gewußt haben, daß ich einen Heidenkrach veranstaltet hätte.«

»Hat man Ihnen gesagt, wie er von hier weggekommen ist, wer ihn nach Dunkeld gebracht hat?«

»Er ist genauso weggegangen, wie er vor drei Jahren gekommen ist«, antwortete der Alte. »Zu Fuß. Er hat sein Bündel geschnürt und ist abgehauen – was ich auch tun würde – wenn ich nur aus diesem verdammten Stuhl raus könnte.«

»Sagen Sie –« begann Bony, als plötzlich donnernde Akkorde ertönten, verstummten und wiederkamen, laut und klar. Bony dachte zuerst, es sei das Radio. Jemand im Haus spielte Orgel – kein billiges Instrument, sondern eines von ganz ungewöhnlicher Klangfülle. Der Alte wurde still und schien sich tiefer in seinen Stuhl zu verkriechen. Der Organist spielte weiter. Er war ein Meister.

»Wer spielt da?« fragte Bony.

Der Alte hob die Hand und wischte sich die Tränen aus den Augen, die stets auf Abruf bereit zu sein schienen.

»Jim«, sagte er. »Die Orgel hat tausend Pfund gekostet. Carl Benson hat sie ihm vor Jahren geschenkt. Hat sie sich aus Deutschland geholt – gleich zwei, auch eine für sein Haus. Das war noch vorm Krieg.«

Eine Zeitlang hörten sie fast andächtig zu. Dann sagte Bony: »Ihr Sohn kann wirklich gut spielen.«

Der Alte strahlte und kicherte. »Jim hat schon immer alle möglichen Instrumente gespielt. Seine Mutter hat ihm 'ne Mundharmonika gekauft, als er ein kleiner Junge war. Und eines Tages hat der alte Benson Jim spielen gehört. Und was hat er getan? Ich sag's Ihnen. Als Carl das nächste Mal nach Melbourne zum Studieren ging, hat er Jim mit ihm hingeschickt. Sie waren jahrelang auf dem College. Als Jim fertig studiert hatte, konnte er Klavier spielen. Seine Mutter hat mich überredet, ihm eins zu kaufen. Jim hat wunderbar gespielt und auch gesungen. Richtig gesungen. Dann hat Benson ihm die Orgel geschenkt und einen Mann aus der Stadt kommen lassen, der ihm beibringen sollte, wie man mit ihr umgeht. Der Teufel soll sie alle holen!«

Ferris Simpson erschien.

»Vergessen Sie den Drink nicht«, flüsterte der Alte.

»Sie würden mich hören«, antwortete Bony ebenso leise.

»Keine Angst, die schlafen alle hinten. Vorn sind nur wir beide – Sie und ich. Na, was willst du, Ferris? Kannst du mich nicht in Ruhe lassen, wenn Mr. Parks und ich uns freundschaftlich unterhalten?«

Sie kam näher, schaute auf den Kranken und dann zu Bony.

»Es ist sieben Uhr, Vater«, sagte sie merkwürdig hölzern. »Du weißt, Jim besteht darauf, daß du um sieben ins Bett gehst. Komm, sei nicht widerspenstig, und bleib schön brav.«

Sie trat hinter den Rollstuhl und sah daher nicht, daß ihr Vater Bony zublinzelte und sich mit der Zungenspitze über die Lippen fuhr. Er protestierte wieder laut, als Ferris ihn in sein Zimmer brachte. Seine Stimme mischte sich mit den Orgelklängen, setzte sich jedoch nicht durch. Bony lehnte sich zurück und konzentrierte sich ganz auf Jim Simpsons Spiel.

Es war schon dunkel, als er aufhörte und ein paar Minuten später zu Bony herauskam, sich setzte und eine Zigarette anzündete.

»Sie spielen bemerkenswert gut«, sagte Bony.

»Das einzige, was ich wirklich gern tue. Spielen Sie ein Instrument?«

»Ich kann auf einem Eukalyptusblatt eine Melodie blasen«, antwortete Bony. »Sie haben eine hervorragende Orgel.«

»Ja, ein modernes deutsches Instrument. Die Deutschen sind auf dem Gebiet unschlagbar.« Die Glut der Zigarette wurde von ihrem Rauch vernebelt und erhellte dann wieder Simpsons Gesicht. »Wenn meine Eltern nicht wären, würde ich mir einen Job in einem Kino in der Stadt suchen. Ich kann sie nicht allein lassen, oder sie von hier wegholen – das würden sie nicht überleben. Haben Sie Familie?«

»Eine Frau und drei Söhne«, antwortete Bony wahrheitsgemäß.

»Ich bin hier geboren, aber ich hoffe, daß ich hier nicht auch sterben werde. Wie lange haben Sie schon Ihre Farm?«

»Hab' sie 1930 übernommen.«

»In Neusüdwales war ich noch nie. Habe mir selbst eine ausgedehnte Rundreise versprochen, wenn wieder mehr Benzin zu haben ist. Sie müssen ja gute Beziehungen haben, weil Ihnen der kostbare Saft nicht ausgegangen ist.«

»Den habe ich mir mühsam hintenrum besorgt«, erklärte Bony und fügte mit einem leisen Lachen hinzu: »Heutzutage muß man ein Meister im Organisieren sein. Ich habe in den letzten drei Jahren ein bißchen Geld gemacht, aber was hat man davon? Ich möchte mir gern ein neues Haus bauen, kriege aber kein Material. Ich will einen neuen Wagen und habe genug Geld, um noch ein paar Extrascheinchen draufzulegen – aber es gibt keine Autos. Ich muß warten, bis ich an der Reihe bin. Sie hatten wirklich Glück mit Ihrem Buick.«

»Das hatte ich«, stimmte Simpson zu. »Benson – das ist der

Besitzer der Station hier in der Nähe – hatte vor zwei Jahren einen Buick bestellt, beschloß aber, als er ihn bekam, auf einen neuen Rolls zu warten, also hat er mir den Buick verkauft – für einen guten Preis natürlich. Was für Schafe züchten Sie?«

»Corriedales«, antwortete Bony, ohne zu zögern. »Ich habe sie mit MacDonalds gekreuzt, um mehr Wolle zu bekommen. Verstehen Sie was von Schafen?«

»So gut wie nichts. Wir bekommen ab und zu ein paar von den Bensons – als Fleischzuteilung gewissermaßen.«

»Wie groß ist Bensons Herde?«

»Klein, wenn man sie mit der Ihren vergleicht. Unser Arbeiter hat mir von Ihrem Besitz erzählt. Die Anzahl der Schafe und die fünfzigtausend Hektar – das ist beinahe unfaßbar für ihn. Die Bensons züchten natürlich Grampians.«

Bony lachte leise. »Um ihre Böcke kaufen zu können, müßte man schon Millionär sein. Wie groß ist ihre Farm?«

»Fünfzehntausend Hektar, aber nur die Hälfte des Landes taugt etwas. Aber das gute Land ist *wirklich* gut.« Simpson unterbrach sich, um sich eine neue Zigarette anzustecken. »Die Bensons laden nur ungern und sehr selten Leute ein. Was man ihnen kaum verübeln kann. Sie müssen die Geheimnisse ihrer Züchtung wahren. Wie weit außerhalb von Balranald liegt Ihre Farm?«

»Vom Postamt in Balranald bis zu meinem Haus sind es achtzehn Meilen. Wie ich Ihrem Arbeiter gesagt habe, ist unsere Gegend, verglichen mit dieser hier, so flach wie ein Billardtisch. Könnte es sein, daß ich schon von Ihnen gehört habe? Sind Sie der Simpson, der an der Suche nach den beiden verschwundenen Mädchen beteiligt war?«

»Der bin ich.« Simpson stand halb vom Stuhl auf und warf den Zigarettenstummel über das Geländer. »Sie waren ein paar Tage hier und wollten dann weiter zum Lake George. Aber nach ihrem Aufbruch hat sie niemand mehr gesehen.«

»Schrecklich, wenn man sich in diesem Land verirrt«, bestätigte Bony.

»Das ist wahr. Es ist auch ein schreckliches Land, wenn man versucht, etwas zu finden. Es täuscht jeden und führt alle in die

Irre, die es nicht kennen. Ungefähr eine Meile von hier gibt es einen Wassergraben, der mindestens eine Meile tief ist. Er fällt senkrecht ab. Ich habe nie verstanden, warum die beiden von der Straße abgewichen sind.«

»Es kommt mir so vor, als sei es hier ungewöhnlich schwierig, Spuren zu verfolgen.«

»Das stimmt. Es gibt hier viele steinige Stellen und große Flächen, die so matschig sind, daß sich nicht einmal Elefantenspuren länger als zwei Stunden halten würden. Möchten Sie was trinken?«

Als Bony dem Gastwirt in die kleine Lounge folgte, kam er zu dem Schluß, daß die Informationen, die er bekommen hatte, fast oder sogar ganz wertlos waren. Andererseits hatte er den Eindruck, daß Simpson sich irgendwie zurückhielt, auf der Hut war und sich gleichzeitig mehr als üblich für seinen Gast interessierte. Simpson öffnete den »Schrank«, eine größere Nische neben der Lounge, in der ein kleiner Alkoholvorrat für vertrauenswürdige und private Gäste aufbewahrt wurde, die etwas trinken wollten, wenn die offizielle Bar Sperrstunde hatte. Ein schmales Brett wurde in der Türöffnung heruntergeklappt, und die Männer standen sich an beiden Seiten gegenüber und tranken.

»Meine Schwester und ich und die Männer von Baden Park sind die ganze Gegend abgeritten«, fuhr Simpson fort. »Wir haben keine einzige Spur gefunden, keinen Hinweis darauf, wo die Mädchen geblieben sein könnten. Wir denken, daß eine ausgerutscht und in diesen Wassergraben gestürzt ist und die andere das Gleichgewicht verloren hat, als sie ihrer Freundin helfen wollte. Aber hinunter, um nachzusehen, kann niemand. Verirren Sie sich, um Himmels willen, nicht auch noch!«

»Ich glaube nicht, daß mir das passieren kann«, antwortete Bony lässig. »Und ich glaube auch nicht, daß ich das Risiko eingehen würde. Schenken Sie noch einmal nach, dann gehe ich ins Bett.«

Im offiziellen Abschlußbericht und den von Simpson und den anderen unterschriebenen Aussageprotokollen war kein Wassergraben erwähnt, der »mindestens eine Meile tief« war.

6

Die Beobachter

Eine Woche im Baden Park Hotel förderte keine konkreten Erkenntnisse über das Schicksal der beiden Mädchen zu Tage, jedoch viel psychologisch Interessantes für einen Mann, der ein Meister darin war, im Hintergrund zu bleiben und die Menschen auf der Bühne des Lebens zu beobachten.

Oberflächlich gesehen, waren die Simpsons eine durchschnittliche, hart arbeitende Familie mit einer nicht ungewöhnlichen Geschichte. Die beiden alten Leute hatten das Abenteuer gewagt, sich hier anzusiedeln, hatten ein Haus gebaut, Sicherheit gesucht und gefunden und ihre Kinder aufgezogen. Die Jahre hatten sie geschwächt, bis sie nur noch Gespenster der Vergangenheit waren, während ihr Sohn seine Kräfte entwickelt hatte.

Die Gespenster mochten jammern und wimmern, sie konnten James Simpson damit jedoch genausowenig erschüttern, wie Regen das granitene Antlitz der Berge erschüttern konnte. Es nützte dem alten Simpson überhaupt nichts, gegen seine körperlichen Gebrechen zu rebellieren. Seine Frau sah die Gäste, die gekommen waren, um die Berge zu bestaunen und die botanischen Wunder zu studieren, über die Schulter an und musterte die anderen scheel, die in schnellen Wagen mit schnellen Mädchen vorfuhren und sich so rasch wie möglich betrinken wollten.

Ferris war auch eine Rebellin, hatte jedoch nichts vom Feuer des alten Mannes und nichts von der Geduld der alten Frau. Sie haßte die Berge und die Menschen, die nur trinken wollten, aber sie war von der Loyalität, die sie ihren Eltern gegenüber empfand, gefangen. Sie wären in der Vorstadt einer großen Stadt erstickt. Daß ihr Bruder auch ein Gefangener war, vermutete Bony, doch er verstand nicht, was ihn hier festhielt. Logischerweise interessierte Bony sich daher am meisten für Jim Simpson.

Ohne Zweifel trank er zuviel, wenn seine »Talmi-Gäste«, wie der alte Simpson sie nannte, sich scharenweise im Hotel niederließen, aber er hielt sich zurück, wenn er mit Bony allein war. Er war über alle Tagesereignisse informiert, liebte die Musik leidenschaftlich, drückte sich meistens gebildet aus und verlor nie die Beherrschung. Was Bony so nachdenklich machte, war die Frage, wieso ein so entlegener Ort wie das Baden Park Hotel einen solchen Mann halten konnte.

Es gab Momente, in denen Bony bemerkte, daß Simpson ihn mit kalter Berechnung betrachtete, und es gab Momente, in denen er eine eisige Barriere zwischen ihnen aufrichtete, vermutlich, um aufdringliche Fragen zu verhindern. Dieser Mann war unglaublich selbstsicher. Den Beweis für seine Eitelkeit lieferte er während des Aufenthalts eines Ehepaares, das eines Spätnachmittags eintraf und bis zum nächsten Morgen blieb. Die Anwesenheit einer jungen, hübschen Frau weckte in Simpson ein Feuer, das ihm niemand zugetraut hätte, von dem jedoch der Ehemann nichts merkte. Der aufmerksame Bony erkannte die Gefahr und wußte, daß die junge Frau deshalb sofort wieder abreisen wollte. Sie fühlte die sexuelle Bedrohung durch Simpson und fürchtete sich davor.

Wie beinahe jeder eitle Mann, war Simpson ein Lügner. Er hatte behauptet, daß die beiden verschwundenen Mädchen möglicherweise in einen tiefen Wassergraben gestürzt waren, der sich etwa eine Meile westlich vom Hotel befinden sollte. Sein Vater sagte, es gebe keinen solchen Wassergraben, und Bony hatte das auf seinen Ausflügen auch selbst herausgefunden.

Auf unauffällige Weise hatte er sich die Gegend sehr genau angesehen, weil er nachvollziehen wollte, was sich vor nunmehr fünf Monaten hier ereignet hatte. Und durch eigene Beobachtung und vieles, das er gehört hatte, hatte er die Überzeugung gewonnen, daß Simpson und Glen Shannon sich mehr als normal für seine Unternehmungen interessierten.

Heute war der fünfzehnte März und am zweiundzwanzigsten Oktober vergangenen Jahres waren die beiden Mädchen vom Hotel aufgebrochen, um zum Gästehaus am Lake George zu wandern. Daß sie das Hotel an diesem Morgen gar nicht verlassen hatten, war unwahrscheinlich, weil Ferris Simpson ausgesagt hatte, daß sie selbst gesehen hätte, wie sie aufgebrochen waren. Zusammen mit ihrem Bruder hatte sie ihnen nachgeschaut, bis sie die Kurve erreicht hatten. Hätte nur Simpson diese Aussage gemacht, ohne daß seine Schwester sie bestätigt hätte, wären Zweifel angebracht gewesen.

Etwas, das in keinem Aussageprotokoll stand, hatte Bony dennoch erfahren: Ferris Simpson war gerade dabeigewesen, ihren Vater anzuziehen, als sich die beiden Mädchen auf den Weg gemacht hatten. Ihr Bruder hatte darauf bestanden, daß sie sich von ihnen verabschiedete. Als die Mädchen fort waren, so stand es übereinstimmend in allen Protokollen, hatte Simpson begonnen, etwas an der Garage zu reparieren, und die Arbeit hatte ihn den ganzen Tag beschäftigt.

Bony hatte den langen Weg vom Hotel zum Gästehaus zu Fuß zurückgelegt. Wiederholt hatte er die Straße verlassen, um die natürlichen Pfade durch den Busch abzugehen. Mit der Geduld seiner Vorfahren mütterlicherseits hatte er nach Zeichen gesucht, die vor fünf Monaten den Busch geprägt haben könnten. Seine Aufgabe war schwieriger als die der Geologen, die hierherkamen, um die Berge zu erforschen, und danach wußten, wie sie seit Urzeiten gewachsen waren.

Obwohl fünf Monate vergangen waren, seit die Mädchen das Hotel verlassen hatten, war es auffällig und bedeutsam, daß es überhaupt keine Hinweise gab. Normalerweise hätten sie Spuren zurücklassen müssen, die für Männer wie Bony auch jetzt noch lesbar gewesen wären und aus denen er ihr Schicksal hätte ebenso rekonstruieren können wie die Geologen das Wachstum der Berge. Auf seinem Gebiet war Bony auch ein Wissenschaftler.

Am achten Tag seines Aufenthalts im Baden Park Hotel schlüpfte er nach dem Lunch aus dem Haus, da er wußte, daß Simpson und der Arbeiter den Pumpenmotor ein Stück weiter oben am Bach reparierten. Zum zwanzigstenmal untersuchte er peinlich genau den Boden zu beiden Seiten der Straße zum Lake George. Aber er fand auch heute nichts, und das bestärkte ihn in seiner Überzeugung, daß die beiden Mädchen sich nicht im Busch verirrt hatten.

Ein Hinweis auf das, was ihnen zugestoßen war, war möglicherweise etwa eine Meile vom Hotel entfernt an einer Stelle zu finden, an der die Straße eine Fläche aus feinem Kies überquerte. Dieser Stelle näherte sich Bony jetzt auf dem Rückweg. Seine tiefblauen Augen ließen keine Sekunde in ihrer Wachsamkeit nach. Auf der Kiesfläche setzte er sich, mit dem Rücken an einen Felsblock gelehnt, auf den Boden und drehte sich eine Zigarette. Zwischen den Steinchen wuchs kein einziger Grashalm. Kaum zwei Meter vor ihm führte die Straße durch den Kies, und Autoreifen hatten Zwillingsfurchen wie die Schienen eines Eisenbahngleises hineingegraben. Obwohl das Gewicht der Fahrzeuge, die hier ständig verkehrten, beträchtlich war, waren die Furchen kaum fünf Zentimeter tief, so fest war das Erdreich darunter.

Irgendwann hatte ein Auto hier gewendet. Es war vom Hotel gekommen, hatte am Straßenrand gehalten. Der Fahrer war zurückgestoßen und hatte den Wagen in die Reifenspur wieder gesteuert, damit er nicht auf den weichen Untergrund geriet und die Räder durchdrehten. Die Spuren waren so schwach, daß Bony mehrmals hin- und wieder zurückgegangen war, bevor er sie entdeckt hatte.

Den Aussagen und dem offiziellen Schlußbericht zufolge, war kein Fahrzeug am Hotel vorbeigekommen, während sich die Mädchen dort aufgehalten hatten und auch nicht während der nächsten beiden Tage und Nächte. Die Mädchen waren etwa hundert Meter vom Hotel entfernt – nach der Kurve – den Blicken der Geschwister Simpson entschwunden, die auf der Veranda gestanden und ihnen nachgewinkt hatten. Unterwegs waren sie an jener alten Abzweigung zur Baden Park Station vorbeigekommen, die auf Bonys Karte eingezeichnet war, jedoch nicht mehr benutzt wurde, weil es einen neuen Weg gab, der am Hotel und am Weingarten vorbeiführte. Nach einiger Zeit hatten sie die Kiesfläche erreicht. Angenommen, sie waren dort auf ein parkendes Auto gestoßen. Angenommen, man war über sie hergefallen und hatte sie getötet. – Vergiß für den Augenblick das Motiv. Konzentriere dich auf dieses fünf Monate alte Bild.

Nichts auf der Welt hätte die Mädchen dazu bewegen können, freiwillig in dieses Auto einzusteigen. Es stand entgegengesetzt zu der Richtung, in die sie wollten – oder hatte es erst gewendet, nachdem sie überwältigt worden waren? Bony war sich nicht ganz sicher, war jedoch geneigt zu glauben, daß der Wagen gewendet wurde, bevor die Mädchen ihn erreicht hatten.

Wenn Menschen sich wehren, verlieren sie kleinere Gegenstände. Und je heftiger sie sich wehren, um so mehr werden es – Knöpfe, Haarnadeln, Schmuck, ja, sogar Haare. Der Kampf hätte in der Enge des Wagens stattfinden müssen, so daß der Angreifer wohl kaum darauf geachtet hatte, ob draußen etwas zu Boden gefallen war.

Unternimm den nächsten Schritt. Angenommen, die Mädchen waren hier überfallen und entweder ermordet oder entführt worden, um anderswo ermordet zu werden. Wie hätte der Wagen ungesehen am Hotel vorbeikommen können? Der alte Simpson, James Simpson und seine Schwester, Mrs. Simpson und O'Brien, der Arbeiter – alle hatten sie übereinstimmend ausgesagt, daß sie weder an diesem noch an den zwei folgenden Tagen und Nächten einen Wagen gesehen hatten. Aber wenn es Simpsons Buick gewesen wäre? Alle Befragten hatten sicher an einen fremden Wagen gedacht, der einem Gast oder einem durchreisenden Touristen gehörte. Es hätte auch ein Wagen von der Baden Park Station sein können, und auch dann hätten die Leute vom Hotel ausgesagt, daß sie kein Auto gesehen hätten.

Aber es war unsinnig, weitere Prognosen zu stellen. Es war nicht Simpsons Wagen gewesen, und Simpson hatte nicht am Steuer gesessen. Nachdem die Mädchen das Hotel verlassen hatten, hatte er wie bekannt den ganzen Tag an der Garage gearbeitet. War ihm vielleicht klargewesen, was die Mädchen auf der Straße erwartete? Und hatte er, weil er es gewußt hatte, darauf bestanden, daß seine Schwester mit ihm auf die Veranda kam und den beiden nachwinkte? Hatte Ferris ihren Vater halb angezogen sitzen lassen müssen, um ihrem Bruder ein Alibi zu verschaffen? Wenn an der Stelle, wo der Wagen gewartet hatte, nur ein einziger Beweis dafür zu finden gewesen wäre, daß hier ein Kampf stattgefunden hatte!

In der Luft hing der schwere Duft von Eukalyptus. Der alles beherrschende Berg wachte über die Ebene. Man konnte diesen graubraunen Granitaugen nicht entfliehen. Sogar im dichten Busch beobachteten sie alles. Der Eindruck, den sie auf Bony machten, war sehr stark, als er aufstand und zu der Fläche hinüberschlenderte. Der Kies bestand hauptsächlich aus weißem Quarz. Der Belag war ungefähr fünf Zentimeter dick. Die Sonne spiegelte sich im schneeigen Weiß, so daß Bonys Pupillen sich verengten, bis sie so klein wie Nadelspitzen waren. Die Stunden vergingen, und Bony untersuchte peinlich genau Quadratzentimeter um Quadratzentimeter der Fläche, prägte sich jede Einzelheit über die Stellung des geparkten Wagens ein. Eine graue Taube tauchte aus heiterem Himmel auf, sah ihm zu, schwatzte und trippelte tänzerisch vor ihm herum. Die Ameisen gerieten in Aufruhr, weil die Quarzsplitter sich plötzlich bewegten. Einmal setzte sich eine Riesenameise auf die Hinterbeine und starrte den Menschen mit kaltem Haß an. Die Schatten wurden länger, doch dieser Mann, der geduldig genug war, eine Nadel im Heuhaufen zu finden, merkte nicht, wie die Zeit verging.

Und er entdeckte tatsächlich etwas Interessantes – einen rosafarbenen Quarzsplitter mit einem winzigen goldenen Einschluß. Mit der Lässigkeit eines Jungen, der ein verrostetes Taschenmesser gefunden hatte, versenkte er den Splitter in seiner Hosentasche. Die Taube tanzte noch immer auf den Steinchen und flirtete mit Bony. Zweimal flog sie auf einen Strauch, hüpfte von einem Zweig zum anderen, was eine Warnung für jeden gewesen, der nicht so ausschließlich damit beschäftigt gewesen wäre, jeden Zentimeter der Kiesfläche zu untersuchen.

Nicht von Interesse für den auf dem Kies kauernden Bony waren eine Schraubenmutter, die von einem Auto oder Laster stammte, eine halb gerauchte Zigarette, auf die kein Regen gefallen war und die daher nicht länger als elf Tage hier liegen konnte, und die Scherben einer Glasflasche, die gewiß schon ein paar Jahre hier lagen.

Eine Sekunde lang lächelte dem hartnäckigen Bony das Glück.

In Quarz eingebettetes Gold ist ein natürliches Phänomen, nicht aber ein Rubin, den man im Quarzkies findet. Tief eingesunken zwischen zwei Kieselsteinchen starrte Bony etwas entgegen, das wie ein hochrotes Auge aussah. Als er nur ganz leicht den Kopf bewegte, war es verschwunden. Dann sah er es wieder. Er schob die Kiesel weg, die es halb verdeckten.

Es war ein Rubin oder ein Stein, der einem Rubin verblüffend ähnlich sah. Bony streckte die Finger nach ihm aus. Plötzlich sagte hinter ihm ein Mann:

»Was, zum Teufel, suchen Sie hier?«

Bony nahm mit dem Rubin ein Quarzstückchen in die Finger, hielt inne und blickte hinter sich. Auf der Straße, am Rand der Kiesfläche, stand James Simpson mit einem doppelläufigen Gewehr in der Beuge des Ellenbogens.

Bony stand auf, schnippte das Stückchen Quarz mit zwei Fingern weg und preßte den Rubin in den Handteller.

»Gold«, sagte er leichthin. »Der Quarz sieht aus, als könnte man hier Gold finden.«

Simpson zog die Oberlippe hoch und kam näher. Die Taube flog dicht an seinem Filzhut vorbei und dann weiter, um sich auf einem Felsen niederzulassen.

»Sie müssen ja wirklich ein Optimist sein«, sagte Simpson höhnisch lächelnd, aber der Ausdruck seiner Augen war dem der Riesenameise sehr ähnlich. Bony lachte leise. Er ließ den Rubin in die Tasche gleiten und holte das Stückchen Quarz mit dem goldenen Einschluß heraus.

»Und wofür halten Sie das?« fragte er und reichte es Simpson.

Simpsons linke Hand schoß vorwärts, und seine Augen wirkten so hart wie der Granit der Berge. Dann fiel sein Blick auf den rosafarbenen Stein, und er entspannte sich.

7

Goldsuche

In nachdenklicher Stimmung verzehrte Bony das ausgezeichnete Abendessen, das ihm Ferris gebracht hatte. Am Nebentisch versuchte der alte Simpson zweimal, sich in die Unterhaltung einzuschalten, sein Sohn jedoch, der mit Glen Shannon über die Goldvorkommen in Australien und Amerika sprach, ignorierte die Bemerkungen seines Vaters.

Jim Simpson trug einen alten, aber gut gebügelten Smoking, und die gestärkte Hemdbrust und die ebenso gestärkten Manschetten bildeten einen starken Kontrast zu der von Wind und Wetter gebräunten Haut von Gesicht und Händen. Das braune Haar, das hoch über der Schläfe gescheitelt war, lag fest am Kopf an, was das Gesicht noch kraftvoller erscheinen ließ.

Seine Reaktion auf den Quarz mit dem Goldeinschluß war ein wenig verblüffend gewesen, besonders da er jetzt in seinem Gespräch mit dem amerikanischen Arbeiter verriet, daß er etwas davon verstand.

Auf dem Rückweg ins Hotel hatte er Bony erklärt, der rosafarbene Quarz mit dem Goldeinschuß sei bestimmt irgendwann in ferner Vergangenheit aus den Bergen »angeschwemmt« worden, wahrscheinlich von der Wasserflut nach einem Wolkenbruch. Weder er noch sonst jemand habe im Distrikt je Gold gefunden. Was für ein merkwürdiger und glücklicher Zufall, daß ausgerechnet Bony es entdeckt hatte; und dann waren die eigentlichen Fragen gekommen, auf die alles andere bisher abgezielt hatte: Hatte Bony schon einmal nach Gold gesucht? Wo und wann? Hatte er schon einmal einen Claim abgesteckt? Möglicherweise waren diese Fragen mit der Absicht gestellt worden, mehr über den Gast in Erfahrung zu bringen.

Simpson hatte behauptet, er hätte Kaninchen für die Küche

schießen wollen, doch Bony hatte an seiner Fußspur erkennen können, daß er ihn minutenlang beobachtet haben mußte, ehe er sich bemerkbar gemacht hatte. Und vorher war er vorsichtig geschlichen, um Bony nicht auf sich aufmerksam zu machen.

Kaninchen! O nein, nicht an dieser Straße. Kaninchen waren am Bach zu finden. Oder in dem verwilderten Weingarten. Wahrscheinlich hatte Simpson ihn gesucht, und das hieß, daß er mißtrauisch geworden war.

Während des Essens drängte sich der Gedanke an Detective Price immer wieder in Bonys Bewußtsein, aber im Moment interessierte er sich noch mehr für Simpson und seine Reaktionen. Der alte Mann wurde von seiner Tochter hinaus- und durch die Halle auf die vordere Veranda gefahren. Als Ferris wiederkam, brachte sie Kaffee mit, und Bony zündete sich eine Zigarette an. Das war der Augenblick, in dem er endlich über Price nachdachte.

Bony war vor einiger Zeit zu dem Schluß gekommen, daß der Tod von Detective Price nichts mit dem Geheimnis um die beiden Mädchen zu tun hatte, doch nach dem, was er heute nachmittag entdeckt hatte, war er sich nicht mehr sicher. Wenn Price von einer oder mehreren Personen getötet worden war, die auch die Mädchen auf dem Gewissen hatten, mußte Price im Lauf seiner Ermittlungen auf einen gravierenden Hinweis gestoßen sein, weil er für die Täter zu einer akuten Gefahr geworden war. Aber was konnte er gefunden haben? Hatten Spekulationen in dieser Richtung überhaupt einen Sinn?

Man könnte genausogut die Behauptung aufstellen, Price sei ermordet worden, weil er eine wichtige Spur entdeckt hatte, die zu dem entlassenen Arbeiter Ted O'Brien führte. Der alte Simpson war überzeugt, daß sich der Mann unter normalen Umständen von ihm verabschiedet hätte. Angenommen, O'Brien hatte etwas gesehen oder herausgefunden, was mit den beiden Mädchen zusammenhing. Vielleicht ist er deshalb sehr wirkungsvoll zum Schweigen gebracht worden; und weiter angenommen, Price hatte entdeckt, was mit O'Brien passiert war, und man hatte ihn deshalb ebenso unwiderruflich mundtot gemacht? Das schien Bony eine weitaus plausiblere Theorie als die, daß Price einen ähnlich wichtigen Hinweis auf die Mädchen aufgespürt hatte wie er selbst heute nachmittag.

Es war kein Rubin, sondern ein Brillant mit Fassung. Die Mädchen hatten, als sie Melbourne verließen, keine Hüte, aber auffallende Haarspangen getragen; die eine mit rubinroten, die andere mit smaragdgrünen Brillanten besetzt. Die Fassung beider Spangen bestand aus neunkarätigem Gold, sie waren also kein Talmi, sondern teure Schmuckstücke, aus denen die Steine nicht so leicht herausbrachen.

Bony sagte sich, daß dieser Fund seine Überlegungen, die den Wagen betrafen, bestätigte: Es war zu einem Kampf gekommen, und ein Mädchen, Mavis Sanky, hatte ihre Haarspange verloren. Jemand war offenbar daraufgetreten, als sie im Kies lag. Dann war sie wieder aufgehoben worden, aber ein Brillant hatte sich zwischen zwei Quarzstückchen verkrochen und war nicht zu sehen gewesen.

Hatte eine der an diesem Kampf beteiligten Personen die Haarspange aufgehoben, oder hatte O'Brien oder vielleicht Detective Price sie gefunden?

Nichts als Vermutungen, aber mehr hatte Bony nicht, und als er den Speisesaal verließ, den die anderen schon geräumt hatten, beschloß er, den alten Simpson, wenn möglich, noch ein bißchen auszuhorchen.

Auch wenn er, was selten genug vorkam, Gelegenheit hatte, sich offen und ungezwungen mit dem Alten zu unterhalten, gelang es ihm nicht, mehr über die Leiche im Alkohollager zu erfahren. Der alte Simpson hatte immerhin von »einer zweiten Leiche« gesprochen. Entweder war er unglaublich verschlagen oder schon ein bißchen geistesschwach – beides war bedauerlich. Außerdem hatte Bony inzwischen den Eindruck, daß der Alte ihn erpreßte: Wenn er Informationen wollte, mußte er sie sich mit einem oder zwei Drinks erkaufen. Und mit diesem Gedanken ging er hinaus auf die vordere Veranda.

»Scher dich hier raus, verdammt noch mal!« begrüßte der Kakadu ihn kreischend.

»Achten Sie gar nicht auf den verdammten Vogel«, riet der alte Mann. »Setzen Sie sich zu mir und schwatzen Sie 'n bißchen mit mir, bevor sie mich in mein Bett verfrachten wie 'ne Leiche in ihren Sarg. Wo haben Sie Ihren Fund? Was Jim da erzählt, hat für mich weder Hand noch Fuß.«

Bony rückte sich einen Stuhl heran, setzte sich und beschrieb dem Alten die Stelle, wo er den Quarz gefunden hatte; er zeigte ihm auch den Stein. Der Alte hielt ihn ins Licht und betrachtete aus zusammengekniffenen Augen den goldenen Fleck.

»Ich kenne den Platz«, sagte er. »Schon möglich, daß das stimmt, was Jim von 'nem Wolkenbruch gefaselt hat, und daß das Ding angeschwemmt worden ist. Muß wohl so sein. Der Boden liegt dort nicht tief genug, um früher mal ein Flußbett gewesen zu sein.«

»Der Quarz kann von einer goldführenden Ader unter dem Kies abgestoßen worden sein«, meinte Bony, und der Alte nickte.

»Ein Jammer, daß Ted O'Brien nicht hier ist«, sagte er. »Er wüßte mehr drüber. Er hat früher bei Ballarat Gold geschürft. Wie lang bleiben Sie?«

»Noch ein paar Tage, nehme ich an.«

Die blassen Augen musterten ihn und richteten sich dann auf den eingesperrten Vogel. Fast konnte Bony das Gehirn des Alten arbeiten sehen.

»Fahren Sie morgen los«, sagte er, und seine Stimme klang hoffnungsvoll. »Fahren Sie nach Hamilton, suchen Sie Teds Schwester, und fragen Sie sie, wo der Junge steckt. Zeigen Sie ihm das Quarzstückchen. Sorgen Sie für Ausrüstung und Verpflegung und machen Sie ihn zu Ihrem Partner. Dann kommen Sie mit ihm her, um Gold zu suchen. Ich würde den alten Ted gern wiedersehn.«

»Vielleicht ist O'Brien gar nicht nach Hamilton gegangen.«

»Vielleicht nicht. Ich bin nicht sicher. Ich würde es aber gern wissen.« Die nächsten Worte flüsterte der alte Mann nur noch: »Das Fenster hinter mir – ist es offen?«

Bony hob den Kopf und warf einen raschen Blick auf das Fenster des Zimmers, das neben dem seinen lag. Er schüttelte den Kopf, stand auf, trat an sein Fenster, schob den Vorhang auseinander, beugte sich hinein und nahm eine Schachtel

Streichhölzer vom Spiegeltisch. Die Tür war geschlossen, das Zimmer leer.

»Woran haben Sie gedacht?« fragte er, als er sich wieder setzte.

»An einen Drink, an was sonst. Daran und an den alten Ted, der sich immer mit mir unterhalten hat. Versuchen Sie Ted zu finden, und hören Sie sich an, was er über Gold zu sagen hat. Erzählen Sie Jim nix davon, daß Sie Ted suchen wollen. Er fährt heute abend nach Baden Park, dann ist er aus dem Weg. Fährt manchmal abends rüber, um dort Orgel zu spielen.«

Bony beugte sich vor und fragte: »Wen haben Sie noch gebeten, O'Brien zu suchen?«

Der alte Mann erschrak sichtlich. Die mageren, knorrigen Hände schlossen und öffneten sich – immer wieder. Die blaßblauen Augen bekamen etwas Hinterhältiges. »Gar niemanden«, antwortete er mit Nachdruck.

»Hat O'Brien hier in der Gegend schon mal Gold gesucht?« bohrte Bony hartnäckig weiter.

»Ja, manchmal.«

»Ich nehme an, daß er auch das Feuerholz geholt hat.«

»Natürlich, das gehörte zu seinem Job. Aber was haben Feuerholz und Goldsuche miteinander zu tun?«

»Hat er zum Goldsuchen Pferd und Wagen benutzt?«

»Ne, und auch kein Flugzeug. Er hatte zwei gesunde Beine, oder?«

»Wie weit ging er gewöhnlich, um Feuerholz zu suchen? Zwei Meilen?«

»Aber nicht die Spur. Keine halbe Meile muß man laufen, um bestes Feuerholz zu finden. Versuchen Sie eigentlich, mich auszuhorchen?« nörgelte der Alte plötzlich.

Bony nickte. »Ja. Ich frage mich nämlich, warum Sie unbedingt erfahren möchten, was aus Ted O'Brien geworden ist.«

»Das hab' ich Ihnen doch gesagt. Ted und ich waren Freunde. Jim hatte kein Recht, ihn rauszuschmeißen, nur weil er sich im Schnapslager ein paar hinter die Binde gegossen hat.«

»In dem eine Leiche lag, kalt und steif, wie?«

Der Alte kicherte, schnappte nach Luft und starrte Bony

finster an. Bony stand auf, streckte sich und gähnte; dann blickte er auf das menschliche Wrack und fragte leise:

»Hätten Sie heute abend gern einen kleinen Drink?«

»Würde ein Verdurstender gern Schneewasser trinken? Sie – Sie bringen mir nachher 'nen kleinen Schluck, eh?«

»Vielleicht.«

Der eingefallene Mund verzerrte sich, und der Alte hob die zitternde Hand, um die Grimasse zu verbergen. Bony schaute ihm in die Augen und erkannte den Kampf, der sich in seinem Innern abspielte – Vorfreude, Gier und geistige Labilität spiegelten sich darin. Der alte Simpson war durchaus nicht überzeugt, daß O'Brien das Hotel tatsächlich verlassen hatte, und gab das zu, indem er den Vorwand, der ihm als Grund für die Entlassung genannt worden war, für fadenscheinig erklärte.

»Können Sie ein Geheimnis bewahren?« fragte Bony.

»Ich kenne einen Haufen Geheimnisse.«

»Na schön. Ich werde Ihnen heute abend ein Geheimnis anvertrauen – später. Wann kommt Ihr Sohn gewöhnlich von Baden Park zurück?«

»Irgendwann zwischen drei Uhr morgens und Tagesanbruch.«

»Dann besuche ich Sie gegen Mitternacht.«

»Und Sie bringen einen Schluck mit?«

Bony nickte und verließ den Alten. Vor dem Vogelkäfig blieb er einen Moment stehen und schlenderte dann die Stufen hinunter und über die Brücke. Der Buick stand vor der Garage. Die Sonne stand tief, und der Berg glich einer Frau aus dem Orient – halb verborgen hinter einem Tschador aus purpurfarbener Seide.

Plötzlich überkam Bony Wanderlust. Er hätte gern gewußt, was hinter dem Berg war, und auf einmal hatte er das Verlangen, auf den Gipfel zu klettern und nachzusehen. Gewiß lag hinter dem Berg ein anderes Tal und hinter dem Tal die nächste Bergkette, erhaben und schroff; aber dort oben auf dem Gipfel wäre er von Farbe umflutet, könnte in sie eintauchen und den flammenden Sonnenuntergang sehen – dort oben konnte man sich nichts anderes als Flügel wünschen, um größerer Freiheit entgegenzufliegen.

Auf der Brücke lauschte er dem Wasser und den flüsternden Stimmen der verschlafenen Vögel und fühlte sich, wie sich ein Gefangener im Kerker fühlen mußte, wenn er durch die schmale Maueröffnung zum Himmel aufsah. Er war nicht zufrieden, denn in der vergangenen Woche hatte er enttäuschend wenig erreicht. Dann fielen ihm der rote Brillant auf der Spur des Pferdewagens ein, die zwei Meilen weit in den Busch reichte und vor einem riesigen Geröllhaufen endete, der vom Berg gestürzt war.

Als es schon fast dunkel war, verließ Jim Simpson das Haus durch den Seiteneingang und setzte sich ans Steuer seines Wagens. Er fuhr an der Koppel vorbei, den Weg am Bach entlang und weiter in Richtung Baden Park Station. Das Motorengeräusch wurde leiser und klang schließlich nur noch wie das Summen einer Biene, und als die Biene verstummte, wußte Bony, daß der Wagen vor dem verschlossenen Tor anhielt.

Er konnte die Bergfahrt des Wagens jenseits des Tors noch vernehmen. Der hereinbrechende Abend war so still, daß das »Bienengesumm« sich kaum zu entfernen schien. Bony hörte, wie Simpson in den zweiten Gang schaltete, und dann sah er die Scheinwerfer: ein goldenes Schwert, das auf den Abendstern gerichtet war, schwankte, dann nach links schwenkte und den granitenen Felsvorsprung erleuchtete. Einen Augenblick später sah er, wie eine enge Felsschlucht sich öffnete, in die sich das Schwert hineinbohrte und in der der Wagen verschwand.

Jemand knipste das Licht auf der Veranda an. Bony verließ die Brücke, ging an der Garage vorbei und sah Shannon zwischen Garage und Hotel auf dem Weg stehen, den der Buick eingeschlagen hatte; er lauschte, wie Bony vorhin gelauscht hatte. In den schlecht sitzenden Sachen sah die Gestalt wie ein rauchgeschwärzter Baumstumpf aus, denn Shannon bewegte sich auch nicht, als Bony so lautlos wie seine Vorfahren zur Veranda weiterging.

»Spazieren gewesen?« fragte Ferris Simpson, die bei ihrem Vater saß.

»Oh, nur auf der anderen Seite der Brücke«, antwortete Bony. »Ich habe mir die Farben des Sonnenuntergangs am Berg angesehen. Morgen werde ich einen kleinen Ausflug machen, denke ich. Ich möchte einen Weg zum Gipfel finden. Natürlich könnte ich die Straße nehmen, aber das Tor ist ja immer verschlossen.«

»Lassen Sie sich ja nicht auf Baden-Park-Land blicken«, warnte der alte Simpson schroff. »Sie mögen dort keine Eindringlinge. Sie haben viel zu viele wertvolle Schafe auf der Weide. Bleiben Sie bloß auf dieser Seite des Tors. Und klettern Sie auf keinen Fall auf diesen Berg. Der Felsen ist brüchig, kann jederzeit 'nen Bergrutsch geben.«

Ferris lachte übertrieben nervös. Ihr Gesicht lag im Schatten und blieb auch dort, als sie aufstand.

»Bitte versuchen Sie nicht, hinaufzuklettern, Mr. Parkes«, sagte sie. »Vater hat recht, es ist sehr gefährlich. Und – und wir wollen nicht noch mehr Schwierigkeiten.«

»Schwierigkeiten, Miss Simpson?«

»Ja, Schwierigkeiten!« Der alte Mann schnaubte. »Oder sind das etwa keine, wenn Leute sich im Busch verlaufen, andere erschossen werden und noch andere abhauen, ohne sich zu verabschieden? Uns reicht's. Es fehlt grad noch, daß Sie sich den Hals brechen, weil Sie auf diesen verdammten Berg wollen.«

»Vater!« rief Ferris. »So darfst du mit Mr. Parkes nicht reden!«

»Ich rede mit ihm, wie ich will und wann ich will.«

»Du gehst jetzt zu Bett. Es kommt wirklich nie etwas Gescheites dabei heraus, wenn du länger aufbleibst. Achten Sie gar nicht auf ihn, Mr. Parkes.«

»Klettern Sie doch auf Ihren Berg!« schrie der Alte. »Dann kannst du mich ins Bett stecken, nicht wahr, mein Mädchen. Aber warte! Wart nur, bis ich tot bin. Dann wirst du schon sehen!« Er schrie und drohte noch immer, als der Rollstuhl um das Hauseck gebogen war. Bony ließ sich auf einen Stuhl fallen und hätte am liebsten gelacht, denn nur er hatte gesehen, daß das gerötete Augenlid ihm zugezwinkert hatte.

8

Fragen im Dunkeln

Um Mitternacht stieg Bony in Schlafanzug und Morgenrock aus dem Fenster seines Zimmers. Die Nacht war lau und still. Mit bloßen Füßen stahl er sich über die Veranda zur Tür des alten Simpson. Das Zimmer des Alten befand sich an der Vorderseite des Hauses, während die Bar und die Garage hinten lagen, aber Bony war überzeugt, daß er den Buick auch hier hören würde. Die Verandatür war breit, und als Bony im Zimmer war, knipste er die Taschenlampe an, um sich zu überzeugen, daß alle Möbel noch genauso standen wie an dem Abend, an dem er dem Alten die Schlaftablette gebracht hatte.

Neben dem Bett stand ein Tisch, und Bony setzte sich so auf den Boden, daß er ein Tischbein als Rückenstütze benutzen konnte. Hinter dem Fuß des Bettes war die Verandatür als stahlgraues Rechteck zu sehen; die Zimmertür befand sich auf der Seite, die vom Bett am weitesten entfernt war. Fingerspitzen berührten seinen Kopf, und der Alte bewegte sich im Bett. Dann sagte er: »Haben Sie mir 'nen Drink mitgebracht?«

»Ich habe es Ihnen doch versprochen«, antwortete Bony. »Reden Sie nicht so laut.«

»Schon gut. Ferris und die Frau schlafen nach hinten raus. Denen ist ganz egal, ob ich was brauche oder nicht. Gib dem Alten seine Tablette, damit er still ist und pennt. He – he! Heute Nacht hätte ich die Pille um nix in der Welt geschluckt, sonst wär' ich vielleicht nicht mehr ganz zurechnungsfähig. Was haben Sie mitgebracht, eh?«

»Whisky. Mögen Sie einen Schluck?«

Die Finger berührten Bonys Haar und zupften daran. Bony streifte die Hand weg, setzte sich bequemer hin, ergriff die Hand wieder und schloß die Finger des Alten um ein kleines Glas, in das er ungefähr zwei Finger breit Whisky goß. Simpson schluckte, seufzte und hielt Bony das Glas erneut hin.

»Machen Sie's voll!« flehte er flüsternd.

»Seien Sie nicht so gierig«, sagte Bony. »Ich habe nur das eine Glas. Sie bekommen schon Ihren Anteil, keine Sorge. Sie wissen nicht, wer ich bin, nicht wahr?«

»Na ja, auf keinen Fall sind Sie der Premierminister.«

»Nein, Premier bin ich nicht – noch nicht.«

»Niemand kann wissen, was passiert. Es hat schon Männer gegeben, die weniger dazu getaugt haben. Aber Sie müssen aufpassen! In den Bergen gibt's ein paar Rowdys. Vor einiger Zeit hatten wir 'nen Detective hier, und er muß ein paar von diesen Kerlen drüben bei Hall's Gap getroffen haben. Sie haben ihn umgebracht.«

»Wer sind *sie?*«

»Wer? Woher, zum Teufel, soll ich das wissen? Bis Hall's Gap sind's fünfundzwanzig Meilen. Sind Sie aus einem besondern Grund zu uns gekommen?«

»Ich suche Ted O'Brien. Ich bin sein Neffe.«

Der alte Mann schwieg lange – fast eine halbe Minute. Dann sagte er: »Teds Neffe, wie? Der aus Hamilton? Dann ist Ted also nicht zu seiner Schwester gegangen?«

»Er ist bisher nicht dort aufgetaucht. Ich dachte, daß ich versuchen sollte, ihn zu finden, und da lag es natürlich nahe, am Anfang zu beginnen. Und zwar hier. Sie wissen nicht so recht, was aus ihm geworden ist, nicht wahr? Wieviel Geld hatte er denn, als Ihr Sohn ihn rausgeschmissen hat?«

Um diese Frage zu beantworten, brauchte der Alte Zeit. »Ich weiß es natürlich nicht genau«, sagte er endlich. »Aber so um die hundertfünfzig Piepen vielleicht. Ted hat nie viel ausgegeben. Er war kein einziges Mal in Dunkeld und er hat mir auch erzählt, daß er oft Trinkgelder kassiert hat. Es könnten sogar mehr als hundertfünfzig gewesen sein.«

»Wer könnte ihn bestohlen haben?«

»Ihn bestohlen?« stieß der Alte geringschätzig hervor. »Keiner hier würde ihm das Geld klauen. Jim hat selber viel Geld. Er würde doch dem alten Ted O'Brien nichts wegnehmen.«

»Warum hat man meinen Onkel dann getötet?« fragte Bony.

Als der alte Mann antwortete, zitterte seine Stimme vor Nervosität. »Ich glaub', weil er zuviel gewußt hat. Ich... Was machen Sie mit mir? Sie bringen mich dazu, Sachen zu sagen, an die ich selbst noch nie gedacht hab'. Sie...«

»Hören Sie auf zu schwafeln«, sagte Bony schroff. »Ted O'Brien ist mein Onkel und Ihr alter Kumpel, vergessen Sie das nicht. Haben in der Zeit, als er verschwand, ein paar von den Rowdys im Hotel gewohnt oder in der Bar was getrunken?«

»Nein.«

»Um welche Tageszeit haben Sie ihn das letzte Mal gesehen?«

»Er hat mich an dem Abend ins Bett gebracht.«

»Er hat Sie ins Bett gebracht?«

»Ja. Die Frau und Ferris waren für ein paar Tage nach Port Fairy gefahren, und Jim war in Baden Park. Scheint so, als wär' Ted, nachdem er mir geholfen hat, ins Schnapslager gegangen. Dort hat er einen gehoben. Jim hat ihn am nächsten Morgen auf dem Fußboden gefunden, ausgenüchtert und dann rausgeschmissen. Ted ist gegangen und hat mir nicht mal Wiedersehn gesagt.«

»Und wann sind Mrs. Simpson und Ferris nach Hause gekommen?«

»Zwei Tage später. Vielleicht auch drei. Ich weiß es nicht mehr.«

»Und sonst war niemand hier? Haben Sie niemanden zum Kochen gebraucht?«

»Nein. Jim ist 'n guter Koch. Wir haben keinen gebraucht.«

»Warum glauben Sie dann, daß meinem Onkel etwas passiert ist?»

»Weil er sich nicht bei mir hat blicken lassen, bevor er ging. Wie wär's mit 'nem Drink?«

»Warum glauben Sie, daß meinem Onkel etwas passiert ist?« wiederholte Bony.

»Das hab' ich Ihnen doch gesagt.« Die schwache Stimme wurde noch leiser. »Hier lieg ich im Dunkeln, warte stundenlang auf Sie, und jetzt wollen Sie mich nicht mal an dem Schnaps riechen lassen. Kein Mensch kümmert sich um mich. Bin nix als 'n Stück Holz, das man rumzerren und rumstoßen und ins Bett stecken kann. Aber meine Zeit kommt noch. Warten Sie's ab. Warten Sie ab, bis ich tot bin, dann werden alle staunen. Sie wissen nicht, wo mein Testament ist. Ne, das wissen die nicht.«

Bony ließ ihn reden und goß ihm dann wieder einen Schluck Whisky ins Glas.

»Wissen Sie, was meiner Meinung nach mit meinem Onkel passiert ist? Ich denke, daß mein Onkel was über die beiden Mädchen rausgefunden hat, die hier in der Nähe verschwunden sind. Hat er Ihnen nichts davon erzählt?«

»Er hat nur gesagt, er glaubt nicht, daß sie sich im Busch verlaufen haben. Das ist alles.«

»Und er hat nie erwähnt, warum er es nicht geglaubt hat?«

»Ne. Aber irgendwas muß er gewußt haben.« Die zitternde Hand kam durch die Dunkelheit gekrochen, berührte Bonys Haar und krallte sich darin fest. »Vielleicht ist Ted deshalb ohne Abschied gegangen. Kann sein. Ich hab' eigentlich an was andres gedacht, aber das kann's auch gewesen sein.«

Bony entfernte behutsam die Finger aus seinem Haar. »Erinnern Sie sich an den Detective, der hier gewohnt hat? Hat er viel mit Ihnen geredet?«

»Ne. Sie haben ihn nicht gelassen. Warten Sie nur ab, bis ich...«

»Wie haben sie ihn denn daran gehindert, mit Ihnen zu sprechen?«

»Hab' nicht auf die Veranda gedurft, wie immer, wenn mehrere Gäste da sind«, antwortete der Alte. »Wir haben zweimal ganz kurz geredet, das war alles. Price hat er geheißen. Er ist viel in der Gegend rumgeritten, hat aber nie was gefunden. Die Mädchen haben sie alle gemacht, bestimmt. Wahrscheinlich haben die zwei sich's überlegt und sind doch nicht zum Lake George. Es gibt eine Abzweigung, ungefähr 'ne Meile von hier, auf dieser Seite vom See. Führt nach Westen. Die könnten sie genommen und dann ein paar Rowdys mit 'nem Laster getroffen haben – und die haben sie umgebracht.«

»Wie könnte Ted O'Brien etwas über sie herausgefunden haben – so weit weg von hier?« entgegnete Bony.

»Wie? Keine Ahnung. Aber gefunden hat er was, der Ted. Das hat er mir selber erzählt.«

»Haben Sie Price gesagt, was Sie von Ted gehört haben?«

»Ich hatte nie die Gelegenheit dazu und hätt's auch nicht getan, wenn ich sie gehabt hätte. Ich mag's nicht, wenn irgendso ein verdammter Polizist hier rumschnüffelt. Das hier war immer ein respektables Hotel, seit mir der alte Benson die Schankkonzession besorgt hat.«

»Haben Sie Ihrer Frau oder Jim erzählt, daß mein Onkel etwas über die beiden Mädchen herausgefunden hat?«

»Keine Spur«, kam rasch die Antwort. »Ich erzähl' denen nie was. Sie reden ja auch nicht mit mir. Sie denken, ich bin 'n Stück Holz, aber warten Sie's ab! Was macht die Flasche?«

»Der Terrier bellt nachts nicht sehr oft, nicht wahr?«

»Ne. Nur wenn sich ein Fuchs bei den Hühnerställen rumtreibt.«

»Dann muß heute nacht ein Fuchs draußen sein. Fährt Jim oft nach Baden Park?«

»Ab und zu. Er und Carl Benson waren schon als kleine Jungs Freunde.«

»Warum ist das Tor immer versperrt?« wollte Bony wissen, und als der alte Mann fragte: »Welches Tor?«, fuhr er fort: »Das Tor am Fuß des Berges – das zwischen Berg und Bach.«

»Das ist die Grenze von Baden Park«, antwortete der alte Mann. »Was macht die Flasche?«

»Mag schon sein, daß es die Grenzlinie ist, aber das Tor ist nicht da, um jemanden ein- oder auszusperren.«

»Ach, wirklich nicht?« Der Alte kicherte. »Auf jeden Fall sperrt es neugierige Fremde aus. Und die Hotelgäste. Die Leute, die hier wohnen, gehn gern am Bach spazieren, und dann kommen Sie an das versperrte Tor und gehn nicht weiter. Benson mag keine Fremden auf seinem Besitz. Kann ich ihm nicht übelnehmen. Nicht bei Schafböcken, die tausend Pfund kosten und die manch einer nur zu gern stehlen würde.«

»Das glaube ich. Haben Sie sich oft mit den beiden Mädchen unterhalten, als sie hier wohnten?«

»O ja, das hab' ich. Sie waren wirklich sehr nett, die zwei. Die

Bensons haben sie auch gemocht. Jim hat sie an ihrem letzten Abend nach Baden Park mitgenommen. Ich hab' gehört, daß Cora Benson sie eingeladen hat zu bleiben. Auf jeden Fall war's ein schöner Abend für sie. Ferris war auch dabei. Jim hat Klavier gespielt, und die Mädchen haben gesungen. Sehr gut sogar, sagt Ferris.«

In Bonys Kopf blitzte eine Warnung auf. Hatte diese Abweichung vom offiziellen Abschlußbericht und den Aussageprotokollen etwas zu bedeuten? Von einem Besuch der beiden Mädchen auf der Baden Park Station war nie die Rede gewesen. Aber wahrscheinlich war das unwichtig. Er goß wieder ein bißchen Whisky ins Glas und gab es dem Alten in die tastende Hand. Er hörte leise Schluckgeräusche, dann einen ekstatischen Seufzer, kniete im nächsten Moment neben dem alten Mann, beugte sich über ihn und flüsterte – den Mund dicht an dem struppigen Backenbart: »Kein Wort! Stellen Sie sich schlafend.«

Er steckte Glas und Flasche ein und glitt lautlos zur Tür zurück. Die Stille war förmlich greifbar, eine Substanz, die den Raum vom Fußboden bis zur Decke füllte. Bettwäsche raschelte, dann hörte man die regelmäßigen Atemzüge eines Schlafenden. Ein durchtriebener alter Bursche. Wahrscheinlich hatte man ihn schon öfter spät nachts heimlich kontrolliert.

Jemand war vor der Verandatür. Ganz leise hatte auf der Veranda ein bestimmtes Dielenbrett geknarrt, dem Bony selbst auf seiner nächtlichen Tour ausgewichen war. Er legte sich der Länge nach auf den Bauch, mit dem Körper parallel zum Bett, so daß er die Verandatür sehen konnte. Langsam schob er die Füße unter das Bett, dann die Beine, den Körper und den Kopf. Wenn er den Volant etwas anhob, konnte er noch immer den Umriß der Tür sehen.

Das Rechteck wurde zum Rahmen für eine menschliche Gestalt, die auf geheimnisvolle Weise größer wurde, so daß der Rahmen mit ihr verschmolz. Schwaches Licht durchbrach das Dunkel, und Bony sah nur ein paar Zentimeter vor seinem Gesicht die Füße und Hosenaufschläge eines Mannes. Wer es auch sein mochte, er stand am Fußende des Bettes und richtete den durch ein Tuch gedämpften Strahl einer Taschenlampe auf den Alten. Kein

Laut war zu hören. Und außer den Atemzügen des Alten war auch vorher kein Geräusch zu hören gewesen. Bony war erstaunt, daß jemand so absolut lautlos das Zimmer hatte betreten können. Das Licht verlosch. Der rechteckige Rahmen wurde wieder schwach sichtbar, und für einen Sekundenbruchteil zeichnete sich die Gestalt eines Mannes vor dem dunkelgrauen Hintergrund ab. Dann ging der Mann durch die Verandatür hinaus und um die Ecke zum Haupteingang – falls er nicht in der Nähe lauerte.

Bony wartete eine ganze Minute, bevor er unter dem Bett hervorkroch. Er schlich zur Verandatür, spähte vorsichtig hinaus, suchte die Dunkelheit auf der Veranda und die schwache Helligkeit dahinter mit den Augen ab. Zufrieden, daß der nächtliche Besucher nicht mehr in der Nähe war, schlich er zum alten Simpson zurück.

»Wer war das?« flüsterte er.

»Weiß ich nicht genau. Ich hab' die Augen nicht aufgemacht. Wahrscheinlich war's Jim. Wie geht's der Flasche?«

»Aber der Buick ist noch nicht zurückgekommen. Wir hätten ihn hören müssen.«

»He, he, Jim ist 'n kluger Kopf«, erklärte der Alte. »Hat er von seinem Vater. Jim traut Ihnen nicht, deshalb hat er den Buick wahrscheinlich am Tor stehenlassen und ist zu Fuß zurückgekommen. Das hat er schon mal getan.«

»Wann war das? Wissen Sie das noch?«

»Ganz genau. Es war, kurz nachdem die Mädchen verschwunden sind. Jim hat gehofft, daß er Ted O'Brien dabei erwischen kann, wie er mir 'nen Drink gibt. Ted und ich haben in der Nacht einen gehoben.«

»Hat mein Onkel damals mit Ihnen darüber gesprochen, daß sich die Mädchen wahrscheinlich gar nicht im Busch verirrt haben?«

»Ja, genau. Hab 'ne strohtrockene Kehle gehabt und so. Ja, genau damals war's. Wir haben ein oder zwei Schluck zusammen getrunken, und Jim ist reingekommen und hat uns erwischt. Der hat sich vielleicht aufgeführt! Aber es kam alles wieder in Ordnung. Jim hat Ted erst viele Wochen später gefeuert und nur deshalb, weil er sich im Schnapslager hat vollaufen lassen.«

»Was haben Sie damit gemeint, als Sie etwas über eine Leiche im Vorratsraum sagten, die kalt und steif war?«

»Nichts hab' ich damit gemeint. War nur 'n Traum, den ich gehabt hab'. Was macht die Flasche?«

Bony befahl dem Alten, still zu sein, ging zur Verandatür, schaute hinaus und kam zufrieden wieder zurück.

»Erzählen Sie mir von Ihrem Traum.«

»Geben Sie mir 'nen Schluck«, antwortete der Alte. »Ich hab' 'nen trockenen Mund vom vielen Reden.« Bony dachte nach. Seine Gedanken waren mit mehreren Dingen gleichzeitig beschäftigt: Er versuchte das Motorengeräusch des zurückkehrenden Buick aufzufangen und überlegte, ob er sich auf das, was der gerissene alte Halunke sagte, verlassen konnte. Der Alte war im Grunde nur an dem Schluck Whisky interessiert.

»Sind Sie noch da?« fragte die zitternde alte Stimme.

»Ja. Ich warte darauf, daß Sie mir was über die Leiche im Alkohollager erzählen.«

»Da war keine, sag' ich Ihnen doch. Ich hab nur mal davon geträumt. Die Leiche, die ich kalt und steif dort liegen gesehen hab', das war ich.«

»Wann haben Sie das geträumt?«

»Wann? Wie, zum Teufel, soll ich mich noch daran erinnern? Geben Sie mir was zu trinken, aber schnell.«

»Wann? Oder es gibt keinen Whisky?«

Bonys Stimme klirrte wie Eis in einem Glas.

»Verdammt!« zischte der Alte. »Es war in der Nacht, in der Ted O'Brien mich ins Bett gebracht hat. Ich hab' geträumt und bin aufgewacht, als auf der Veranda oder sonst wo 'n Brachvogel geschrien hat. Warum geben Sie mir nichts mehr?«

»Könnte es vielleicht mein Onkel gewesen sein, der geschrien hat?«

»Warum erschrecken Sie mich so?« jammerte der Alte so laut, daß Bony ihm fast die Hand auf den Mund gepreßt hätte. »Im Stockfinstern und noch dazu, wo Jim da draußen rumschleicht. Natürlich war's nicht Ted. Ted hat sich im Schnapslager vollaufen lassen. Jim hat ihn am nächsten Morgen dort gefunden.«

»Na schön. Lassen wir das und sprechen über etwas anderes.

Wenn Sie mir die Wahrheit sagen, bekommen Sie noch einen Schluck. Am nächsten Tag, am Tag nach Ihrem Traum, was hat Jim da gemacht?«

»Tja, was hat er gemacht?« wiederholte der Alte langsam, und Bony glaubte ihm, daß er sein Gedächtnis wirklich anstrengte. »Also, er bringt mir mein Frühstück ans Bett und sagt mir, daß er Ted rausschmeißt, weil er sich im Schnapslager hat vollaufen lassen. Dann hat er Pferd und Wagen genommen und war den ganzen Vormittag draußen und hat Feuerholz geholt. Das hätte eigentlich Ted machen sollen. Dann hat er mich angezogen, auf die Veranda gesetzt und den ganzen Nachmittag Orgel gespielt. Danach hat er mir im Speisesaal Essen gegeben und mich wieder ins Bett gesteckt. Und jetzt will ich meinen Drink.«

Bony schenkte noch einmal zwei Finger breit ein. Der Alte trank, und Bony nahm ihm das Glas ab und sagte, er solle jetzt schlafen. Dann ging er. Ganz leise stieg er wieder durch das Fenster in sein Zimmer ein und hörte kaum eine Minute später den Buick zurückkommen. Es war sieben Minuten vor zwei.

9

»Rowdys«

Sehr früh am nächsten Morgen kam der Wind, drosch auf die Bäume ein, daß sie welke Blätter und totes Holz abwarfen, und vertrieb die kleinen Vögel in den Schutz des Strauchwerks am Bach. Er machte den Morgen so ungemütlich, daß Bony beschloß, in der kleinen Lounge die Zeitung zu lesen. Simpson, der zu ihm hereinschaute, schlug ihm vor, ein Glas mit ihm zu trinken.

»Wie's beliebt«, sagte er, als Bony ablehnte. »Ein Tag, um im Haus zu bleiben. Wenn Sie was trinken wollen – ich bin in der Nähe. Ist Ihr Goldfieber schon ausgebrannt?«

»Goldfieber? Habe ich nie gehabt«, antwortete Bony. »Mir fehlt der sportliche Wettbewerbsgeist. Ein Schürfer muß wohl zugleich Spieler sein.«

»Stimmt. Wolle und Alkohol sind todsichere Sachen. Trotzdem liebe ich ab und zu so ein prickelndes Flattern im Magen.« Die kalten grauen Augen blieben unberührt von dem Lächeln, zu dem sich der sinnliche Mund verzog. »Ich fahre heute nachmittag nach Dunkeld. Soll ich Ihnen was mitbringen?«

»Ja, wenn es Ihnen nichts ausmacht«, sagte Bony. »Und zwar eine Packung von Dr. Nailors Verdauungstabletten. Sie kosten drei Pfund sechs.«

»Sie haben wohl Verdauungsstörungen, wie?«

»Manchmal, und dann schlimm. Ich war fast die ganze Nacht wach. Und bin sogar im Morgenmantel spazierengegangen. Ich muß fast bis zur Abzweigung nach Dunkeld gelaufen sein, habe Sie aber nicht kommen hören.«

»Oh, ich war gegen zwei wieder da. Muß mir den Namen Ihrer Tabletten nur schnell aufschreiben, damit ich sie nicht vergesse. Wir sehen uns später.«

Kurz nach drei brach Jim Simpson nach Dunkeld auf. Es sah so aus, als würde sich der Wind noch vor Sonnenuntergang ausgetobt haben, und nach dem Tee, den Bony mit dem alten Simpson auf der Veranda getrunken hatte, schlenderte er am Bach entlang bis vor das verschlossene Tor, das den Zugang zur Baden Park Station versperrte. Er schaute sich ein bißchen um, und sah die Vermutung des Alten bestätigt, daß Jim Simpson hier seinen Wagen geparkt hatte, zu Fuß zum Hotel gegangen und später zurückgekommen war, um den Wagen zu holen. Das zerstreute Bonys vagen Verdacht, daß Glen Shannon der nächtliche Besucher im Zimmer des Alten gewesen war.

Bony wandte sich vom Tor ab, verließ die Straße und schlug sich am Fuß der Berge ungefähr eine Meile weit durch den Busch, um die Gegend in der Umgebung eines kleinen Felsens zu untersuchen, der sich vom Berg abgespalten hatte, als die Erde jung war. Ein winziger Wasserlauf kam vom Berg herunter, schlängelte sich an dem felsigen Ableger vorbei und eilte flüsternd durch das üppige Strauchwerk. Ganz in der Nähe stieß Bony auf die ein paar Monate alte Radspur des Pferdewagens.

Er entdeckte auch frische Spuren von Simpson und Shannon. Zweimal war er bisher hiergewesen, und diese frischen Fußspuren waren für ihn der Beweis, daß man ihn beobachtet hatte. Es war eine Bestätigung dessen, was er »gefühlt« und was die Vögel ihm verraten hatten. Das merkwürdige Verhalten von Jim Simpson und Shannon, die einen Gast beobachteten, der spazierenging, mußte einen anderen Grund haben als die Sorge, daß sich dieser Gast im Busch verirren konnte.

Der kleine Fels war von einem freien Platz umgeben, und vor ein paar Monaten war der Karren fast bis an den Rand dieser Lichtung gebracht worden. Vom alten Simpson und von Shannon hatte Bony gehört, daß der Wagen nur benutzt wurde, um Feuerholz einzufahren und daß es im Umkreis von einer Meile genügend Holz gab. Dieser Platz war zwei Meilen vom Hotel entfernt, und die Wagenspuren alt genug, daß ihre Entstehung zeitlich mit der Entlassung von Ted O'Brien übereinstimmen konnte.

Als er das erste Mal hiergewesen war, war Bony um den

kleinen Felsen herumgegangen und hatte einen natürlichen Pfad entdeckt, der ins Herz des Felsens führte und in einer Kammer endete, die so groß war wie ein kleines Zimmer. Von hier aus wollte er künftig Ermittlungen anstellen, aber er näherte sich diesmal dem Felsen nicht – für den Fall, daß Glen Shannon ihn beobachtete.

Für Bony paßte der Amerikaner einfach nicht ins Bild. Simpson hatte Shannon erst nach dem Tod von Detective Price eingestellt. Trotzdem würde man Erkundigungen nach ihm einziehen müssen. Wann war er ins Land gekommen? Wer waren seine anderen Arbeitgeber in Australien gewesen – sofern es welche gab? – und so weiter. Es war nicht ungewöhnlich, daß amerikanische Soldaten, die im Krieg hier gewesen waren, nach Australien zurückkehrten. Viele kamen wieder, um die Möglichkeiten zu nutzen, die sich ihnen ihrer Ansicht nach hier boten und die sie nur zu ergreifen brauchten, andere wollten ihre Freundschaften erneuern.

Der Wind legte sich tatsächlich noch vor Sonnenuntergang; nach dem Essen saß Bony auf der Veranda mit dem Kakadu als einziger Gesellschaft, als sich von Dunkeld her ein Wagen näherte. Bony erwartete, Simpsons Buick zu sehen, doch es war ein guterhaltener Tourenwagen, in dem drei Männer saßen.

Durch die Ranken der Kletterpflanze beobachtete er die drei. Sie stiegen aus, blieben einen Moment stehen und musterten die Fassade des Hotels. Der Kakadu teilte ihnen mit, sie sollten sich »zum Teufel scheren«, und sie betraten die Veranda, begrüßten den Vogel, und einer klopfte an die Fliegengittertür.

Ferris öffnete. Der Mann, der geklopft hatte, fragte, ob sie im Hotel zu Abend essen und übernachten könnten, und Ferris bat die drei ins Haus.

Irgendwo im Hintergrund von Bonys Bewußtsein regte sich ein unklarer Gedanke und schuf Unruhe – gewissermaßen ein Gedankenfisch, der mit seiner Schwanzflosse die Oberfläche des Sees Erinnerung aufwühlte. Es dauerte nur einen Moment, weil Bony sich dann nicht mehr fragte, wer, sondern was die Männer waren. Er überlegte noch, als der alte Simpson aus seinem Zimmer rief: »Wer ist da gekommen?«

»Neue Gäste«, antwortete Bony und betrat das Zimmer des Alten.

»Neue Gäste, eh? Wie viele?«

»Drei. Drei Männer.«

»Was für Männer? Wie sehen sie aus?«

»Einer könnte Universitätsdozent sein. Ein anderer ein Gentlemanpirat, der sich mit einem Straßenanzug verkleidet hat. Der dritte sieht aus wie Superman. Ich glaube, sie wollen über Nacht bleiben.«

Die hellblauen Augen blinzelten und wirkten hellwach.

»Ich habe Ferris an der Tür gehört«, sagte der Alte. »Hat sie einen von ihnen gekannt?«

»Ich glaube nicht. Erwarten Sie Leute, die Sie kennen?«

»Ob wir Leute erwarten? Na klar doch, das tun wir doch immer. Nach dem, was Sie gesagt haben, sind's wohl keine Rowdys. Aber behalten Sie sie trotzdem im Auge. Und bringen Sie mir später was zu trinken. Ich frage mich ... Ja, ich hab' mich schon gewundert, warum ich heute so früh ins Bett mußte. Hab' mir keinen Grund vorstellen können.«

Bony war schon an der Verandatür, als der Alte ihn zurückrief.

»Haben Sie gehört, daß ich Sie gebeten hab', mir einen Schluck zu bringen?«

»Ja, ich habe es gehört«, antwortete Bony. »Doch das hängt ganz von den Umständen ab. Ihr Sohn kann jeden Augenblick nach Hause kommen. Aber wir werden sehen.«

»Sehr gut, mein Junge. Ich hoffe, Sie erfahren was über Ihren Onkel.«

Noch einmal rief der Alte nach ihm, als Bony an der Verandatür war. »Ich sag' Ihnen was.« Er verzog die Oberlippe zu einem höhnischen Grinsen, und zum Vorschein kam ein zahnloser Oberkiefer. »Sie versprechen es mir, und ich erzähl Ihnen dafür eine Sache, die Sie noch nicht wissen.«

»Was soll ich versprechen?«

»Versprechen Sie mir, daß Sie mir Schnaps bringen. Sie werden das Versprechen schon halten können.«

»Gut, ich versprech's. Also, was ist?«

»Jim kommt erst morgen zurück. Er ist nicht in Dunkeld. Er

ist nach Portland gefahren, und bis dorthin sind's hundert Meilen.«

»Oh! Was macht er denn dort?«

»Mehr sag' ich nicht. Sie haben mir 'nen Drink versprochen, denken Sie daran.«

Bony versuchte ihn auszufragen, erreichte jedoch nichts.

Hin und wieder war der Alte gerissen, interessiert und loyal gegen seinen Clan. Dann fürchtete er sich oder empfand Bonys wegen Unbehagen. Es war schwierig, Weizen und Spreu zu trennen: Wieviel von dem, was er sagte, durfte man glauben und wieviel nicht? Bony hatte nur eine einzige Waffe. Er benutzte sie jetzt.

»Sagen Sie mir, warum Ihr Sohn nach Portland gefahren ist, und ich bringe Ihnen einen Doppelten.«

»Abgemacht. Aber ich weiß nicht genau, warum. Und ich glaub' nicht, daß Ferris oder die Frau davon wissen. Sie haben nur darüber gesprochen, daß Jim nach Portland muß, weil er was für den achtundzwanzigsten März vorbereiten soll – das hab' ich selber gehört. Das scheint aus irgendeinem Grund 'n wichtiger Tag zu sein. Ich würd's Ihnen sagen, wenn ich was drüber wüßte. Vergessen Sie nicht den Doppelten, den Sie mir versprochen haben. Und Sie...«

Die Stimme verstummte, und nach einer Weile sagte Bony: »Reden Sie weiter.«

»Sie versprechen mir, daß Sie mir auf Wiedersehn sagen, bevor Sie gehn. Dann weiß ich, daß alles in Ordnung ist.«

»Das ist nicht schwer zu halten.«

Aus dem Bett kam ein leises Lachen. »Vielleicht doch nicht. Ne, Sie würden's auch nicht so leicht einlösen, wenn Sie kalt und steif im Schnapslager liegen würden. Auf jeden Fall werd' ich mir alles Mögliche vorstellen, wenn Sie nicht kommen und sich verabschieden.«

Noch einmal bohrte Bony nach, aber ohne Erfolg. Er verließ den Alten und das Hotel und schlenderte den Weg nach Dunkeld entlang, wobei ihm die Frage nicht aus dem Kopf ging, warum der achtundzwanzigste März so bedeutsam war. Was hatte Jim Simpson heute in Portland zu tun? Bony konnte in Erfahrung bringen, was hinter diesem Ausflug steckte, wenn er selbst nach Portland fuhr oder Superintendent Bolt überredete, einen seiner Männer hinzuschicken, der sich umhören sollte. Er hatte das Gefühl, daß er eigentlich in einer anderen Richtung ermitteln und den Fall anders anpacken müßte.

Der Mord an Price und der Verdacht des Alten im Hinblick auf Ted O'Briens Entlassung waren irreführende Spuren und sehr ärgerlich für jemanden, der sich darauf konzentrieren wollte, das Verschwinden zweier junger Mädchen aufzuklären.

Als er ins Hotel zurückkam, hatten es sich die drei neuen Gäste unter dem Verandalicht gemütlich gemacht. Sofort wurde Bonys Problem durch das Interesse an diesen Männern in den Hintergrund gedrängt.

»Spaziergang gemacht?« fragte der, den er als Universitätsdozent eingestuft hatte, aber die dünne Stimme klang so salbungsvoll, daß Bony nun vermutete, einen Geistlichen vor sich zu haben. Ein Mann in den besten Jahren mit Stirn und Augen eines Intellektuellen.

Bony bejahte und setzte sich auf den Stuhl, den ihm der Mann mit dem langen schwarzen Schnurrbart, den er bei sich den Piraten nannte, einladend zuschob. Von den dreien war Superman der am kostspieligsten gekleidete.

»Schon lange hier?« fragte der Pirat.

»Eine Woche«, antwortete Bony und senkte den Kopf, weil er sich eine Zigarette drehte. Irgendwo in seinem Gedächtnis lauerte das Schattenbild dieses Mannes oder eines anderen, der ihm sehr ähnlich war. »Was haben Sie für Pläne?« fragte er höflich interessiert.

»Oh, wir fahren morgen weiter«, antwortete gemächlich der Geistliche. »Soviel wir gehört haben, kann man im Lake George fischen. Waren Sie schon am Lake George?«

Im flackernden Schein des Streichholzes sah Bony hellblaue Augen, einen schmalen Mund und glatte Züge.

»Ja, ich war ein paarmal drüben«, sagte er. »Sehr hübsch dort. Der Pächter des Gästehauses hat mir erzählt, daß die Fische gut beißen.«

»Na, denn versuchen wir's mal mit dem Fischen«, sagte der

Pirat, der Bony forschend musterte. »Gibt es am Lake George was zu trinken?«

»Nein, Sie müßten sich was mitnehmen.«

»Dann bleibe ich nicht dort«, verkündete Superman mit dröhnender Stimme. »Ich bin eine durstige Seele, und wenn ich durstig bin, kann ich nicht schlafen.«

»Du trinkst viel zuviel«, erwiderte der Geistliche. »Du hast einen phantastischen Körper und nicht das Recht, ihn durch Alkohol kaputtzumachen. Mäßigung in allen Dingen, Toby, haben Gelehrte und Priester seit Urzeiten gepredigt.«

»Hör du auf, mir zu predigen«, forderte Superman, und der Pirat versuchte ein beschwichtigendes Ablenkungsmanöver.

»Sind Sie aus Melbourne?« fragte er Bony.

»Nein. Ich habe eine kleine Schafstation außerhalb von Balranald. Das ist mein erster Urlaub seit der Vorkriegszeit.«

»Balranald«, murmelte der Pirat und begann seine Schnurrbartspitzen zu zwirbeln. »Da war ich noch nie. Eine reiche Stadt, habe ich gehört. Irgend jemand hat mir mal erzählt, daß es in Balranald siebzehn Hotels gibt.«

»Wenn wir von Pubs reden, krieg ich ein ganz komisches Gefühl«, sagte Superman. »Wie wär's mit einem Drink?«

Der Pirat hörte auf, sich mit seinem Schnurrbart zu beschäftigen, und betrachtete den großen Mann mit leicht hochgezogenen Brauen. Und in diesem Moment betrat die Gestalt, die tief in Bonys Unterbewußtsein gewartet hatte, die Bühne der Erinnerung und machte ihre Verbeugung. Sie entstieg einer Fotografie von Antonio Zeno, Besitzer von Spielclubs und verdächtig, an dem Mord an einem Konkurrenten mitschuldig zu sein. Er machte einer zweiten Gestalt in der Maske eines Geistlichen Platz: Frank Edson, Betrüger großen Stils, der vor dem Krieg internationalen Status erlangt hatte und bei seinen Geschäften das Gewand eines Geistlichen bevorzugte. Seine letzte Haftstrafe hatte Edson in Kanada abgesessen.

Diese Männer hatten ganz gewiß etwas mit den »Rowdys« des alten Simpson gemein. Bony sah Superman an, der durch den dichten Rauchschleier der Zigarette hindurch sagte: »Ich will einen Drink.«

»Ich sitze zu bequem, um aufzustehen«, sagte der Geistliche und streckte die langen Beine aus.

Der Pirat sagte ungeduldig: »Mir geht es genauso. Wenn du was trinken willst, Toby, dann hol es dir gefälligst selbst. Hol dir zwei, drei oder ein Dutzend.«

Superman runzelte die Stirn, und sein viereckiges Kinn wurde hart. Er öffnete den Mund, um etwas zu sagen, wurde jedoch von der salbungsvollen Stimme des Geistlichen daran gehindert.

»Es gibt, mein lieber Freund, eine Zeit, geboren zu werden und eine Zeit zu sterben; eine Zeit zu ruhen und eine Zeit zu arbeiten; eine Zeit zu essen und eine Zeit zu trinken.«

»Zum Teufel«, sagte Superman, sprang auf und ragte über sie hinaus wie die Bergkette über das Hotel. »Zeit zu trinken ist, wenn man Durst hat. Los, kommt schon! Ihr könnt nicht erwarten, daß ein Mann nur in Gesellschaft von Stubenfliegen trinkt. Der Jammer mit euch Kerlen ist, daß ihr zu korrekt seid und mit euch selbst zu vorsichtig umgeht. Wenn euch heute ein Auto überfährt, werdet ihr sehr bedauern, so viele Gelegenheiten zum Trinken verpaßt zu haben.«

Er stieß den Stuhl mit einem Fuß weg, stolzierte zur Tür und ging ins Haus.

»Freund Toby ist immer so schrecklich ungeduldig«, sagte der Geistliche träge. »Aber sonst ein prima Kerl, wissen Sie.«

»Trotzdem glaub' ich, daß wir zu ihm gehen sollten«, gab der Pirat widerstrebend nach. »Sonst betrinkt er sich schon am frühen Abend. Was ist mit Ihnen, Sir?«

»Nein, danke, jetzt noch nicht«, antwortete Bony. »Vielleicht in einer Stunde oder so.«

»Komm du nur auch mit«, wandte sich der Pirat an den Geistlichen, der einen Augenblick die Stirn runzelte und die Lippen zusammenpreßte, bevor er sagte: »Ja, ich glaube wirklich, wir sollten Toby im Auge behalten. Trotzdem finde ich es unhöflich, unseren neuen Bekannten hier allein zu lassen. Überlegen Sie es sich, Sir, und schließen Sie sich uns an. Ich kann Ihnen versichern, daß unsere läßlichen Sünden mäßig sind.«

Lächelnd gab Bony nach. Es war die uralte Geschichte. Und er war angeblich ein reicher Mann.

10

Ein Knüppel zwischen den Beinen

Superman hatte Ferris überredet, den »Schrank« zu öffnen, und sie stand jetzt mit mürrischem Gesicht hinter der schmalen Theke, die heruntergeklappt worden war.

Superman strahlte, als seine Freunde mit Bony im Schlepptau hereinkamen, und forderte sie auf zu sagen, was sie trinken wollten. Der Geistliche und der Pirat nahmen Whisky, Bony und Superman bestellten Bier, und während die Getränke vorbereitet wurden, reichte der Pirat teure Zigaretten herum. Obwohl bequeme Lehnsessel zum Sitzen einluden, blieben sie an der Theke stehen. Sie redeten über die Berge, das Hotel, die Angelmöglichkeiten am Lake George, und Bony begann sich zu fragen, wann das unvermeidliche persönliche Interesse die Oberhand gewinnen würde. Sie verstanden sich aufs Angeln, und der Geistliche und der Pirat spielten ihre Rollen hervorragend. Nur Superman war ganz natürlich er selbst. Der »Fisch« Bony genoß die Situation.

Plötzlich sagte der Pirat: »Also ich weiß nicht, aber ich krieg' es einfach nicht aus dem Kopf, daß ich Sie schon irgendwo gesehen haben muß. Ich bin Matthew Lawrence. Wie heißen Sie?«

»John Parkes«, antwortete Bony. »Es ist sehr unwahrscheinlich, daß wir uns schon mal begegnet sind, denn ich war seit neununddreißig nicht mehr von zu Hause fort. Zuviel zu tun und zu wenig Benzin, um rumzureisen.«

»Hm! Wirklich seltsam. Könnte in Sydney gewesen sein.«

»Jeder Mensch gehört zu einer von ungefähr zehn Typenkategorien«, erklärte der Geistliche. »Deshalb denken wir sooft, daß wir irgend jemandem schon früher begegnet sein müssen. Haben Sie nicht erwähnt, daß Sie Schafzüchter sind?«

»Stimmt. Ich verdiene mir meinen Lebensunterhalt mit Wolle.«

»Und das bestimmt ganz schön üppig«, sagte Superman grinsend. »Garantiert besser, als wenn Sie Ihr Geld als Ringer verdienen müßten. Ich bin Toby Lucas. Toby für meine Freunde.«

»Was Männer so zusammenlügen!« spottete der Geistliche und rückte näher an Bony heran. »Sehen Sie sich ihn nur einmal an. Körperlich ein vollkommenes Exemplar Mensch. Idol der Massen, besonders des weiblichen Teils. Kassiert jedesmal vierhundert Pfund, wenn er den Ring betritt. Und ihn nach einer Stunde oder so wieder verläßt. Machen Sie vierhundert Pfund in einer Stunde?«

»Nicht viel mehr im ganzen Jahr«, antwortete Bony wahrheitsgemäß.

»Und ich auch nicht – nachdem die Leute vom Finanzamt mich erleichtert haben. Stellen Sie sich mal vor – vierhundert Pfund, ungefähr sechzehnhundert Dollar, und wenn Sie's in Franc haben wollen – etwa einhundertneunzigtausend Franc, nur um in den Ring zu steigen, sich vor den Fans zu verbeugen und dann mit einem Mann, der in Wirklichkeit Ihr Busenfreund ist, eine richtig rauhe Nummer mit viel vorgetäuschtem Haß abzuziehen. Sehen Sie sich diesen Toby Lucas an. Seinen teuren Anzug, das Seidenhemd, die mit Diamanten besetzte Armbanduhr, die ausgebeulte Innentasche seines Jacketts, wo er seine dicke Brieftasche stecken hat.«

»Und dann sehen Sie mich an, meine schäbigen Kleider, meine schwindsüchtige Brieftasche«, jammerte der Pirat.

»Und mich ebenfalls, mein lieber John«, sagte der Geistliche. »Ja, sehen Sie mich, Cyril Loxton an, Sklave kapitalistischer Bosse, die mich sechzig Stunden in der Woche für einen Hungerlohn schuften lassen. Sie würden nie erraten, wie hart ich arbeite – und was.«

»Sie könnten etwas mit einer religiösen Organisation zu tun haben«, sagte Bony, und die drei brachen in schallendes Gelächter aus.

»Mein Lieber, da haben Sie aber gründlich danebengetippt«, erklärte der Geistliche lächelnd, aber hinter dem Lächeln entdeckte Bony zufriedenes Feixen. »Ich bin Schuldeneintreiber. Ich sammle längst überfällige Schulden ein, aber nicht für mich – für andere Leute. Ich verfolge die Schuldner, bis sie bezahlen, und nachdem sie bezahlt und sich so von einer Last befreit haben, finden sie mich unsympathisch. Und was Matt für einen Beruf hat, erraten Sie nie.«

Bony bat Ferris, nachzuschenken, trat dann leicht schwankend ein bißchen zurück, um den Piraten forschend zu betrachten. In der Sekunde, in der er den Blick auf Ferris gerichtet hatte, hatte er festgestellt, daß sie eher besorgt als verärgert war.

»Lassen Sie mich dreimal raten«, schlug er vor.

»Ich wette, Sie treffen nicht ins Schwarze«, warf Superman ein, und Bony fragte sich, warum Betrüger in ihren Methoden so unoriginell waren. Dann lernte er jedoch eine Variation kennen, denn der Pirat nahm die Herausforderung an.

»Ich wette, er trifft«, sagte er. »Wette ein glattes Pfund.«

»Angenommen«, sagte Superman. »Also, John, alter Junge, ich wette, daß Sie verlieren, sorgen Sie dafür, daß ich zu meinem Pfund komme.«

Perfekt betrunkenen Ernst vortäuschend, ging Bony an dem Geistlichen vorbei, um die Getränke zu bezahlen, die Ferris bereitgestellt hatte. Wortlos nahm sie sein Geld. Er merkte, daß sie die anderen ansah, die hinter ihm warteten. Dann schaute sie ihn an, als wolle sie ihm eine Warnung zukommen lassen. Das war alles, und er war verblüfft.

Würdevoll reichte er die frisch gefüllten Gläser herum, nahm das seine und fuhr fort, den Piraten so eingehend zu mustern wie ein Pferd.

»Sie haben irgendein Geschäft«, sagte er heiser. »Warten Sie, das war noch nicht geraten. Sie sind, würde ich sagen, Restaurantbesitzer.«

Der Pirat schüttelte den Kopf.

»Gut. Mein zweiter Vorschlag: Sie sind Obst- und Gemüsehändler.«

»Und schon wieder daneben!« rief Superman. »Jetzt brauchen Sie nur noch einmal falsch zu raten, und ich bin um ein Pfund reicher.«

»Trinken Sie vor Ihrem dritten Versuch lieber noch etwas«, schlug der Geistliche vor. »Danke, Miss Simpson. Das gleiche noch einmal. Das wird interessant. Ich denke, ich riskiere ein Pfündchen auf Mr. Parkes. Nimmst du an, Toby?«

Superman sagte zu, ließ Bony aber nicht aus den Augen, ein breites Grinsen im großen, kantigen Gesicht mit den ein wenig harten Augen. Ferris füllte Bonys Glas, und der Geistliche drängte ihn, auszutrinken. Bony jedoch hielt das Glas nur fest, während er schwankend und mit großem Ernst den Piraten weiterhin musterte. Es wurde sehr still im Raum.

»Bereit?« fragte Bony. »Hier ist also mein dritter Versuch. Sie« – und er lächelte völlig arglos dabei – »sind Besitzer eines Spielclubs, einer richtig feinen, plüschigen Spielhölle in Melbourne. Habe ich recht?«

Einen nachdenklichen Schimmer in den Augen, strich sich der Gentlemanpirat mit dem Knöchel seines Zeigefingers den Schnurrbart. Die Brauen des Geistlichen wölbten sich bogenförmig über den grauen Augen, die nicht mehr spöttisch blickten. Er wollte etwas sagen, als Superman herausplatzte: »Also, da soll mich doch glatt einer auf die Schultern zwingen!«

»Leider liegen Sie wieder falsch, Mr. Parkes, also müssen Mr. Lawrence und ich unsere Wettschulden bei Toby bezahlen.« Hastig zückte der Geistliche seine Brieftasche und sprach jetzt in der deutlichen Absicht schneller, einen Halbbetrunkenen davon zu überzeugen, daß er sich irrte. »Toby, dein Pfund. Das Glück ist auf deiner Seite – wie gewöhnlich. Matt, bezahl! Wir müssen gute Verlierer sein. Ich habe wirklich geglaubt, Mr. Parkes würde es schaffen. Er war sehr nahe dran. Aber was für ein Spaß! Matt Lawrence König beim *Two-up** und Herrscher an Baccarattischen.«

»Also ich finde das nicht komisch«, sagte der Pirat kalt. Bony legte die Hand auf seinen Arm, um sich zu stützen und fragte: »Aber was machen Sie nun wirklich? Wie weit habe ich danebengeraten?«

»Ich bin Modeschöpfer, Mr. Parkes.«

* *Two-up* verbotenes australisches Glücksspiel mit Münzen.

Bony kicherte und gab zu, daß er darauf nie getippt hätte. Superman drückte ihm ein volles Glas in die freie Hand. Zum wiederholtenmal machte der Geistliche eine humorvolle Bemerkung, um Ferris aufzuheitern, aber sie verzog keine Miene, und ihre Wachsamkeit ließ nicht nach. Bony, der in Wirklichkeit ja noch völlig nüchtern war, erinnerte sich an das, was der alte Simpson ihn gefragt hatte. Der Alte hatte wissen wollen, ob die Männer Ferris bekannt gewesen seien. Aber als sie ihnen die Tür geöffnet hatte, hatten weder ihr Verhalten noch ihre Stimme darauf schließen lassen, daß sie sie kannte. Und doch, seit sie im »Schrank« stand, benahm sie sich den neuen Gästen gegenüber auffällig ablehnend. Die Vermutung lag nahe, daß sie diesen Männern schon begegnet war oder zumindest von ihnen gehört hatte.

Die nächste Überraschung folgte schnell und bestätigte Bonys Verdacht, daß Ferris die Männer kannte und vermutete, was sie mit ihm vorhatten. Hätten sie ihn mit einem ihrer tausend betrügerischen Tricks um sein Geld erleichtern wollen, wäre der nächste Vorschlag nie gemacht worden.

»Gehen wir doch alle spazieren«, schlug der Geistliche vor. »Bestimmt könnten wir Miss Simpson überreden, noch einmal den ›Schrank‹ zu öffnen, bevor wir ins Bett gehen. Was sagen Sie dazu, Mr. Parkes?«

Betrüger vom Format des Geistlichen führten nicht Halbbetrunkene in dunkle Winkel, um sie zu berauben, und Besitzer von Spielclubs von der Klasse, die der Pirat leitete, waren nicht mit ein paar Pfund aus der Brieftasche eines Mannes zufrieden, der den Überfall vielleicht überlebte und sie später identifizieren konnte. Raub war bestimmt nicht ihr Motiv. Bonys Interesse für sie stieg schlagartig.

»Mag nicht spazierengehen«, protestierte er lallend. »War den ganzen Nachmittag draußen. Ich bleib' hier sitzen und seh zu, wie ihr Burschen euch betrinkt. Muß lustig sein, 'nen Ringer, 'nen Schuldeneintreiber und 'n großes Tier im Baccarat rumkugeln zu sehen. Entschuldigung – Modeschöpfer, mein' ich.«

Finster entschlossen, ließ er sich in einen Sessel nieder, lehnte sich zurück und schloß die Augen.

»Lassen wir ihn, Gentlemen«, sagte der Geistliche. »Unser Freund hat leider schon ein bißchen zuviel. Noch einmal dasselbe, Miss Simpson.«

Das Mädchen war zur Verwunderung aller nicht im Schrank. Der Pirat lehnte sich elegant an die Wand. Der Ringer rieb sich den Handteller einer Hand mit dem riesigen Daumen der anderen, rülpste, blähte die Wangen. Der Geistliche setzte sich.

»Wenigstens hat sie uns den ›Schrank‹ nicht vor der Nase zugemacht«, sagte er, lehnte sich zurück und verschränkte die Hände im Nacken. »Ah, hier ist ja auch Miss Simpson wieder. Wir haben schon gedacht, Sie hätten uns verlassen.«

»Ich habe mir nur ein frisches Küchentuch geholt«, entgegnete Ferris scharf. »Wenn Sie nichts mehr trinken wollen, würde ich gern ins Bett gehen.«

Der Ringer grinste höhnisch und sagte, der Abend sei doch noch jung. Sie beschäftigten Ferris noch reichlich, und nach etwa zwanzig Minuten merkte man dem Ringer die ersten Anzeichen von Trunkenheit an. Den beiden anderen schien der Alkohol nichts anhaben zu können. Ferris war gerade wieder dabei, die Gläser frisch zu füllen, als der aufmerksam beobachtende Bony sah, daß der Geistliche dem Ringer zublinzelte. Der sah daraufhin zu Bony hinüber und grinste.

»Freund John braucht einen Drink. Er schläft sich sonst noch um den ganzen Verstand.«

Er kam auf Bonys Sessel zu, und die beiden anderen drehten sich um, um ihn zu beobachten, die Rücken fest gegen die Klapptheke gepreßt, damit Ferris die Lounge nicht überblicken konnte. Der Ringer stolperte fast, und als er Bony gegen die Brust stieß, hätte das genügt, um eine schlafende Sphinx zu wecken.

»Komm, alter Junge! Trink 'n Glas mit Toby.«

»Ich hab' genug«, sagte Bony und wurde im nächsten Moment von einer Hand in die Höhe gehoben und auf die Füße gestellt. Einen Augenblick später zerrte ihn die Hand durch die Lounge zu den beiden anderen. Der Pirat reichte ihm ein Glas Bier, und der Ringer sagte etwas über Schwarze, die einfach nichts vertrugen. Er geriet allmählich in Wut, aber Bony vermutete, daß diese

Wut nur vorgetäuscht war, und fragte sich, was das Theater sollte.

»Jetzt hast du aber genug Unsinn geredet, Toby«, sagte der Geistliche scharf.

»Mit einem Kerl, der nicht mit mir trinken will, rede ich, wie ich will«, bellte der Ringer, richtete sich auf und stemmte die Fäuste in die Hüften. »Was stimmt mit mir nicht, daß er nicht mit mir trinkt, wenn ich ihn dazu einlade?«

»Ich glaube, Sie sollten jetzt alle ins Bett gehen«, sagte Ferris, worauf der Riese erwiderte, daß er nicht ins Bett ginge und bliebe, solange er wollte – und vor allem brauchte er noch einen Drink.

Ferris schloß den »Schrank« ab, und darauf hatten sie offensichtlich nur gewartet.

»Ah!« schnaubte der Ringer und reckte seinen Kanonenkugelkopf in Bonys Richtung. »Nun, da uns die Dame verlassen hat, bekommst du von mir eine Lektion in der männlichen Kunst des Ringens.«

Er rollte auf Bony zu wie eine Lokomotive. Stocknüchtern und konzentriert, wich Bony zurück. Er glaubte jetzt zu wissen, warum die drei berüchtigten Typen hier aufgetaucht waren. Er war überzeugt, daß niemand hier sicher wußte, wer er wirklich war, und daher konnte er sich jetzt auch nicht verraten. Er war wehrlos, da die Waffe, die Superintendent Bolt ihm mitgegeben hatte, in seinem Zimmer lag

Er machte kehrt und lief zur Tür. Sie war geschlossen, und der Geistliche stellte sich ihm in den Weg. In den Mundwinkeln des Piraten saß ein kleines Lächeln, und seine schwarzen Augen funkelten in freudiger Erwartung. Der Ringer blieb stehen, drehte sich zur Seite, stieß einen Sessel weg und schob den Tisch an die Wand. Jetzt täuschte er keine Trunkenheit mehr vor.

»Tja, nun, John Parkes, da Sie mich gebeten haben, Ihnen den indischen Todesgriff zu zeigen – und die beiden Herren können bestätigen, daß Sie das getan haben –, will ich es gern tun. Zweifellos werden Sie hinterher einige Zeit in einem Krankenhaus verbringen müssen, was natürlich daran liegt, daß ich leicht betrunken bin und nicht mehr genau abschätzen kann, wie weit ich gehen darf. Aber Sie haben mich beleidigt, das ist meine Entschuldigung. Ich werde Sie hinterher um Verzeihung bitten, es wird mir furchtbar leid tun, und ich werde Sie oft besuchen. Mein PR-Mann wird ein Foto veröffentlichen, das mich an Ihrem Krankenbett zeigt. So, und jetzt komm, Junge!«

Erstaunlich schnell stürmte er auf Bony zu, doch Bony war genauso flink. Er brachte erfolgreich den französischen Dropkick an, den er von einem Fachmann gelernt hatte. Der Tritt brachte den Ringer aus dem Gleichgewicht, und hätte er ihn von einem Mann seiner Gewichtsklasse versetzt bekommen, wäre er gestürzt wie ein gefällter Baum.

Er fluchte gotteslästerlich, und der Geistliche rief: »Gut gemacht! Sehr gut gemacht! Jetzt mußt du dich aber anstrengen, Toby.«

Bony wich zurück, ging in die Hocke, um den Aufprall mit einem eigenen Angriff abzufangen, bekam aber vom Piraten, der hinter ihm stand, einen heftigen Stoß, der ihn nach vorn schleuderte. Er verlor das Gleichgewicht und landete in den riesigen Händen des Ringers. Im nächsten Moment lag er auf dem Rükken am Boden, die Beine des Ringers umschlangen die seinen, und der Riese hockte grinsend über ihm und hielt ihn fest.

»Ausgezeichnet, Toby!« rief der Geistliche. »Sei jetzt vorsichtig. Du sollst unserem Freund hier nicht das Genick brechen, sondern ihn nur eine Zeitlang aus dem Verkehr ziehen. Damit wäre deine Ehre auch wiederhergestellt.«

Toby hob Bonys Körper langsam an, Bony fühlte sich wie in einem Schraubstock. Immer höher richtete Toby sich auf, um sich dann – die Absicht war klar – mit einer schnellen Drehung nach hinten zu werfen und so Bonys Bänder und Muskeln aufs Unerträglichste zu dehnen und zu zerren. Für Bony war die Situation hoffnungslos. Die beiden anderen kamen näher. Sie beugten sich über den umklammerten Bony, immer noch lächelnd, aber mit einem sadistischen Funkeln in den Augen. Plötzlich zischte etwas Glitzerndes zwischen dem Gesicht des Ringers und den beiden Köpfen vorbei, und von der Wand her ertönte ein scharfes, schwirrendes Geräusch. Drei bösartige Augenpaare wandten sich vom Gesicht des Opfers ab, die Blicke wurden unsicher, schweiften zur Wand, in der die bebende Klinge des Wurfmessers steckte.

»Ich rate euch, ihn loszulassen«, kam Glen Shannons leise, schleppende Stimme von der Tür her. »Wenn ihr's nicht tut, dann merkt euch – ich treffe immer, was ich will.«

Wie in Zeitlupe drehten die Männer die Köpfe von dem bebenden Messer weg und sahen den Arbeiter an, der in der weit geöffneten Tür des »Schranks« stand. Auf der Thekenklappe lagen, symmetrisch angeordnet, vier Wurfmesser und ein weiteres der Länge nach auf Shannons offener Handfläche.

»Ganz vorsichtig, Ringer«, sagte er, und seine Stimme klang jetzt stählern und drohend. »Lös dich ganz langsam von ihm. Denk daran, wie weh es tut, wenn ein Messer bis zum Heft in deinem Bauch steckt. Und ihr beide wagt ja nicht, auch nur zu blinzeln.«

Der Ringer fluchte und zog die Oberlippe hoch, als fletschte er die Zähne. Dann befreite er Bonys Beine aus der Umklammerung, und so seltsam es in dieser Situation auch sein mochte, Bony hatte nur Augen für die offene Wunde, die er dem großen, eckigen Kinn seines Peinigers mit seiner Schuhspitze beigebracht hatte.

Er und der Ringer standen auf. Die anderen richteten sich ebenfalls auf, vorsichtig und schweigend – wie Schlangen, die bereit waren, jede Sekunde vorzuschnellen und anzugreifen. Die Stille war durchdringend und voll lastender Schwere, wurde jedoch im nächsten Moment gebrochen, weil irgendwo eine Tür zuschlug und im Flur die kraftvollen Schritte gewichtiger Männer laut wurden. Im Hintergrund des Gebäudes hörte man eine barsche Stimme. Die Messer verschwanden von der Thekenklappe. Shannon griff nach einem Tuch. Der Geistliche und der Ringer wandten sich langsam der Tür zu. Bony seufzte und preßte die Lippen zusammen. Dann flog die Tür auf, und zwei große Männer kamen herein.

»Polizei«, verkündete der eine. »Wir kommen im Auftrag der Regierung, um die Schankkonzession zu überprüfen.«

11

Die Razzia

Napoleon Bonaparte brauchte große Willenskraft, um seinen Zorn zu beherrschen. Man hatte seine Würde verletzt, und das war ein schwerer Schlag für seinen Stolz, der körperliche Niederlagen kaum ertragen konnte, auch dann nicht, wenn sie ihm von einem der größten Ringkämpfer der Welt zugefügt wurden.

Er bekam sich wieder unter Kontrolle, während sich die beiden Kriminalbeamten umsahen: der »Schrank« stand offen, hinter der Theke polierte Shannon Gläser, und außer ihm waren noch vier Hotelgäste da.

Die Razzia war sehr gut vorbereitet gewesen. Der Polizeiwagen hatte eine Meile vom Hotel entfernt angehalten, die Mannschaft war zu Fuß weitergegangen, hatte das Hotel umstellt und war dann gleichzeitig durch den Haupteingang und die Hintertür eingedrungen. Zwei weitere Polizisten waren hereingekommen, von denen einer das Kommando übernahm. Von Bony unbemerkt, war Ferris wieder in den Schrank geschlüpft. Glen Shannon war jetzt auch in der Lounge und kaute ganz lässig Kaugummi. Ein Beamter bat Ferris, die Gästeliste zu holen.

»Sie wohnen alle hier?« fragte der Einsatzleiter, und nachdem alle seine Frage bejaht hatten, wartete er schweigend auf die Gästeliste.

Bony setzte sich. Die Reaktion auf den Schreck setzte ein, seine Bein- und Armmuskeln zitterten, und sein Herz hämmerte. Das Atmen fiel ihm jetzt leichter, aber seine leuchtendblauen Augen im dunklen Gesicht waren noch immer auffallend geweitet. Der Einsatzleiter warf ihm einen durchdringenden Blick zu, griff im nächsten Moment nach der Gästeliste und schlug sie bei den letzten Eintragungen auf.

»Wer ist John Parkes?« fragte er.

»Das bin ich«, antwortete Bony. »Die Adresse lautet Coonles Station, in der Nähe von Balranald.«

»Hm«, brummte der Einsatzleiter, als hätten ihn langjährige Erfahrungen gelehrt, niemandem zu glauben. »Na schön, und wer von Ihnen ist Cyril Loxton?«

»Ich«, antwortete der Geistliche. Er stand neben dem Tisch und stützte sich elegant mit einer Hand auf die Platte.

»Sie heißen nicht Loxton, sondern Edson.« Nach dieser schroffen Feststellung wagte sich niemand mehr zu rühren. »Und wer ist Matthew Lawrence?«

»Das bin ich«, erwiderte der Pirat. »Das ist mein Name.«

»Nicht in Australien. In Australien lautet Ihr Name Antonio Zeno. – »Und Ihr Name?« wandte er sich an Superman. »Ich meine – Ihr richtiger Name – der, der Ihnen in die Wiege gelegt worden ist.«

»Toby Lucas«, sagte Superman. »Und daran können Sie nichts auszusetzen haben.«

»Gut.« Der Beamte unterschrieb die Liste und gab sie Ferris zurück, die schweigend dastand. »Ich mag Leute, die zu ihrem rechtmäßigen Namen stehen. Ich habe Sie vor einem Monat im Stadion gesehen. Meine Frau hat sich für Sie heiser geschrien. Sie sind mir gleich bekannt vorgekommen. Muß sagen, auf der Matte sind Sie ziemlich gut. Aber gegen vier von uns hätten Sie keine großen Chancen, also beruhigen Sie sich. Und was ist mit Ihnen? Sie stehen nicht im Buch.«

»Ich bin hier angestellt – als Arbeiter und Mann für alles«, antwortete Shannon und kaute gemächlich weiter.

»Wie lange arbeiten Sie schon hier?«

Shannon sagte, er arbeite jetzt seit fast drei Monaten im Hotel. Dann fragte, zu Bonys Erstaunen, der Einsatzleiter, der scheinbar keinen einzigen Blick in die betreffende Richtung geworfen hatte, was es mit dem Messer in der Wand auf sich habe.

»Ich habe es geworfen«, sagte Shannon. »Ich wollte unseren Gästen zeigen, wie's gemacht wird.«

Der Beamte starrte das Messer an und wandte sich dann wieder an Shannon. »Hm, sehr gut. Es war eine freundschaftliche Demonstration, nehme ich an?«

»Aber natürlich.«

»Freut mich zu hören. Wie heißen Sie?«

»Glen Shannon.«

Die harten haselnußbraunen Augen richteten sich auf Ferris.

»Ist das korrekt, Miss Simpson.«

»Ja, das ist korrekt, Sergeant.«

»Gut. Shannon, Sie können gehen. Miss Ferris, schließen Sie bitte den Schrank ab, dann dürfen Sie sich auch zurückziehen.« Er wartete, bis Ferris und Shannon fort waren, dann wandte er sich an Antonio Zeno und fragte ihn, wie er ins Baden Park Hotel gekommen sei. Im eigenen Wagen, antwortete Zeno, und als der Sergeant Edson und Lucas dieselbe Frage stellte, bestätigten sie, daß sie mit dem Wagen des Piraten unterwegs waren.

»Tja, wir müssen weiterkommen, meine Herren«, fuhr der Sergeant fort. »Parkes, mit Ihnen beschäftige ich mich gleich. Sie, Edson, und Sie, Zeno, begleiten uns zum Zweck der Identifizierung nach Melbourne. Schließlich haben Sie sich unter falschem Namen eingetragen.«

Der Geistliche trat einen Schritt vor. »Jetzt hören Sie mir mal zu, Sergeant, wir tun keinem etwas. Wir wollten hier nur ein paar Tage Ferien machen und morgen zum Lake George aufbrechen, um zu fischen.«

»Und jetzt müssen Sie drauf verzichten, Edson. Legt den beiden Handschellen an.«

Sozusagen im Handumdrehen waren der Pirat und der Geistliche durch stählerne Armbänder miteinander verbunden. Der Ringer schaute finster drein und ballte die Hände.

»Und Sie kommen am besten auch gleich mit uns in die Stadt, Lucas.«

»Aber das können Sie mit mir nicht machen«, protestierte er.

»Sie wären überrascht, wenn Sie wüßten, *was* wir alles können. Gehen Sie jetzt, schnüren Sie Ihre Bündel, und dann raus mit Ihnen zu den Wagen, damit wir sofort losfahren können, wenn wir hier fertig sind.«

»Aber hören Sie ...«

»Kein Aber, Lucas, sonst nehme ich Sie wegen Mittäterschaft fest.«

Nach einem kaum merklichen Zögern verließ der Ringer mit den anderen und drei Beamten die kleine Lounge. Die Tür fiel hinter ihnen zu, und der Sergeant sagte: »Superintendent Bolt hat mich gebeten, Ihnen auszurichten, daß er allmählich anfängt, sich um Sie zu sorgen, Sir. Er meinte, er wolle sich nicht einmischen, und hat daher unsere Abteilung gebeten, uns hier umzusehen und uns mit Ihnen in Verbindung zu setzen. Jemand hat Erkundigungen über Sie eingezogen.«

Bony zog ganz leicht die Brauen hoch, sagte jedoch nichts.

»Gestern früh traf in Balranald ein an den landwirtschaftlichen Fachverband Balranald gerichtetes Telegramm ein, in dem ein gewisser A. B. Bertram, Collins Street 101 A, Melbourne, anfragte, ob im District ein gewisser John Parkes ansässig sei. Bertram ist Handelsagent im großen Stil. Darüber hinaus hat gestern nachmittag jemand bei der Kraftfahrzeug-Anmeldestelle angerufen und sich nach dem Besitzer des Wagens mit dem amtlichen Kennzeichen 107 ARO erkundigt, der Nummer, unter der, wie Sie wissen, zur Zeit der Wagen des Superintendent registriert ist. Er bekam die Information nicht und wurde so lange hingehalten, bis ein Mann auf ihn angesetzt werden konnte. Man verfolgte ihn bis zu dem bereits genannten A. B. Bertram und identifizierte ihn als Frank Edson, Betrüger und Hochstapler. Selbstverständlich stand Edson weiterhin unter Beobachtung und wurde gesehen, als er mit einem zweiten Kriminellen namens Zeno und dem Ringer Toby Lucas Melbourne verließ. Der Wagen passierte Bacchus Marsh, wurde später auf der Straße nach Skipton gesichtet, und aus Dunkeld wurde gemeldet, daß er hierher unterwegs war.«

»Und sie haben nicht gemerkt, daß sie observiert wurden?«

»Nein, Sir. Unser Erscheinen hier können sie nur für eine reine Routinekontrolle halten.«

»Gut. Das ist nämlich wichtig. Richten Sie Superintendent Bolt bitte folgendes aus: Es ist wichtig – ich betone noch einmal – sehr, sehr wichtig, daß ich ungestört weiterermitteln kann, bis ich um Unterstützung ersuche – sofern ich sie brauche.« Bony berichtete, was sich vor dem Eintreffen der Polizei in diesem Raum ereignet hatte. »Ich möchte, daß die drei Männer so lange wie möglich festgehalten werden, aber nicht wegen des tätlichen Angriffs auf mich, denn es ist von ganz entscheidender Bedeutung, daß ich John Parkes bleibe. Sagen Sie dem Superintendent, daß ich mich morgen im Lauf des Tages mit ihm in Verbindung setzen werde.

Bitten Sie ihn auch, Glen Shannon zu überprüfen. Ich glaube, daß er erst seit ein paar Monaten im Land ist. Am besten, Sie machen sich ein paar Notizen, damit Sie nichts vergessen.«

»In Ordnung, Sir. Und...«

»Der junge Simpson ist heute nachmittag nach Portland aufgebrochen. Ich muß unbedingt erfahren, was er dort vorhatte. Ich vermute, daß diese Fahrt für den achtundzwanzigsten März bedeutsam ist. Noch etwas – als die beiden jungen Mädchen verschwanden, war ein gewisser Ted O'Brien hier angestellt. Er hat sich unter ziemlich merkwürdigen Umständen abgesetzt. Seine Schwester wohnt in Hamilton. Ich möchte wissen, wo er sich jetzt aufhält. Haben Sie das?«

»Eh – ja, Sir, alles klar.«

»Constable Groves kann Ihnen wegen Ted O'Brien vielleicht einen Hinweis geben. Sie könnten bei Groves hineinschauen, wenn Sie nach Dunkeld kommen.«

Der Sergeant nickte, klappte sein Notizbuch zu und sah, während er es in die Tasche steckte, Bony nachdenklich an.

»Der Superintendent hat gesagt, ihm wäre wohler, wenn Sie sich alle vierundzwanzig Stunden wenigstens einmal bei der Polizeistation in Dunkeld melden könnten.«

»Das wird wohl nicht möglich sein«, sagte Bony stirnrunzelnd. »Auf jeden Fall werde ich mich morgen mit ihm in Verbindung setzen. Wo ist das nächste District Headquarters?«

»In Ballarat, Sir.«

»Dann sagen Sie dem Superintendent, wenn ich mich morgen bis Mitternacht nicht in Ballarat gemeldet habe, soll er eine zweite Razzia veranlassen.«

»In Ordnung, Sir. Ist das alles?«

»Das ist alles, Sergeant. Vielen Dank für Ihren Besuch. Eh – tut mir leid, daß Sie angeordnet haben, den ›Schrank‹ zu schließen.«

Der große Beamte lächelte so unvermittelt, daß Bony fast erschrak. »Ich könnte die Schließung aufheben, Sir.«

»Dann tun Sie das. Ich gehe ins Bett. Sie alle haben bis Melbourne noch eine lange Fahrt vor sich. Gute Nacht.«

»Gute Nacht, Sir, und gutes Gelingen.«

Bony ging durch den Flur in sein Zimmer und schaltete das Licht ein. Absichtlich zog er sich vor der geschlossenen Jalousie aus, damit die drei Häftlinge und Glen Shannon beobachten konnten, daß er vorhatte schlafenzugehen. Dann schlüpfte er in den Morgenrock, steckte die Whiskyflasche, Sodawasser und ein Glas ein, löschte das Licht, zog lautlos die Jalousie hoch und kletterte durch das Fenster auf die Veranda.

Draußen war es stockdunkel, und für den Fall, daß jemand das Licht einschalten sollte, verbarg er sich im Schutz einer Säule, die hinter den üppig wuchernden Glyzinenranken völlig verschwand. Er stand schon eine Zeitlang dort, ehe er das Polizeifahrzeug und die Limousine des Spielers abfahren sah. Es war zehn Minuten vor zwölf.

Er blieb aber noch in seinem Versteck, die Augen wachsam und ständig bemüht, die helleren Stellen in der nächtlichen Szenerie nach einer menschlichen Bewegung abzusuchen. Minutenlang hörte er die Motorengeräusche der sich entfernenden Wagen, und erst als die Nacht völlig still geworden war, löste sich die Spannung in seinem Kopf und in seinem Körper.

So leise wie James Simpson sich bei seinem Vater eingeschlichen hatte, trat auch Bony ans Bett des Alten und beugte sich über ihn.

»Noch wach?« fragte er leise.

»Also ich klettre um diese Zeit nicht mehr unbedingt den Kamin hoch«, gab der Alte ebenso leise zur Antwort.

»Ich habe einen aufregenden Abend hinter mir. Deshalb bin ich so spät dran.«

»Schon gut. Ich brauch' keine Entschuldigung. Haben Sie mir was mitgebracht?«

»Hab' ich doch versprochen«, sagte Bony zurechtweisend und setzte sich aufs Bett. »Und zwar einen Doppelten oder zwei kleine Drinks. Hier ist der erste.«

Er hörte den Alten schlucken, dann kam das langgezogene »Ah!« des Whiskytrinkers, und gleich darauf berührte ihn das leere Glas. Kommentarlos gab er dem Alten den zweiten der versprochenen Drinks, hörte ihn wieder schlucken und »ah« sagen, doch erst nachdem er gefragt hatte, was das für ein Aufruhr gewesen war und wieso so viele Männer in diesem »verdammten Haus herumgetrampelt« seien.

»Die Polizei war hier, um die Schankkonzession zu kontrollieren«, erklärte Bony. »Und zugleich hat sie die drei neuen Gäste mitgenommen – in einem Aufwaschen gewissermaßen.«

»Ach, tatsächlich? Und warum das?«

»Sie haben falsche Namen angegeben. Mindestens zwei sind polizeibekannte Kriminelle. Den dritten haben sie mitgenommen, weil er mit Kriminellen gemeinsame Sache gemacht hat. Er ist Ringer, heißt Toby Lucas. Schon mal von ihm gehört?«

»In der Zeitung gelesen. Und die andern zwei – haben Sie ihre richtigen Namen gehört?«

»Frank Edson und Antonio Zeno. Kennen Sie sie?«

»Noch nie von ihnen gehört.« Der Alte begann leise zu kichern. »Haben sie sich aufgespielt?«

»Sie waren ziemlich ruhig. Sind Sie sicher, daß Sie die Namen noch nie gehört haben?«

»Ich lüg' doch nicht – außer wenn ich will. Beschreiben Sie sie. Namen sagen mir nix.«

Bony gab ihm eine genaue Beschreibung der beiden, aber auch das half nichts. Der Alte wußte nicht, wer sie waren.

»Die waren noch nie hier«, versicherte er. »Haben sie nicht gesagt, daß Ferris sie auch nicht gekannt hat?«

»Dessen bin ich mir gar nicht mehr so sicher.«

»Ah, nicht sicher, eh? Geben Sie mir noch 'nen Schluck!«

Bony gehorchte dem Befehl.

»Was haben sie mit Ihnen gemacht, junger Freund Parkes?«

Bony erzählte ihm, was sich am Abend in der Lounge abgespielt hatte, und als er geendet hatte, blieb der Alte still, man hörte nur seine langsamen, leicht rasselnden Atemzüge. Es dauerte eine volle Minute, ehe er etwas sagte. Noch nie war er Bony so normal vorgekommen.

»Ich weiß nicht, aber das macht mich nachdenklich, John Parkes. Ich mach' mir in letzter Zeit große Sorgen, und das sollte ich in meinem Alter nicht mehr tun. Aber ich hab' noch die Frau, an die ich denken muß, und das Hotel und alles. Ferris käm' ganz gut ohne Jim zurecht. Wenn ich 'n bißchen mehr wüßte, könnte ich ihn für immer rausschmeißen. Sie sollten am besten abreisen. Gleich morgen.«

»Daran habe ich selbst schon gedacht.«

»Reisen Sie ab, und suchen Sie Ted O'Brien. Finden Sie raus, ob's ihm gutgeht und warum er abgehauen ist, ohne sich zu verabschieden. Ted hat was gewußt, das hat er mir selber gesagt. Bestellen Sie ihm, daß ich mir große Sorgen darüber mach', wie das alles hier weitergehn soll.«

»Und Sie wissen wirklich nicht, warum Ihr Sohn heute – das heißt eigentlich schon gestern – nach Portland gefahren ist?«

Der Alte wurde gereizt. »Das hab' ich Ihnen doch schon gesagt.«

»Das haben Sie, stimmt. Schon mal den Namen A. B. Bertram gehört?«

»Geben Sie mir noch 'nen kleinen Drink. Ist gut fürs Gedächtnis.«

Bony fand im Dunkeln das Glas, schätzte die Menge ab, füllte es und reichte es dem Alten zurück.

»A. B. Bertram«, wiederholte der Alte. »Ja, den kenn' ich. War schon öfter hier. Hat bißchen was von 'nem Deutschen, hab' ich immer gedacht. Er spielt Geige. Sie haben früher zusammen gespielt, Jim auf der Orgel und er auf der Geige. Was hat er ausgefressen?«

12

Jim Simpsons Entscheidung

Ein paar Minuten vor vier Uhr morgens hörte Bony den Buick zurückkommen. Die stille Nacht kündigte ihn so rechtzeitig an, daß Bony, durch das weit geöffnete Fenster seines Zimmers beobachten konnte, wie die Scheinwerfer die Lichtung in Helligkeit tauchten, bevor der Wagen im Garagenhof verschwand.

Jim Simpson erschien nicht zum Frühstück. Bony, der mit der Welt sehr zufrieden war, begrüßte den Kakadu, setzte sich auf der Veranda in einen bequemen Sessel und drehte sich eine Zigarette.

Der Himmel war wolkenlos, und obwohl es noch so früh war, schien die Sonne heiß. Die Märzmücken waren ein Ärgernis, denn sie machen beim Fliegen keinerlei Geräusch, setzen sich unbemerkt auf die Haut und saugen einem das Blut schneller heraus als ein Blutegel. So schlimm waren sie ein Dutzend Jahre nicht mehr gewesen.

Die jüngsten Ereignisse hatten Bonys Interesse an dem rätselhaften Verschwinden der beiden jungen Mädchen noch gesteigert, doch das bewog ihn nicht dazu, seinen Aufenthalt im Baden Park Hotel zu verlängern, sondern bestärkte ihn in seiner Absicht, am Vormittag abzureisen.

Seine Hauptaufgabe war es, aufzuklären, was aus den beiden Mädchen geworden war, und er wollte sich weder von Prices Schicksal noch von O'Briens ablenken lassen, und er konnte nicht erwarten, daß er auf dem Umweg über einen der beiden Männer Näheres über die Mädchen erfahren würde. Price war ermordet worden, aber der Tod des alten Hofarbeiters stand durchaus nicht fest, und ebensowenig konnte man aus den gegebenen Umständen schließen, daß die Mädchen nicht mehr am Leben waren.

Bony war, wie die Dinge lagen, an die Ermittlungen im Fall der Mädchen gewissermaßen durch die Haustür herangegangen. Jim Simpson mißtraute ihm und hatte ihn mit Hilfe von Glen Shannon ständig beobachtet. Es gab nur eine Möglichkeit, sich der Aufmerksamkeit des Hoteliers und seines Angestellten zu entziehen, er mußte die Untersuchung nun vom Hintergrund aus weiterführen.

Simpson verdächtigte ihn, ein anderer zu sein, als der er sich ausgab. Er kannte den Agenten A. B. Bertram, und es schien auf der Hand zu liegen, daß er sich mit Bertram in Verbindung gesetzt hatte. Und Bertram hatte sich an Frank Edson gewandt. Durchaus möglich, daß Simpson überhaupt nicht in Portland gewesen war, sondern nur aus dem Weg sein wollte, während sich die Männer, die Bertram geschickt hatte, seinen geheimnisvollen Gast vorknüpften.

Der geheimnisvolle Gast sollte aus dem Hotel verschwinden, und um das zu erreichen, bedurfte es keiner Tragödie – ein kleiner Unfall während eines Streits unter Betrunkenen vielleicht, das genügte durchaus. Interessant zu wissen wäre vielleicht, ob man ihn loswerden wollte, weil er möglicherweise etwas entdecken könnte oder weil man ihn an dem mysteriösen achtundzwanzigsten März nicht in der Nähe haben wollte. Ein weiterer Toter in den Grampians würde bei der Polizei geradezu fieberhafte Aktivität auslösen.

Angenommen, die beiden Mädchen waren ermordet worden, und Ted O'Brien mußte sterben, weil er etwas über das Schicksal der Mädchen herausgefunden hatte, und Price hatte sterben müssen, weil er etwas über die beiden Mädchen oder über Ted O'Brien wußte, dann mußte das Motiv für den Mord an den beiden Mädchen unvorstellbar zwingend gewesen sein.

Das Bild des Baden Park Hotels war irgendwie verschwommen und aus dem Gleichgewicht geraten. Jim Simpson gehörte nicht hierher, nicht an diesen Ort am Ende der Welt, mit einer beruflichen Laufbahn, die längst in einer Sackgasse steckte – ein Mann der ein Nichts war, wenn man ihm seinen Ehrgeiz nahm. Simpsons derzeitiger Angestellter paßte auch nicht ins Bild. Unter dem angenehmen Äußeren verbarg sich Skrupellosigkeit, und außerdem stimmten der Mann und die Arbeit, die er tat, nicht überein. Sie waren unvereinbar – etwa so, als ob der Chef eines Hotels seinen Gästen die Schuhe putzte.

Bony räkelte sich träge in seinem Sessel und dachte an Ferris Simpson, die, auch wenn sie die drei Männer von gestern abend nicht gekannt hatte, so doch gewußt haben konnte, warum sie gekommen waren. Plötzlich erschien Jim Simpson auf der Veranda.

»Ich möchte, daß Sie mein Haus verlassen«, sagte er ohne Umschweife. Bony reagierte entsprechend erstaunt. »Ich will ja nicht behaupten, daß Sie einen falschen Namen angegeben haben oder nicht der sind, der Sie zu sein vorgaben, aber es ist wohl offensichtlich, daß die Gauner von gestern abend nur hergekommen sind, um Sie fertigzumachen. Sie haben etwas gegen Sie, und ich dulde keinen Gangsterkrieg in meinem Haus.«

»Aber wenn ich ein Gauner wäre oder irgendwas mit diesen Kerlen zu tun hätte, hätte die Polizei mich auch festgenommen«, wandte Bony ein. »Meiner Meinung nach ist der Ringer streitsüchtig geworden, weil er zuviel getrunken hatte. Wäre Mr. Shannon nicht rechtzeitig dazwischengetreten, hätte mich Lucas wahrscheinlich schwer verletzt, aber daß die drei eigens deshalb hergekommen sind, bezweifle ich stark. Wenn ich davon überzeugt gewesen wäre, hätte ich sie bei der Polizei angezeigt.«

»Daß Sie sie nicht angezeigt haben, bestätigt mir meinen Verdacht«, fauchte Simpson. »Ich will mich nicht mit Ihnen darüber streiten. Ich wünsche, daß Sie mein Haus verlassen.«

Bony heuchelte gekränktes Erstaunen, und Simpson ging. Oberflächlich gesehen, war seine Haltung gerechtfertigt, aber Bony war sicher, daß er dadurch nur erreichen wollte, was die drei Männer am Abend vorher nicht geschafft hatten.

Die Reaktion von Ferris Simpson war nicht weniger interessant. Sie zog gerade sein Bett ab, als er in sein Zimmer kam, um seine Sachen zu packen. Ihre Augen blickten zornig, und um den Mund herum hatte sie einen Zug von Trotz und Eigensinn – Eigenschaften, hinter denen schwache Menschen sich oft verschanzen. Sie sah Bony mit einer Festigkeit an, die ihm gefiel.

»Es tut mir leid, daß Sie weg müssen«, sagte sie sehr laut.

Offensichtlich wollte sie, daß Simpson sie hörte. »Mein Bruder benimmt sich verrückt, aber er ist der Boß, und damit ist alles gesagt.«

Bony verneigte sich kaum merklich und ließ den Charme aufblitzen, der ihn für Frauen so anziehend machte.

»Danke«, sagte er ernst. »Ich verstehe die Haltung Ihres Bruders und würde an seiner Stelle vielleicht die gleichen Schlüsse ziehen. Schließlich ist es nicht angenehm, Hotelgäste zu haben, die auf der Stelle verhaftet werden, wenn die Polizei rein zufällig vorbeikommt. Es hat mir hier sehr gut gefallen.«

Ferris' Mund bekam jetzt etwas Wehmütiges, und ohne etwas zu sagen, raffte sie die Bettwäsche zusammen und ging. Bony packte und brachte seine Koffer in die Halle, wo Simpson hinter dem Empfangspult stand und ihm schweigend die Rechnung präsentierte. Bony bezahlte, bedankte sich, als Simpson ihm herausgab, und begab sich dann durch den Haupteingang auf die Veranda.

Der Alte und sein Rollstuhl waren da.

»Leben Sie wohl, Mr. Simpson!« rief Bony ihm zu. »Ich reise jetzt ab. Alles Gute.«

»Idiot«, murmelte der Kakadu. »Wie wär's mit 'nem Drink?«

»Auf Wiedersehn«, antwortete der Alte. »Ich hoffe, es hat Ihnen bei uns gefallen.«

Bony stieg die Stufen hinunter, als der Vogel mit den Flügeln zu flattern begann und zornig kreischte: »Mach, daß du rauskommst, zum Teufel!«

Der ruhige, der korrekte, der höfliche Inspector Bonaparte drehte sich um, schaute zu dem Vogel hinauf und stieß tatsächlich ein verächtliches Schnauben aus. Erst als er im Wagen saß und über die Lichtung fuhr, glättete sich seine finstere Miene, die er beibehalten hatte, für den Fall, daß Jim Simpson ihm aus dem Innern des Hauses nachsah. Einen Moment später verging ihm die gute Laune, die der Kakadu in ihm geweckt hatte, bei dem Gedanken, daß der Alte vielleicht deshalb so rechtzeitig auf die Veranda gebracht worden war, damit man später einen Zeugen für seine Abreise hatte.

Angenommen, Detective Price war ermordet worden, weil er

etwas im oder in der Nähe des Baden Park Hotel entdeckt hatte. Großzügig hatte man ihm »erlaubt«, fast bis nach Hall's Gap zu fahren, bevor man ihn erschoß. Wenn das zutraf, konnten der- oder diejenigen mit ihm das gleiche vorhaben. Es war jedoch unwahrscheinlich, daß man noch einmal eine Gewalttat verüben würde, da Simpson einen allzu offensichtlichen Grund hatte, ihn loswerden zu wollen.

Dennoch ging Bony kein Risiko ein. Er fuhr die schmale Straße bis zur Gabelung an der Dunkeld Road mit höchster Vorsicht, die Automatic von Superintendent Bolt auf dem Nebensitz. Als er auf die bessere Straße eingebogen war, raste er mit Höchstgeschwindigkeit bis Dunkeld. Zwischen Dunkeld und Ballarat hielt er viermal an geschützten Plätzen an, um sich zu überzeugen, daß ihm niemand folgte.

Es war schon nach drei, als er den Wagen in einer Garage abstellte, und ein paar Minuten vor vier, als er nach einem anständigen Essen die Polizeistation in Ballarat betrat.

»Mein Name ist John Parkes«, sagte er zum Diensthabenden. Der Mann kniff die Augen zusammen, hob sofort die Durchgangsklappe und forderte den Besucher auf, einzutreten.

»Folgen Sie mir bitte, Sir«, sagte er und führte Bony in das Zimmer des Abteilungschefs.

»Sie sind also Inspector Bonaparte. Freut mich persönlich sehr, Sie kennenzulernen. Im Headquartes scheint man sich ein bißchen um Sie zu sorgen. Setzen Sie sich. Ich heiße Mulligan.« Sie schüttelten sich die Hände.

Mulligan war groß, breit, hatte ein kantiges Gesicht und kurzgeschnittenes Haar, das genauso schwarz war wie das von Bony. Seine jettschwarzen Augen blinzelten jetzt. Er rief den Polizisten zurück und gab ihm den Auftrag, eine Verbindung mit Superintendent Bolt im Headquarters herzustellen. Als der Beamte die Tür hinter sich geschlossen hatte, fuhr er fort: »Ich nehme an, Sie sind beruflich unten in den Gramps. Ich hatte Befehl, nach Ihnen zu sehen, wenn Sie bis Mitternacht nicht hier aufgekreuzt wären. Wie läuft die Sache?«

Bony, der sich eine Zigarette drehte, blickte auf.

»Ach, ganz ordentlich«, antwortete er. »Hübscher Urlaub.

Schöne Umgebung. Eine Menge interessanter Dinge. Bier und Küche ausgezeichnet.«

»Der Super hat gesagt – na, ich will's lieber nicht wiederholen. Mit Sache habe ich Ihren offiziellen Auftrag gemeint.«

Bony blies das Streichholz aus und legte es betont langsam in den Aschenbecher.

»Das ist mir klar, Mulligan«, sagte er leichthin. »Aber ich habe Ihre Frage wahrheitsgemäß beantwortet. Bisher ist noch nichts Entscheidendes ans Licht gekommen. Waren Sie dort, um im Price-Mord zu ermitteln?«

»Ja. Und vorher war ich schon wegen der beiden verschwundenen Mädchen unten.«

»Glauben Sie, daß es da einen Zusammenhang gibt?«

»Darüber bin ich mir nie klargeworden. Glauben Sie's?«

Das Telefon klingelte, und Bony blieb die Antwort auf diese knifflige Frage erspart. Mulligan nahm den Anruf entgegen.

»Ja, Sir. Hier spricht Mulligan. Mr. Parkes ist vor kurzem hier eingetroffen. In Ordnung, Sir.«

Bony nahm den Hörer entgegen und hörte die Stimme, die in Melbourne so ernst auf ihn eingeredet und die ihn auf der Straße nach Dunkeld verfolgt hatte.

»Guten Tag, Super.«

»Tag, Bony. Was tut sich bei Ihnen?«

»Na ja, es läuft recht gut. Kümmern Sie sich auch entsprechend um die drei Herren, die gestern nacht mit Polizeischutz in Melbourne eingetroffen sind?«

»Und wie wir uns kümmern, Bony! Mit allem Drum und Dran. Zwei von ihnen sind so angefault, daß sie stinken, gegen den dritten liegt im Moment nichts Besonderes vor. Der Ringer war ja nur der Handlanger der beiden. Sie haben ihm weisgemacht, daß Sie mit Edsons Frau durchgebrannt sind, und dafür sollte er Ihnen einen Denkzettel verpassen. Er wird sich von nun an schön still verhalten.«

»Die Geschichte ist nicht wahr, Super.«

»Selbstverständlich nicht!« schrie Bolt. »So was würde ich nie von Ihnen glauben. Sie haben auf mich nie den Eindruck eines Schürzenjägers gemacht.«

Bony zuckte zusammen, starrte Mulligan finster an und sagte bewußt überdeutlich: »Ich meine, Sir, daß die Geschichte nicht wahr ist, die Ihnen der Ringer aufgetischt hat; kein Mensch hat ihm das mit Edsons Frau erzählt. Nach allem, was ihm unabsichtlich herausgerutscht ist, hatte er ein ganz anderes Motiv. Haben Sie ihn freigelassen?«

»Mußte ich ja. Es lag nichts gegen ihn vor.«

»Na schön. Und was ist mit diesem A. B. Bertram?«

»Langsam, langsam, alter Freund«, sagte die jetzt beschwichtigend klingende Stimme. »Wir haben abgewartet, ob der Ringer sich mit Bertram in Verbindung setzt. Auch gegen Bertram liegt nichts vor. Er ist seit über vierzig Jahren im Land, hat ein gesundes Geschäft und ist vermögend. Haben Sie eine Ahnung, wer ihn gebeten hat, sich nach Ihnen zu erkundigen?«

»Nein. Sie?«

»Keinen Funken. Wir haben auch etwas über Glen Shannon herausbekommen. Zu Hause ist er in Texas. Er war, bevor er aus der US-Armee entlassen wurde, in einer Fallschirmjägerkompanie. Ist erst seit Dezember in Australien. Zweck des Aufenthalts war, Freunde wiederzusehen und das Land kennenzulernen. Er war während seiner Militärdienstzeit in Australien stationiert.«

»Oh! Aber das sagt mir nicht viel«, beklagte sich Bony. »Haben Sie etwas über Ted O'Brien erfahren?«

»Vor einer Stunde habe ich den ersten Bericht des Mannes bekommen, der mit den Nachforschungen befaßt ist. O'Briens Schwester in Hamilton hat nicht einmal gewußt, daß er nicht mehr im Baden Park Hotel arbeitet. Sie hat seit Juni letzten Jahres nichts mehr von ihm gehört. Er hat selten geschrieben. Das ist alles bisher. Der dienstälteste Beamte in Portland hat Erkundigungen über Simpsons gestrigen Besuch eingezogen. Er kennt Simpson, weil er in den letzten zwei Jahren ein paarmal mit Carl Benson und einigen Freunden zum Fischen dort war. Er hat Simpson aber weder gestern nachmittag noch gestern abend gesehen, und seiner Meinung nach war Simpson wegen Bensons Boot dort, das gegen Ende des Monats auslaufen soll und jetzt für die Fahrt klargemacht wird.«

»Oh! Er hat nicht zufällig ein bestimmtes Datum erwähnt?«

»Aber ja, das hat er. Er sagte, das Boot müsse am Dienstag, dem achtundzwanzigsten März für Benson und sechs seiner Freunde bereit sein. War Simpson zu Hause, als Sie abfuhren?«

»Ja, er ist gegen vier Uhr morgens zurückgekommen.«

»Wie hat er auf die Sache von gestern abend reagiert?«

»Er hat mich hinausgeworfen. Er behauptete, ich sei auch ein Ganove und er wolle keinen Gangsterkrieg in seinem Lokal.«

»Haben Sie irgendwas über ihn rausgefunden?«

»Nichts Ungewöhnliches«, antwortete Bony. »Aber ich bin noch nicht zufrieden. Wahrscheinlich war er es, der Bertram auf mich angesetzt hat. Ich glaube, die beiden haben oft zusammen musiziert. Meine Anwesenheit hat ihm irgendwie nicht gepaßt. Ich finde ihn interessant.«

»Ich finde Sie auch interessant«, brummte Bolt. »Weiter. Was haben Sie jetzt vor?«

»Ich möchte, daß Sie noch einmal mit Inspector Mulligan sprechen und ihn ersuchen, für mich zu tun, um was ich ihn bitten werde. Ich fahre zum Baden Park Hotel zurück, aber auf einer anderen Route.«

»Jetzt werden Sie ganz besonders interessant. Sprechen Sie weiter, Freund.«

»Das war alles, denk' ich.«

Das Brummen klang jetzt bedrohlich. »Ach, tatsächlich!« protestierte Bolt. »Lassen Sie sich von mir eines sagen. Mir gefällt die Sache nicht, in der Sie bis über beide Ohren stecken und bei der Sie ganz auf sich gestellt sind, ohne Möglichkeit, mit uns Kontakt zu halten. Daß man diese Männer auf Sie angesetzt hat, ist ein schlechtes Zeichen. Ich mag keine schlechten Zeichen, merken Sie sich das. Sie warten in Ballarat auf einen meiner Männer, der mit Ihnen zusammenarbeiten wird. Ich schicke ihn sofort los. Ich will keinen zweiten Fall Price auf meiner Liste.«

»Besser nur einer als zwei. Ich kann auf mich aufpassen. Diesen Fall kann nur Klein-Bony abschließen. Sobald ich Licht sehe – wenn es überhaupt Licht zu sehen gibt –, gehe ich kein Risiko ein. Das verspreche ich. Und Sie versprechen mir, sich nicht einzumischen.«

»Und wenn ich's nicht verspreche?«

Ein Lächeln breitete sich auf Bonys Gesicht aus. »Dann gehe ich nach Brisbane zurück und melde mich bei meinem eigenen Chef zum Dienst.«

»Ach! Was für ein Freund! Was für ein großartiger Erpresser! Haben Sie meinen Wagen sehr geschunden?«

»Ihr Wagen ist in einem ausgezeichneten Zustand, abgesehen von der Tatsache, daß er alt ist und nicht mehr als zweiundfünfzig Meilen pro Stunde schafft. Sind Sie jetzt bereit, mit Inspector Mulligan zu sprechen?«

»Schätze schon. Sie saugen mich aus, nicht wahr, aber ich bekomme nie die Gelegenheit, mich zu revanchieren. Lieber Himmel, ich wünschte, Sie gehörten zu meiner Truppe!«

»Sie hätten mich sehr bald satt, Super. Auf Wiedersehen. Sprechen Sie bitte mit Mulligan. Und machen Sie sich meinetwegen keine Sorgen. Ich werde mir etwas einfallen lassen, um mit Ihnen in Kontakt zu bleiben.«

Als Mulligan auflegte, sagte er, Bolt habe ihn gebeten, alles zu tun, was Bony von ihm verlange; buchstäblich alles – bis zum Bankraub.

»Ich habe Superintendent Bolt immer gemocht«, sagte Bony. »Er gehört zu den seltenen Männern, die immer bereit sind, Verantwortung zu übernehmen. Jetzt folgendes: Ich möchte Ihr Wort darauf, daß Sie ihm nicht berichten werden, worum ich Sie bitte, außer unter Umständen, die ich Ihnen später erklären werde.«

»Aber Superintendent Bolt wird Bescheid wissen wollen«, wandte Mulligan ein.

»Sie werden dadurch geschützt sein, daß Sie mir Ihr Wort gegeben haben.«

»Nun gut. Sie haben es.«

»Danke. Ach ja, das darf ich nicht vergessen. Ich bitte Sie, sich um Bolts Wagen zu kümmern. Er steht in der Haymarket Garage. Sorgen Sie dafür, daß er ihn zurückbekommt, sobald Sie jemanden dafür abstellen können, und denken Sie daran, daß er diese Antiquität mehr liebt als ein junger Mann seinen Hundert-PS-Sportflitzer.

Jetzt weiter im Text. Ich habe versucht, den Fall der verschwundenen Mädchen direkt anzugehen – gewissermaßen durch die Vordertür –, habe mich länger als eine Woche im Baden Park Hotel aufgehalten und angefangen mich für die Leute zu interessieren, denen es gehört. Jetzt habe ich die Absicht, die Sache einmal von hintenherum anzupacken, mich sozusagen durch die Hintertür einzuschleichen.

Ich bin überzeugt, daß es große Nachteile hat, wenn man zu mehreren kommt, deshalb werde ich allein weitermachen. Ich möchte, daß Sie mich mit dem Wagen zu der Kreuzung bringen, wo die Nebenstraße zum Hotel und die Dunkeld–Hall's Gap Road sich gabeln, und mich dort absetzen. Ich habe die Absicht, soviel wie möglich im Freien zu leben, den Tippelbruder zu spielen und herumzulungern, ohne daß mich jemand sieht oder mir auf die Spur kommt. Ich muß mir passende Kleidung beschaffen, Proviant und einen Kochtopf kaufen. Und es wäre mir recht, wenn wir heute abend um sechs losfahren könnten.«

»Ich warte auf Sie. Einen Wagen bekomme ich.«

»Danke. Haben Sie zufällig eine Pistole mit Schalldämpfer, oder können Sie mir eine besorgen?«

Mulligan riß die Augen weit auf und schüttelte dann fast bekümmert den Kopf. »Glauben Sie, Sie werden sie brauchen?« murmelte er. »Eine Automatic kann ich Ihnen geben.«

»Die hab' ich schon, aber ich will außerdem noch eine leise Waffe. Na, macht nichts.« Bony holte die Pistole heraus, die er von Bolt bekommen hatte, und legte sie auf den Tisch.

»Ich brauche mindestens fünfzig Patronen für diese Waffe. Man soll immer auf Fehlschläge vorbereitet sein.«

13

Durch die Hintertür

Vom Norden gesehen machen die Grampians einen konturlosen, uninteressanten Eindruck und präsentieren dem Beschauer eine scheinbar niedrige Vorderseite mit flachen Gipfeln. Nähert man sich jedoch Hall's Gap vom Western Highway, ändert sich das Bild jäh, die Berge werden imposant, und ist man erst einmal in Hall's Gap, merkt man, wie geschickt sie ihre erhabene Pracht zu verbergen wußten.

Mulligan, der Sportkleidung trug, lenkte den Wagen durch den kleinen Ort Hall's Gap, der sich zum Touristenzentrum entwickelt hatte. Neben ihm saß Inspector Napoleon Bonaparte, nicht mehr elegant und geschmackvoll gekleidet. Die Reithose war neu, aber Stiefel und Leggins gehörten Mulligans Sohn, der ein begeisterter Wanderer war. Das Jackett, das Bony in einem Secondhandladen erstanden hatte, war ihm zu weit, das Khakihemd, das er darunter trug, gehörte Mulligan selbst und war vier ganze Nummern zu groß. Auf dem Rücksitz lagen eine in Segeltuch eingerollte Decke und ein Jutesack mit Lebensmitteln, Tabak, Streichhölzern und zwei Schachteln Pistolenmunition.

Etwas mehr als zwei Meilen hinter Hall's Gap sagte Mulligan: »Hier wurde Price gefunden. Sein Wagen stand neben der Straße, mit der Schnauze in Richtung Hall's Gap. Eine halbe Meile weiter in Richtung Hall's Gap war damals ein großes Camp mit Straßenarbeitern. Der erste Reisende kam um halb zehn Uhr vormittags vorbei. Er sah Price hinter dem Steuer sitzen, als sei er eingeschlafen. Aber jemand hatte ihm mit einer .32 in den Kopf geschossen. Der Motor war ausgeschaltet, und die Schaltung stand auf Leerlauf. Es war möglich, daß Price den Wagen an den Straßenrand gefahren und den Motor abgestellt hatte. Und daß er unmittelbar danach erschossen worden war.«

»Was darauf hinweist, daß jemand ihm signalisiert hatte, er solle anhalten, oder daß er jemanden gesehen und erkannt hatte?« sagte Bony mit einem leichten Fragezeichen hinter seinen Worten.

»Das ist richtig«, stimmte Mulligan zu. »Im Wagen waren keine anderen Fingerabdrücke als die von Mr. Price. Simpson hat ausgesagt, Price habe den Wagen am Tag vorher gewaschen und poliert. Außen an der Fahrertür waren Fingerabdrücke von Simpson, der sich jedoch nicht scheute, zuzugeben, daß er sich an dem Morgen, an dem Price abgereist war, an die Tür gelehnt hatte, um noch ein bißchen zu schwatzen.

Price verließ das Hotel am Nachmittag des dreizehnten Dezember. Am nächsten Morgen wurde er hier tot aufgefunden. Im Heck des Wagen entdeckten wir zwei Einschüsse. Es waren demnach mindestens drei Schüsse abgefeuert worden.«

»Haben Sie irgendeine Theorie?«

»Ja. Daß der Mörder schießend auf Price zulief und nicht wußte, daß er ihn schon mit seinem ersten Schuß getötet hatte.«

»Das scheint mir eine vernünftige Schlußfolgerung zu sein. Hat niemand im Camp die Schießerei gehört?«

»Niemand. Der Abend des dreizehnten Dezember war still und heiß. Die Nacht still und warm. Wir haben an zwei verschiedenen Tagen unter ähnlichen Wetterbedingungen hier Pistolen abgefeuert und ein paar von unseren Leuten im Camp postiert, die zwar die Schüsse hörten, aber sagten, sie seien nicht laut genug gewesen, um jemanden zu wecken, nicht einmal jemanden mit leichtem Schlaf. Und am frühen Abend hatte es damals ein Akkordeonkonzert gegeben. Allerdings erkrankte ein Arbeiter, als alle schon im Bett waren – nur einer saß die ganze Nacht bei dem Kranken. Beide haben die Schüsse nicht gehört.«

»Was mich in meiner Vermutung bestärkt, daß Price nicht hier erschossen wurde.«

»Oder daß der Killer einen Schalldämpfer benutzte.«

»Price war bewaffnet, soviel ich weiß.«

»Mit einem .22 Revolver. Dem reinsten Spielzeug, das nebenbei tief in seinem Koffer vergraben war. Die Waffe gehörte ihm privat.«

Bony fiel in grüblerisches Schweigen. Die Sonne ging unter, und die Gipfel der furchterregenden Berge erwarteten sie. Es wurde schon dunkel, als die Straße mit einer scharfen Kurve in die unendliche Bergwelt eintrat, immer höher anstieg, über die Kreuzung führte, sich wand und schlängelte, neu befestigt, aber gefährlich für leichtsinnige Fahrer. Als sie das weiter entfernte Tal erreichten, war es ganz dunkel geworden.

Sie kamen zu einem einarmigen Wegweiser, der verkündete: *LAKE GEORGE 5 MEILEN.* Zwanzig Minuten später überquerten sie die lange Brücke und stießen auf den Wegweiser mit den drei Pfeilen, von denen einer auf die Nebenstraße zum Baden Park Hotel wies. Ungefähr hundert Meter hinter dem Wegweiser, noch auf der Straße nach Dunkeld, bat Bony Mulligan, anzuhalten und das Licht auszuschalten.

»Als ich das erste Mal bei diesem Wegweiser ankam«, sagte Bony, »habe ich nur die Eukalyptusbäume und die gute, würzige Erde gerochen. Jetzt rieche ich noch etwas anderes, nicht nur Natur. Meine Intuition, die bei mir besonders stark ausgeprägt ist, sagt mir, daß in diesen Bergen etwas ganz Ungewöhnliches verborgen ist. Das, womit ich es womöglich zu tun bekomme, ist bestimmt nicht zu unterschätzen, aber seien Sie unbesorgt, mein lieber Mulligan, und sagen Sie auch dem Super, daß er sich keine Sorgen machen muß. Es ist mir praktisch nicht möglich, mich mit Ihnen oder Constable Groves in Dunkeld regelmäßig in Verbindung zu setzen. Vielleicht brauche ich Unterstützung oder halte es für erforderlich, daß das Hotel durchsucht wird, vielleicht stehe ich auch einmal vor einer Situation, die ich allein nicht bewältigen kann. Deshalb wäre es ganz gut, wenn Sie vorbereitet wären, Wagen und Männer in Bereitschaft hielten und sie auf einen Anruf von mir oder Groves sofort hierher losschicken könnten.«

»Wird veranlaßt. Sie wollen also wirklich unter freiem Himmel leben. Was machen Sie, wenn Sie mehr Lebensmittel brauchen?«

»Ich habe genug eingepackt, um zehn Tage davon leben zu können. Außerdem kann man Kaninchen fangen und schöne, fette Hühner aus der kleinen Landwirtschaft des Hotels ›requirieren‹. Ich werde hier besser leben als im Outback, denn hier gibt es überall Wasser, und die Regenzeit beginnt frühestens in einem Monat. Jetzt trennen sich unsere Wege. Sie fahren über Dunkeld nach Ballarat zurück, so daß es hier keine Wendespuren gibt, die bei jemandem Verdacht erregen könnten, der die Geräusche hört und sich fragt, warum jemand hier umkehrt. Lassen Sie mich raus, bevor Sie die Scheinwerfer einschalten. *Au revoir*!«

»Cheerio und soviel Glück wie möglich, Kollege. Lassen Sie von sich hören, ich warte darauf.«

Bony öffnete die Tür, blieb auf dem Trittbrett stehen, warf sein Bündel und den Jutesack ins Gebüsch und sprang dann hinterher, um keine Fußspuren auf dem Straßenrand zu hinterlassen. Er kauerte sich neben sein Bündel und war nicht zu sehen, als die Scheinwerfer aufleuchteten. Er schaute dem Wagen nach, der im Licht seiner eigenen Beleuchtung immer kleiner wurde, bis er hinter einer Kurve verschwand, und lauschte, bis das Motorengeräusch vom Quaken der Frösche im nahen Bach übertönt wurde.

Bony setzte sich auf die Deckenrolle und rauchte, während die stille, weiche Nacht ihn streichelte wie eine Frau, die ihn alles vergessen machen wollte. Nur ganz allmählich dämpfte die Nacht das Hochgefühl des Jägers, die innere Kälte des Gejagten, das warme Prickeln des Abenteuers. Er war allein in einem fremden, herrlichen Land, und die lebendigen Instinkte der Rasse seiner Mutter würden jetzt immer mehr in ihm erwachen. Er war abgeschnitten von der übrigen Menschheit, Gefährte der lebendigen Erde, von Baum und Strauch behütet. Er würde zu Fuß über die Erde wandern, nicht auf glatten und leicht zu bewältigenden Straßen, sondern durch Wassergräben und über Berge, durch dichten, unwegsamen Busch und trügerischen Sumpf, dabei versuchen, alles im Auge zu behalten und selbst nie gesehen zu werden.

In ihm vollzog sich eine Wandlung, wie er – übrigens nicht zum erstenmal in seinem Leben – mit fast wissenschaftlichem Interesse feststellte. Eine ähnliche Wandlung wie bei Stevensons *Dr. Jekyll*, wenn auch die gegensätzlichen Einflüsse bei ihm nicht Gut und Böse waren, sondern eher das Komplexe und das Primitive im Menschen. Der hochkultivierte Inspector Bonaparte unterlag dem primitiven Jäger. Das gewandte, höfliche, fast pedantische Produkt moderner Erziehung und gesellschaftlichen Schliffs, die nur Tünche sind für das Ego des modernen Menschen, trat jetzt zurück.

Bisher hatte Bonaparte sich den Instinkten der Rasse seiner Mutter noch nie ganz unterworfen, und sein Stolz war die wirksamste Waffe in diesem Kampf gewesen; auch diesmal wollte er nicht völlig kapitulieren, sich jedoch zum Teil aufgeben – und zwar wegen der Bedingungen, unter denen er die nächsten Tage oder Wochen leben würde, und wegen der Kräfte, mit denen er es vermutlich zu tun bekam.

In seiner Laufbahn als Ermittlungsbeamter für Schwerverbrechen hatte er bisher noch kein einziges Mal versagt, was er weniger aufmerksamen Beobachtungen und logischen Schlußfolgerungen zu verdanken hatte, als der ererbten Lust an der Jagd, die er einer Rasse zu verdanken hatte, der die besten Jäger angehörten, die die Welt hervorgebracht hatte; einer Rasse, die Verstand, Geduld und unerschütterliche Entschlossenheit brauchte, um in einem Land zu überleben, in dem Nahrung nur schwer zu beschaffen war.

In den Rhythmus des Kampfes zwischen Instinkten und Einflüssen in seinem Innern mischte sich eine Dissonanz, und die Kampfhähne ließen voneinander ab und wurden still, damit das Warnsignal, das sich Gehör zu verschaffen suchte, nicht unbeachtet blieb. Das Bewußtsein wurde hellhörig, und Bony lauschte aufmerksam, um festzustellen, woher die Dissonanz kam. Er hörte die Ochsenfrösche, die Geräusche von Insekten, den leichten Wind im Laubwerk der Bäume. In diese Symphonie mischte sich das tiefe Dröhnen einer Baßtrommel, und nachdem er einen Sekundenbruchteil gezögert hatte, wußte Bony, was es war. Steinschlag aus dem Gebirge.

Dann hörte er auch, was die Warnsignale in ihm ausgelöst hatte. Etwa aus der Richtung, in der das Hotel lag, kam das Rattern eines Motorrads. Es näherte sich mit der auf dieser schlechten Nebenstraße höchstmöglichen Geschwindigkeit.

Bony schob sein Bündel tiefer in den Busch und legte sich

dahinter auf den Boden. Von ihm aus gesehen, waren die Straße und der Busch gegenüber ein schwarzes und konturloses Nichts, und es dauerte noch gut eine Minute, ehe die rechte Ecke dieser Schwärze in blasses Licht getaucht wurde. Ein paar Sekunden später erreichte der Motorradfahrer die Abzweigung, kam um die Kurve und raste röhrend an Bony vorüber. Im Widerschein des Scheinwerfers war Glen Shannon deutlich zu sehen.

Das Geisterbild von Straße und Gesträuch, vom Motorradscheinwerfer aus der Dunkelheit gerissen, verblaßte. Die Nacht bemühte sich, das Geräusch zu verschlucken.

Bony wartete und wunderte sich. Dann spannte sich seine Oberlippe zu einem harten, starren Lächeln, denn er hörte einen Wagen näher kommen.

Der Wagen hielt an der Abzweigung. Die Scheinwerfer erhellten Bäume und Sträucher rechts von Bony. Auf allen vieren kroch er zum Straßenrand, von wo aus er die Einmündung und die Männer beobachten konnte, die prüfend den Boden betrachteten. Es waren vier, von denen er drei noch nie gesehen hatte. Der vierte war James Simpson.

Die Männer sprachen eine Weile miteinander und verschwanden dann hinter den Scheinwerfern. Der Wagen – es war nicht Simpsons Buick – wendete in der Einmündung und fuhr zum Hotel zurück. Das Motorengeräusch verriet, daß er die Rückfahrt viel gemächlicher anging.

Es sah so aus, als seien die vier Männer nur gekommen, um festzustellen, ob Glen Shannon nach Dunkeld oder nach Hall's Gap abgebogen war. Die Radspuren des Motorrads auf der staubigen Straße hatten ihre Neugier gewiß befriedigt.

14

Vogelperspektiven

In allen Städten der Welt beobachten Männer Häuser und halten fest, wer sie betritt und wieder verläßt. Sie beobachten von belebten Gehsteigen oder von dunklen Toreinfahrten und oft von gegenüberliegenden Häusern aus. Zum erstenmal beobachtete Bony ein Haus von einem Berggipfel.

Viel Wasser war den Bach hinunter- und um das Baden Park Hotel herumgeflossen seit jenem frühen Abend, an dem Mulligan ihn an der Straße abgesetzt hatte. Aber mit seinen Ermittlungen im Fall der verschwundenen Mädchen war Bony kaum einen Schritt weitergekommen.

Zur Hintertür hereingeschlüpft, wie er es nannte, war er in der Nacht. Er hatte sein Bündel und den Jutesack fünf Meilen weit durch ein Gelände geschleppt, das schon bei hellem Tageslicht überaus schwierig zu begehen gewesen wäre, und hatte sein Lager in dem kleinen felsigen Berg aufgeschlagen, der sich vom Gebirge abgespalten hatte.

Seit fünf Tagen beobachtete er jetzt das Hotel und hatte die frühen Morgenstunden zu Erkundungsgängen genutzt.

Nachdem er einen Pfad entdeckt hatte, der zum Gipfel führte, hatte er zwei riesige Granitblöcke direkt am Rand des Abgrunds zu seinem Beobachtungsposten bestimmt. Die Gesteinsbrocken sahen aus, als könne ein Kind sie hinunterstoßen, und sie warfen dunkle Schatten. Im Strauchwerk dahinter konnte man sich vor jedem verbergen, der den Berg heraufstieg. Von diesem Aussichtspunkt überblickte Bony das ganze große Amphitheater, in dem der alte Simpson ein Heim gegründet und seine Kinder großgezogen hatte.

Der Wald lag wie ein dicht gewebter Teppich über Sumpf und Wassergraben, über dem Bach, dem steilen Abhang, dem steinigen Boden und dem verfilzten Strauchwerk. Bony sah ein Stück der weißen Brücke in der Nähe der Abzweigung zur Hauptstraße und die Kerbe im Waldteppich, die den Fahrweg von der Abzweigung zum Hotel und dann noch ein Stück weiter in Richtung des Lake George markierte.

Etwa vierhundertfünfzig Meter tiefer und scheinbar so nah, daß er einen Stein aufs Dach werfen konnte, stand das Baden Park Hotel – cremefarben die Mauern, rot das Dach. Die dem Beobachter näheren Hühnerhäuser und Ställe sahen wie silberne Streichholzschachteln aus und die frei laufenden Hühner wie weiße und schwarze Stecknadelknöpfe auf hellgrünem Samt. Noch näher lag das Viereck des verwilderten Weingartens.

Während der Tage seiner langen Wache war ihm an den Bewohnern des Hotels nichts Ungewöhnliches aufgefallen. Ferris Simpson fütterte morgens und abends die Hühner, und ihr Bruder versorgte die Pferde. Eines Nachmittags spannte er das Zugpferd vor den Karren, brachte eine Ladung Holz nach Hause und schnitt es später auf einer Sägebank. Glen Shannon bekam Bony kein einzigesmal zu sehen, und es erschien auch kein anderer Mann, der den Amerikaner ersetzte.

Bonys frühe Erkundungsgänge waren nicht ganz so erfolglos. Er entdeckte, daß das Hotel den elektrischen Strom von der Station bezog und daß das Haus der Bensons und das Hotel durch eine direkte Telefonleitung verbunden waren. Und er bemerkte, daß Glen Shannon vor und nach Bonys Aufenthalt im Hotel sehr viel gewandert war.

Weil er am Nachmittag des fünften Tages schlafen wollte, drückte Bony seine Zigarette aus und steckte den Stummel sorgfältig ein, erstens, um keine Spur zu hinterlassen, und zweitens, um kostbaren Tabak zu sparen. Er blieb noch etwa eine Minute stehen und musterte forschend das Strauchwerk hinter den Felsblöcken.

In diesem Land konnten Menschen verlorengehen. Ein Mann konnte es kreuz und quer durchwandern, Hilfe suchen und sie nie finden. Und dennoch! Bony erinnerte sich an die Geschichte zweier Männer, die, ein Dutzend Meilen von der nächsten Straße und etwa hundert Meilen von der nächsten Siedlung entfernt, im

Busch einen Zaun gebaut hatten. Das Fleisch war ihnen ausgegangen, da hatte einer ein Gewehr genommen und ungefähr zwei Meilen vom Camp entfernt gejagt und ein Känguruh geschossen. Als er das Tier gehäutet hatte, war ein berittener Polizist aus dem Busch gekommen und hatte ihn mit einer Geldstrafe belegt, weil er das Känguruh in der Schonzeit erlegt hatte.

So etwas war auch hier möglich – vielleicht noch eher. Weil der Busch leer wirkte und man das Gefühl hatte, mutterseelenallein zu sein, mußte man immer mit der Möglichkeit rechnen, daß man beobachtet wurde, und größte Vorsicht walten lassen. Drei Männer waren mit Simpson an der Einmündung zur Hauptstraße gewesen, drei Männer, die Bony während seines Aufenthalts im Hotel nicht gesehen hatte. Vielleicht kamen sie von der Baden Park Station, vielleicht waren es drei von den »Rowdys«, die der alte Simpson erwähnt hatte. Und um das Plädoyer für die Vorsicht zu beenden – niemand hatte die drei Schüsse gehört, die auf Detective Price abgegeben worden waren. Niemand hätte sie hören können, wenn die Pistole mit einem Schalldämpfer ausgerüstet gewesen war.

Der Kamm des Gebirges hinter der gefährlichen Vorderseite war beinahe eben, und der Abhang fiel gleichmäßig steil in jenes Tal ab, in dem die Baden Park Station lag. Auf den oberen Hängen waren die Bäume klein, das Strauchwerk niedrig und dünn. Auf dem Rückweg nach unten benutzte Bony jede nur erdenkliche Methode, um die Anzahl seiner Fußspuren zu verringern. Federn mit frischem Blut an seine nackten Fußsohlen zu kleben, wie das die Ahnen seiner Mutter getan hatten, um der Verfolgung zu entgehen, kam für ihn nicht in Frage; die nächstbeste Methode, Stiefel aus Schaffell mit der Wolle nach außen zu tragen, verbot sich von selbst, weil die kleinen Sträucher rau und die Granitsplitter scharf waren.

Zum Glück würden die Gegner, auf die er vielleicht stieß, Weiße und keine Aborigines sein.

Bony nutzte den Granit und die großen vom Urgestein abgesplitterten und abgespaltenen Steine wie Stufen und stieg diagonal den Bergrücken hinunter, mit der Absicht, hinter der Kuppe auf den Weg zu stoßen, der vom Hotel zur Station führte. Die

Vögel waren seine Verbündeten, sie sahen alles und zwitscherten aufgeregt, wenn sich etwas bewegte.

Urplötzlich lag das Tal vor ihm, ein weites und üppiges Tal, eingebettet in die Rasenflächen gut gepflegter Weiden, auf denen als Zuflucht für das Vieh weit ausladende rote Eukalyptusbäume standen. Durch die Talmitte zog sich ein breiter, silbern funkelnder Wasserlauf, der sich um einen Teil des weitläufigen weißen Hauses herumschlängelte, das von Zierbäumen umgeben war. In der Nähe erhob sich ein großes Kuppelgebäude, das Observatorium, von den Nebengebäuden und dem großen Schuppen flankiert, in dem die Schafe geschoren wurden. Es war der schönste ländliche Besitz, den Bony je gesehen hatte.

Er kam auf die Straße, die vom Hotel herauf- und hinter der Bergkuppe ins Tal führte. Er ging in einem gewissen Abstand neben ihr her, beobachtete scharf die Szene vor sich und behielt die Vögel im Auge, bis er auf einen Zaun stieß.

Bony lehnte sich an einen Baum, halb hinter Gestrüpp verborgen und betrachtete den Zaun. Er war etwa zwei Meter fünfzig hoch. Eisenpfosten trugen die Drähte zwischen größeren, rund dreihundert Meter voneinander entfernten Pfosten, die dazu dienten, die Drähte zu straffen. Vom Boden aufwärts waren im Abstand von jeweils fünfzehn Zentimetern Stacheldrähte wie allzu stramm gespannte Violinsaiten gezogen. In einem Winkel von fünfundvierzig Grad abstehende Eisenarme waren mit fünf Stacheldrähten bestückt. Unmöglich für ein vierbeiniges Wesen den Zaun zu überklettern oder durchzuschlüpfen, und sogar die Kaninchen wurden durch Maschendraht abgeschreckt. Dieser Zaun war unüberwindlich, es sei denn, man rückte ihm mit einer Drahtschere zu Leibe.

Das mußte der Zaun sein, von dem Shannon gesprochen hatte.

Das Tor war rechts, und Bony näherte sich ihm vorsichtig. Es war genauso hoch wie der Zaun und genauso konstruiert und hatte ein merkwürdiges Schloß ohne Schlüsselloch oder Riegel. Vor dem Tor stand eine kleine Schutzhütte, von der eine Telefonleitung zum nächsten Pfosten führte – die Leitung zwischen Haus und Hotel. Etwa fünfzehn Meter hinter dem Tor war ein schmales Metallband in die Straße eingelassen.

Bony hatte bei Experimentierfarmen der Regierung ähnliche Zäune gesehen, aber nie bei einem Privatbesitz. Es mußte Unsummen verschlungen haben, ihn zu ziehen, doch in diesem Fall war er gewiß eine Absicherung gegen den Diebstahl von wertvollen Tieren und Zuchtgeheimnissen.

Bony rauchte drei Zigaretten, ehe er sich von dem Baum löste und näher an den Zaun heranging, um sich ihn genau anzusehen. Jetzt erst merkte er, daß es ein elektrischer Zaun war, der zweifellos vom Haus aus ein- und ausgeschaltet werden konnte. Und dann, wie eigens für ihn bestellt, um ihm zu demonstrieren, wie das Tor funktionierte, durchbrach das Brummen eines Automotors die Stille.

Im nächsten Moment hechtete Bony hinter ein dichtes Gestrüpp.

Simpsons Buick schlängelte sich die Straße herunter und hielt vor dem Tor. Simpson war allein. Er stieg aus, betrat die kleine Schutzhütte, und dann hörte Bony das Telefon klingeln. Nach kaum dreißig Sekunden kam Simpson wieder heraus und stieg in seinen Wagen.

Langsam schwang das Tor nach innen auf. Simpson passierte es, und als der Wagen über das Metallband in der Straße fuhr, schloß sich das Tor, bis auf ein letztes, leises metallisches Klicken völlig lautlos.

15

Risse im Bild

Verborgen im belaubten Grün, entspannte sich Bony und drehte sich aus seiner Stummelsammlung eine Zigarette.

Es war offensichtlich, daß das elektrisch betriebene Tor vom Haus aus kontrolliert wurde und geöffnet worden war, nachdem sich Simpson per Telefon gemeldet hatte. Ebenso offensichtlich war, daß der Wagen auf der Rückfahrt durch sein Gewicht den elektrischen Impuls auslöste, wenn er über den Metallstreifen fuhr, und das Tor sich öffnete. Es blieb so lange offen, bis der Wagen durch war.

Hinter dem Zaun war das Buschwerk so ausgedünnt worden, daß man das Haus sehen konnte. Bony schätzte, daß die Entfernung nicht ganz zwei Meilen betrug. Die Zufahrt war schnurgerade und eben und wurde in Abständen seitlich von weißen Pfosten begrenzt. Sogar von dieser geringen Höhe konnte Bony die roten Dächer und die dicht stehenden Zierbäume sehen, die auf der Ebene dieses kultivierten Tales eine Baumoase bildeten. Die Kuppel des Observatoriums ragte noch über die Bäume hinaus.

Was er von der Baden Park Station zu sehen bekam, war interessant für Bony, den Reisenden, für Bony, den Ermittlungsbeamten, im Zusammenhang mit dem Verschwinden der beiden Mädchen hingegen fast bedeutungslos. Daß James Simpson die Bensons regelmäßig besuchte, erklärte sich durch seine Kinderfreundschaft mit Carl Benson, durch sein Orgelspiel und die freundschaftliche Verbundenheit der beiden Väter.

Glen Shannon hatte diesen Zaun bestimmt gesehen. Wahrscheinlich war er mit James Simpson hier gewesen. Simpsons Besuch hatte nichts zu bedeuten; bedeutsamer hingegen war, daß Shannon nur ganz vage von Zäunen im allgemeinen gesprochen hatte, als würde er mit jemandem ein Geheimnis teilen und dennoch mehr über einen speziellen Zaun erfahren wollen.

Mit seiner eigenen Situation war Bony im Moment zufrieden. Das Buschwerk warf kühlen Schatten, und er hatte eine bequeme Rückenstütze – einen Felsblock – gefunden. Da er sehen wollte, wie das Tor sich wieder öffnete, beschloß er, auf Simpson zu warten – und schlief ein.

Das Klappern von Pferdehufen weckte ihn. Auf der anderen Seite des Zauns ritt ein Viehhüter vorüber. Er sah nicht anders aus als tausend andere, die auf Schafstationen arbeiteten, nur daß er besser gekleidet war. Statt einer einfachen Freizeithose trug er Reithosen und Leggins, die auf Hochglanz poliert waren und zu den braunen Stiefeln paßten. Sein am Hals offenes Sporthemd war von guter Qualität, und das Pferd, das er ritt, brachte Bonys Augen zum Funkeln. Nicht üblich für einen Viehhüter war das Gewehr, das in einem ebenfalls polierten Lederfutteral am Sattelknopf hing. Und als der Reiter am Tor aus dem Sattel stieg und das Pferd sich umdrehte, sah Bony, daß an der anderen Seite des Sattels ein kompakter Schlüssel zum Spannen der Zaundrähte und eine große Schere in einem Lederetui befestigt waren.

Der Mann erledigte seinen normalen Dienst, ritt den Zaun ab und untersuchte ihn auf schadhafte Stellen. Er führte sein Pferd zu einem Baum an der Straße und band es am Stamm fest. Dann holte er Zigarettenpapier und Tabak heraus, um sich eine Zigarette zu drehen. Noch stand die Sonne am klaren Himmel, und der Spätnachmittag schien geruhsam und friedlich zu sein.

Bony rührte sich nicht aus seinem gemütlichen, schattigen Versteck. Der Viehhüter war jung, blond, eifrig und wahrscheinlich intelligent, und er hatte etwas an sich, das ihn von anderen Viehhütern unterschied, etwas Undefinierbares, und so sehr sich Bony auch bemühte, er kam nicht dahinter, was es war.

Nachdem er die Zigarette geraucht hatte, drehte der Reiter sich eine neue. Er kam nicht in die Nähe des Tors und schien auch nicht vorzuhaben, zum Haus zurückzureiten, wo seine Kollegen bestimmt schon Feierabend hatten.

Bony hörte und sah den zurückkehrenden Buick früher als der Viehhüter. Die Straße war schnurgerade und hatte einen guten

Belag, Simpson fuhr zügig, und als er den Wagen unmittelbar vor dem Metallband anhielt, hob der Reiter lässig die Hand und ging dann hinten um den Wagen herum zum geöffneten Fahrerfenster.

Simpson schien sich geärgert zu haben – das sah man seinem Gesicht noch immer an, und die eben noch heitere Miene des jungen Mannes verriet Besorgnis. Was sie sprachen, konnte Bony nicht verstehen, aber es war offensichtlich, daß Simpson sich seinen Ärger vom Herzen redete und der andere Mitgefühl empfand.

Nach etwa einer Minute trat der junge Mann zurück, Simpson legte den Gang ein, und der Wagen rollte langsam über das Metallband. Das Tor begann sich zu öffnen. Der junge Mann rief laut genug, daß Bony es hörte: »Um den Job beneide ich dich nicht!«

Simpson nickte zum Zeichen, daß er verstanden hatte, der Wagen passierte das Tor und stürmte dann mit einer Geschwindigkeit gegen den Berg an, die der Stimmung des Fahrers entsprach. Das Tor schloß sich klickend, und der Reiter drehte sich die dritte Zigarette.

Zehn bis fünfzehn Minuten vergingen. Bony wurde von einer Krähe belästigt, die den Strauch, hinter dem er lag, unangenehm verdächtig fand. Dann hörte er, daß auch aus der entgegengesetzten Richtung ein Reiter ans Tor kam. Dieser Viehhüter sah genauso geschniegelt aus wie der erste. Auch er saß auf einem Pferd, bei dessen Anblick Bonys Augen bewundernd aufleuchteten. Und bei diesem zweiten Reiter hing ebenfalls am Sattelknopf ein Gewehrfutteral. Er war älter, hatte graues Haar und wirkte stur und streng.

Der jüngere Mann band sein Pferd los und stieg auf. Wieder hob er grüßend die Hand, und der andere erwiderte den Gruß, bevor die Pferde Seite an Seite in einen scharfen Trab fielen und sich zum Haus entfernten. Und plötzlich erkannte Bony, was die beiden auf so schwer definierbare Weise von anderen Viehhütern unterschied.

Sie ritten nicht mit der Lässigkeit und Leichtigkeit von Viehhütern, sondern steif und diszipliniert wie Soldaten.

Das Bild des üppigen Tales und des prächtigen Hauses, der eingezäunten Koppeln und Weiden, in der Mitte geteilt durch eine gepflegte Straße, das sich durch einen elektrischen Impuls öffnende und schließende Tor, der unüberwindliche Zaun und die beiden Reiter, die in ihre Unterkunft zurückkehrten, paßten nicht so recht in diese australische Szenerie. Äußerer Anschein und Proportionen stimmten – was nicht wirklich echt erschien, war die Atmosphäre, und Bony war verwirrt und daher beunruhigt.

Er fragte sich, wie oft der Grenzzaun kontrolliert wurde. Seiner Vermutung nach, waren die beiden Reiter gemeinsam vom Haus zur entgegengesetzten Seite des Zauns geritten, hatten sich dort getrennt, jeder hatte seinen Sektor abpatrouilliert, und am Tor waren sie wieder zusammengetroffen. Es wäre gewiß unwirtschaftlich, einen solchen Zaun nicht regelmäßig zu kontrollieren und seinen hohen Nutzen nicht zu erhalten.

Als Bony das Gebüsch verließ und vorsichtig bergwärts stieg, sagte ihm die Sonne, daß es zwanzig Minuten vor sechs war. Auf dem Kamm des Hügels angelangt, von dem aus man das Hotel sehen konnte, legte er sich eine Weile hinter einen Busch, beobachtete den Weg, den er gekommen war, und die Vögel um ihn herum, um zu sehen, ob sie sich außer für ihn noch für etwas anderes interessierten.

Er nahm zwar nicht an, daß man ihn, nachdem er von Mulligan an der Straße abgesetzt worden war, verfolgt oder auch nur gesehen hatte. Das Land um das Baden Park Hotel und den Lake George war unkultiviert, es gab keine Zäune, kein Vieh, doch irgendwo in seiner jungfräulichen Abgeschiedenheit lag der Grund, warum Simpson ihn aufgefordert hatte, das Hotel zu verlassen. Irgendwo unter dem Teppich, der das große Amphitheater bedeckte, mußte es Spuren und Hinweise auf das Schicksal der zwei verschwundenen Mädchen geben, und Bony glaubte, daß Simpson so gehandelt hatte, weil er befürchtete, daß diese Hinweise gefunden werden könnten.

Die feurige Sonne bedrohte die erstarrten Wogen der fernen Berge, als er sich auf der dem Hotel abgewandten Seite der Bergkette auf den Rückweg machte, einzig und allein darauf konzentriert, keine Spuren zu hinterlassen, wobei ihm die festen Granitplatten und das rauhe Gras sehr zustatten kamen, das sich sofort wieder aufrichtete, wenn er es von seinem Gewicht entlastete.

Er kam zu einer breiten Spalte und stieg von einem Felsvorsprung zum anderen hinunter bis zum schattigen Grund und dann weiter steil bergab, bis zu der Stelle, wo sich die Spalte am Fuß des Berges schloß. Danach mußte er den unteren Abhang in der Diagonale überwinden, deutlich zu sehen für jeden, der unten stand. Dieses Risiko mußte er eingehen, weil er im Umkreis von mehreren Meilen keine andere Möglichkeit hatte, abzusteigen.

Sein Weg führte ihn hinter den kleinen Felsenberg, in dem er sein Lager aufgeschlagen hatte. Der Buckel war mindestens sechzig Meter hoch und bestand aus Felsbrocken, von denen jeder wenigstens eine Tonne wog. Die Basis war wabenförmig, mit holprigen Durchgängen; die Durchgänge, bis auf einen, in Breite und Länge ganz unregelmäßig. Dieser eine führte direkt in die Mitte des Felsens, und kurz bevor er endete, zweigte ein schmaler Gang ab, durch den man die Höhle erreichte, in der Bony lagerte.

Er sammelte Holz und brachte es in seine Zuflucht. Seine Stiefel knirschten über die Felssplitter, mit denen der Durchgang übersät war, und sanken dann ein wenig in den sandigen Höhlenboden ein. Er schichtete das Holz zwischen zwei Felsbrocken auf und ging dann mit Kessel und Kochtopf wieder hinaus, um Wasser zu holen. Die Sonne sank und färbte den Berg hinter ihm rostrot und purpurn. Zu seiner größten Freude fand er in einer seiner Fallen in den Sträuchern am Bach ein Kaninchen.

Eine halbe Stunde später lag ein flacher Laib ungesäuerten Brotteiges in der heißen Asche, und Bony bereitete sich eine Mahlzeit aus am Vortag gebackenem Brot, gegrilltem Kaninchen und kochte Tee. Er war ein König in seinem eigenen Palast, Eidechsen mit funkelnden Augen waren seine Höflinge, und auf den äußeren Wällen vollzog sich der Wachwechsel, als die Tagvögel von den Nachtvögeln abgelöst wurden.

Die Rufe der Wachen erreichten ihn nicht in seinem Gemach,

sie waren nicht laut genug, um durch die steinernen Gänge und Spalten, durch die das schwindende Licht einfiel, bis zu ihm zu dringen. Zwar roch es in der Höhle muffig und der Bodensand war feucht, aber es war auch erholsam kühl. Massiv und solide, gab dieser Raum einem Mann, der vierzehn Stunden lang bemüht gewesen war, seinen Feinden auszuweichen, ein Gefühl der Sicherheit.

Als er gegessen hatte, herrschte ein Halbdunkel wie in einem Kloster. Das kleine Feuer war zu flimmender Asche zusammengesunken, die angenehme Wärme verbreitete. Bony hatte die Kunst, auf den Fersen zu hocken, nicht verlernt, seine schlanken Finger beschäftigten sich mit Zigarettenpapier und Tabak, und er hielt das Gleichgewicht mit der Leichtigkeit eines Menschen, der jahrelang nicht mehr auf einem Stuhl gesessen hatte. Sein Blick fiel auf das Häufchen grauer Asche, das der Brotlaib aufgebrochen hatte. Durch die Bruchstellen stieg spiralenförmiger Dampf nach oben, der köstlich nach frischem Brot roch.

Irgendwo vor der Höhle klirrte ein Stein gegen einen anderen.

Die braunen Finger erstarrten mitten in der Bewegung, der Körper des Mannes wurde zum bronzenen Standbild. Steine bewegen sich und fallen – zweimal in vierundzwanzig Stunden, einmal am Tag und einmal nachts, und Bony kannte das Grollen eines Steinschlags. Durch Korrosion bröckelndes Gestein und Geröll liegt auf Vorsprüngen und Felsspitzen, und eines Tages ist es soweit, daß es, von Wind und Regen, Hitze und Kälte zermürbt, endgültig abstürzt.

In der Höhle war es schon fast völlig dunkel, als wieder ein Stein auf einen anderen fiel.

Die kostbare Zigarette verschwand in einer Tasche. Aus der anderen holte Bony die Automatic. Wie ein Bulle, der geschlafen hat und nach dem Wecken sofort losrast, stand Bony mit einer einzigen fließenden Bewegung aus der Hocke auf, war mit einem Satz im Gang vor der Höhle, stand, den Rücken an einen Felsen gepreßt, da und drehte den Kopf so, daß er die senkrechte Kante einer Ecke im Auge behielt.

Vielleicht ein Dingo! Aber Bony bezweifelte das, denn Wildhunde treten ganz leicht und so sicher auf wie Katzen. Vielleicht ein Bergwallaby. Vielleicht ein Mensch. Vielleicht aber war es auch durch die sinkende Temperatur abbröckelndes Gestein.

Das Licht schwand so schnell, als entweiche es durch das Steinsieb nach oben. Die Stille wurde zu etwas, das sich mit brüllenden Drohungen in Bonys Gehirn grub.

War eine langsam größer werdende Ausbuchtung an der Ecke, die er beobachtete, nur Phantasie? Schuf seine Einbildung aus einem Granitsplitter und einem Geräusch etwas Lebendiges, das hinter dieser Ecke lauerte? Gab es tatsächlich dieses an der Ecke glimmende Licht in Augenhöhe?

Bony klebte förmlich in der flachen Felsennische. Die Ausbuchtung an der Ecke schien weiter zu wachsen, unbeirrbar und stetig, bis nach einer halben Ewigkeit die linke Körperhälfte eines Mannes sichtbar wurde.

So schnell, daß einem vor Schreck das Herz stehenbleiben konnte, kam der Mann um die Ecke herum – und erstarrte beim Anblick zweier glitzernder Augen über einem schwarzen Pistolenlauf.

Nicht einmal in dieser Situation bediente sich Bony einer für ihn ungewöhnlichen Diktion.

»Glen Shannon, wie ich vermute«, sagte er. »Legen Sie Ihre Waffe auf den Boden, und nehmen Sie dann die Hände hoch, als ob Sie das Felsendach stützen müßten.«

Shannon ging in die Knie, legte seine Pistole auf den Boden und hob dann die Arme.

»Was ist hier los?« fragte er, und Bony gab die einzige mögliche Antwort: »Alles, was nicht angebunden ist.«

16

Shannons Spiel

Da es binnen weniger Minuten stockdunkel wurde, kam diese Begegnung überaus ungelegen. Bei Tageslicht oder nachts im Licht einer Taschenlampe kann man sich leicht ein Urteil über einen Mann bilden, doch wenn man im Dunkeln auf seine Augen angewiesen ist, hat man Nachteile.

Bony befahl Shannon zurückzutreten, ging selbst in die Knie und hob die Waffe auf, wobei er Shannon nicht aus den Augen ließ und seine Pistole keinen Millimeter schwankte. Er mußte, wenn auch widerstrebend, mit der Möglichkeit rechnen, daß Shannon, irgendwo in der Kleidung versteckt, eine zweite Waffe hatte, und ganz bestimmt hatte er mehrere Wurfmesser bei sich.

»Dieses Land schuldet dem Ihren sehr viel«, sagte Bony. »Es wäre mir wirklich unangenehm, wenn ich Sie erschießen müßte. Das müssen Sie mir glauben. Sie müssen mir aber auch glauben, daß ich bei der geringsten feindseligen Handlung gegen mich nicht einen Augenblick zögern würde, Sie zu erschießen. Drehen Sie sich um, und gehen Sie zum Eingang.«

Shannon machte mit erhobenen Armen kehrt.

»Ich bin nicht der Meinung, daß Sie Onkel Sam viel schulden«, sagte er und trottete gehorsam zum Ausgang. »Es ergab sich einfach nur so, daß ihr Australier irgendwo zwischen dem Hintern der Japse und dem Stiefel von Onkel Sam eingeklemmt wart. Was mache ich hier – mit meinen Händen?«

»Nehmen Sie sie runter, und gehen Sie weiter. Ich bin direkt hinter Ihnen – und ich sehe noch gut.«

»Ich hoffe, Sie zielen nicht auf meine Nieren. Zwischen die Schulterblätter wär's mir lieber.«

»Sie können es sich nicht aussuchen. Wahrscheinlich ist es Ihr Hinterkopf, wenn Sie auch nur das geringste riskieren.«

Dicht hintereinander traten sie ins Freie, und Shannon bekam den Befehl, sich mit dem Rücken zum Felsen hinzusetzen und die Hände auf die Knie zu legen. Der Abend gab noch ein wenig Licht. Shannon trug keinen Hut, und sein helles Haar war struppig und trocken. Seine Hose hatte vom Knie abwärts mehrere Risse, was auf einige Tage und Nächte im Busch schließen ließ. Als er Bony erkannte, nickte er.

»Ich habe mir schon drüben im Hotel gedacht, daß Sie nicht nur so rumreisen«, sagte er. »Tja, ich schätze, das ist Ihr Spiel.«

»Und ich schätze, daß es auch das Ihre ist, Shannon. Was machen Sie hier, und warum sind Sie hinter mir her?«

»Ich war nicht hinter Ihnen her – nicht direkt jedenfalls. Bis zu dieser Minute hab' ich nicht gewußt, daß Sie es sind. Ich hab' Sie nur reingehen sehen, und da Sie nicht wieder rausgekommen sind, dachte ich mir, daß ich Sie festnageln und irgendwie identifizieren könnte. Ich hätte es auch geschafft, wenn ich mein Gehirn benutzt hätte, wie mein Pa es mir beigebracht hat. Ich hab' mich wie ein Anfänger um diese Ecke rumgeschoben, und meine Pistole habe ich zu spät gezeigt. Welche Rolle spielen Sie eigentlich in diesem Drehbuch?«

»Was haben Sie vor, Shannon? Ich würde nur ungern den langen Marsch nach Dunkeld mit Ihnen antreten«, sagte Bony scharf. »Sie haben mir zwar geholfen, als dieser Ringer über mich herfiel, aber damit ist noch längst nicht ausgeglichen, daß Sie mich ununterbrochen beobachtet haben. Und noch etwas hat mich verblüfft – daß Sie Ihre Arbeit im Hotel so Hals über Kopf aufgegeben haben. Sie müssen mir einiges erklären, damit ich klarsehe – und behalten Sie die Hände auf den Knien.«

»Nun, ich weiß auch nicht, was Sie vorhaben. Sie könnten ein Cop sein, aber Sie sprechen nicht so. Auf dem Spaziergang nach Dunkeld gäb's eine Menge Möglichkeiten. Sieht so aus, als säßen wir beide in der Klemme, wie?«

Die schleppende Stimme klang nicht hitzig, und auch die offenen blauen Augen verrieten weder Zorn noch Furcht, aber unerschütterliche Entschlossenheit. Dann entschied er sich, das Patt aufzugeben, denn er war überzeugt, daß es ein Patt war – auch wenn Bony immer noch auf ihn zielte.

»Okay. Sie sollen alles erfahren«, sagte er. »Ich suche jemanden.«

»Ach, tatsächlich? Wie heißt er denn?«

»Sie heißt Mavis Sanky.«

»Aha. Und weiter.«

»Sie ist vor einiger Zeit hier in der Gegend verschwunden. Eine seltsame Gegend übrigens. Gefällt mir nicht besonders. Ich hab' mich selbst schon ein paarmal verirrt. Es gibt hier weder Anfang noch Ende. Aber es gibt viel Wasser, und man braucht nur auf einen Berg zu klettern, um herauszufinden, wo man ist. Komisch daran ist, daß mein Mädchen sich im Busch ausgekannt hat. Ihre Eltern sind Schafzüchter.«

Shannons Stimme verstummte.

»Was Sie mir erzählen, pfeifen eigentlich schon die Spatzen von den Dächern.«

»Ja, das vermute ich auch. Aber daß Mavis mein Mädchen ist, wußte – weiß – niemand. Wir haben uns in Neuguinea kennengelernt. Sie war damals in Ihrer Armee. Wir wollten heiraten, wurden aber durch den Krieg getrennt. Nachdem ich auf die Marshallinseln versetzt worden bin, habe ich ihr noch zwei- oder dreimal geschrieben. Als ich wieder in den Staaten war, hab' ich noch zweimal an Mavis geschrieben und wurde wütend, weil sie nicht antwortete. Ich hatte einfach nicht genug Verstand, um zu begreifen, daß Briefe im Krieg manchmal ein Jahr brauchen, bis sie ankommen. Dann wurde Ma krank. Mein kleiner Bruder war bei der Marine. Der Krieg ging zu Ende, und Ma starb. Das war ein schwerer Schlag für Pa. Für meine Schwestern auch. Eines Tages kamen neun Briefe von Mavis auf einmal, ein paar waren über ein Jahr alt. Ich wollte alles vorbereiten, um sie in die Staaten zu holen, damit wir heiraten konnten. Pa hatte sogar schon eine Ranch für mich in petto. Sagte aber, ich soll nach Australien fahren und Mavis holen. Er meinte, man könne ein Mädchen nicht allein durch die halbe Welt reisen lassen. Dann wurde Pa krank, und alles verzögerte sich. Als ich dann endlich reisefertig war, kam ein Brief von Mavis' Vater, daß sie verschwunden ist. Mein Pa meinte, ich soll zusehen, daß ich nach Australien komme. Also bin ich herübergeflogen.«

»Soviel ich weiß, war sie mit einer Freundin zusammen«, sagte Bony.

»Ja, das stimmt. Sie hieß Beryl Carson.«

»Haben Sie sich mit der Polizei in Verbindung gesetzt, als Sie nach Australien kamen?«

»Nein. Nachdem ich mit Mavis' Vater gesprochen hatte, hielt ich es für besser, wenn sich die Cops nicht einmischen sollten, falls die zwei Mädchen sich nicht im Busch verirrt hatten. Sind Sie ein Cop?«

»Angenommen, Ihr Mädchen und Beryl Carson haben sich tatsächlich nicht im Busch verirrt, angenommen, es ist ihnen etwas ganz anderes zugestoßen – was dann?«

Bleich hob sich Shannons Gesicht vom Felsen ab. Es war so dunkel, daß seine Augen schwarz wirkten. Als er sprach, fehlte der sympathische schleppende Dialekt.

»Pa hat immer gesagt, verdirb dir nie einen Privatkrieg dadurch, daß du nach den Cops schreist.«

Bony entspannte sich ein wenig.

»Wo haben Sie Ihr Bündel?« fragte er.

»Ein Stückchen weiter den Bach runter. Sagen Sie, *sind* Sie ein Cop?«

Bony stand auf. Shannon tat unaufgefordert das gleiche.

»Nicht Cop genug, um einen Privatkrieg zu verderben.«

Er steckte seine Pistole ein und gab Shannon die seine zurück.

»Wir holen uns jetzt selber aus der Klemme raus, von der Sie gesprochen haben«, sagte er. »Nehmen Sie Ihr Bündel, und kommen Sie in mein Lager. Das Brot wird zu hart, wenn ich's nicht aus der Asche nehme.« Überzeugt, daß Shannon zurückkam, sah er die hochgewachsene Gestalt mit dem schwarzen Hintergrund verschmelzen. Er spürte, daß der Amerikaner viel mehr über die Simpsons wußte als er, denn schließlich hatte Shannon mehrere Monate im Hotel gearbeitet, und seine Spuren erzählten eine Menge über seine Unternehmungen. Einige Minuten später tauchte die Gestalt wieder auf, mit Deckenrolle und Rucksack, an dem ein Quartkrug und ein Kaninchen hingen.

Wortlos machte Bony kehrt, betrat den holprigen Gang, tastete sich im Finstern vorwärts; hinter sich hörte er Shannons

Stiefel, die über den Kies scharrten. An der Einmündung in den kleineren Gang, bekam Shannon den Befehl zu warten. Er sah, daß Bony ein Streichholz anstrich und an das aufgeschichtete Holz hielt. Als Shannon die Höhle betrat, holte Bony das Brot aus der Asche.

»Woher haben Sie die Pistole und den Schalldämpfer?« fragte Bony. Shannon stellte sein Bündel ab und setzte sich darauf.

»Die Pistole hat mir ein Kerl in Melbourne für hundert Piepen verkauft. Für den Schalldämpfer hab' ich bei einem anderen dreihundert bezahlt. Wenn man tausend Pistolen ins Land schmuggeln könnte, würde man einen Haufen Geld machen. Der Schalldämpfer ist nicht besonders. Eines Tages wird jemand einen richtigen erfinden, und dann wird es für eine Menge anderer Jungs schwierig – und für die Cops. Darf ich mir auf Ihrem Feuer was kochen?«

»Selbstverständlich. Geben Sie mir Ihren Quartkrug, dann nehm' ich ihn mit meinem Kessel zum Bach mit. Der Feuerschein kann uns nicht verraten. Dafür habe ich gesorgt. Aber wir müssen leise sprechen, weil Geräusche weit tragen, und ich möchte nicht, daß man mich aufspürt.«

»Wer ist man?« fragte Shannon, der in seinem Rucksack kramte.

»Die anderen, natürlich. Ich ärgere mich sehr über mich, daß Sie mich heute abend gesehen haben. Und ich möchte mich nicht noch mehr ärgern müssen, weil wir leichtsinnig sind.«

»Pa hat immer gesagt, daß Leichtsinn Leute umbringt. Er war nie leichtsinnig und ist heute noch voll da.«

Offensichtlich war Shannons Pa sein Leben lang zäh und hart gewesen, und während Bony sich am Bach wusch und die Gefäße füllte, dachte er über Vater und Sohn Shannon nach. Der Amerikaner sprach wie ein harmloser Junge vom Land, doch Schalldämpfer und Wurfmesser redeten eine andere Sprache.

Shannon hatte die Pistole zerlegt und reinigte sie mit einem Lappen.

»Ich habe Kaffee«, sagte er, »und einige Stücke gegrilltes Huhn. Aber kein Brot. Hab's einfach nicht raus, diese Pfannkuchen in Holzkohle zu backen. Zeigen Sie es mir irgendwann mal?«

Bony versprach es; ihm gefiel die Wärme in der sympathischen Stimme, und er zweifelte nicht mehr daran, daß Shannon tatsächlich nur hier war, um sein Mädchen zu suchen. Aus einem Einwickelpapier nahm er etwas, das bei jedem Küchenchef Entsetzen hervorgerufen hätte; er bezeichnete es als gegrilltes Huhn. Als er Bonys schreckensstarren Blick sah, grinste er einfältig und sagte:

»Schätze, ich bin kein guter Koch. Hatte kaum Gelegenheit, so etwas zu lernen. Ma und die Schwestern haben für Pa und uns Jungs gesorgt. Ich kann was in einer Pfanne braten, aber mit offenem Feuer komme ich nicht zurecht.«

»Ich bedaure, Ihnen kein Abendessen anbieten zu können«, sagte Bony höflich. »Hätte ich gewußt, daß Sie kommen, hätte ich Ihnen eine Portion von meinem gegrillten Kaninchen aufgehoben. Ich kann Ihnen aber den Rest von meinem gestrigen Brot anbieten, zu Ihrem – Ihrem – eh...«

»Huhn. Eins von Simpsons Hühnern. Danke für das Brot. Pa hat immer gesagt, ein echter Mann soll sich von leicht angebratenen Steaks ernähren und sie mit Schnaps runterspülen. Der Schnaps löst die Steakfasern im Magen auf, und das ist sehr gut für die Augen.«

Bony brühte Tee für sie beide auf und rauchte nachdenklich, während Shannon heißhungrig aß. Ab und zu ertappte er Shannon dabei, daß er ihn fest und forschend ansah. Seine Anspannung hatte noch nicht nachgelassen; das Mißtrauen war noch vorhanden, obwohl Bony sich sehr freundschaftlich verhielt. Daß er seine Pistole zurückbekommen hatte, war für ihn bei diesem kleinen Spiel, das viel Witz verlangte, ein Nachteil, und das spürte er.

»Graben Sie ein Loch in den Sand, und verbuddeln Sie die Knochen«, sagte Bony. Sie hockten vor dem Feuer, und Shannon warf einen raschen Blick über die Schulter, grinste, nickte, schaufelte mit der Hand ein Loch und deckte die abgenagten Hühnerknochen mit Sand zu. Nach einer Weile holte Bony seine Deckenrolle, legte sie ein Stück vom Feuer entfernt auf den Boden, setzte sich und benutzte die Rolle als Rückenstütze.

Shannon zündete sich mit einem brennenden Zweig eine Zigarette an und drehte sich ein wenig, damit er den Detective Inspector ansehen konnte.

»Nun, fangen wir an?« fragte er.

»Ja, wenn Sie bereit sind«, stimmte Bony zu. »Ich denke, es ist am besten, wenn wir uns zusammentun. Falls wir uns darüber einigen könnten, sollten wir als nächstes unsere Karten offen auf den Tisch legen.«

»Hängt davon ab, was für ein Cop Sie sind. Erzählen Sie mir mal etwas darüber.«

»Da ich ein Cop bin, schlage ich vor, Sie erzählen zuerst. Ich vertrete in diesem Land das Gesetz. Sie sind Ausländer und darüber hinaus im Besitz einer unregistrierten Waffe, für die Sie keinen Waffenschein haben. Hinzu kommen Ihre Bemerkungen über einen Privatkrieg, die darauf schließen lassen, daß Sie die Absicht haben, demnächst den Frieden zu brechen. Wie haben Sie die Stellung im Hotel bekommen?«

»Das war nicht schwierig. Ich war drüben in Dunkeld und trank etwas mit ein paar Burschen, als James Simpson reinkam. Einer von den anderen sagte, daß ich Arbeit suche, Simpson musterte mich von oben bis unten, stellte mir ein paar Fragen und bot mir dann den Job als Mann für alles an. Hat mir gut gepaßt.«

»Und wieso sind Sie so eilig weg aus dem Garden Park?«

Shannon grinste und legte einen Ast auf das Feuer.

»Vielleicht aus dem gleichen Grund wie Sie«, antwortete er. »Simpson sagte, daß er mich nicht mehr braucht, weil bis Ostern sowieso keine Gäste kommen. Ich glaube, er war nicht besonders erfreut darüber, daß ich den Kerl daran gehindert habe, Sie gewissermaßen umzustülpen. Er hat was dagegen, wenn man in seinem Lokal mit Messern wirft, meinte er. Sie hat er doch auch weggeschickt, nicht wahr?«

»Woher wissen Sie das?«

»Ferris hat es mir erzählt. Mit Ferris bin ich gut ausgekommen. Sie hat gewußt, daß an diesem Abend was im Busch war und hat mich zu Hilfe geholt. Sie findet im Garden Park einiges mies, und das Mieseste ist für sie ihr Bruder.«

»Sie hat diese Männer also gekannt, wie?«

»Ja, sie hat sie gekannt – das heißt, eigentlich nur zwei von ihnen. Ich habe sie auch erkannt, als ich im ›Schrank‹ stand. Die beiden Kerle, nicht der Ringer, waren schon einmal vor sechs oder sieben Wochen dagewesen. Sie haben eine Frau belästigt, eine Malerin, die im Hotel wohnte. Sie ist ziemlich viel rumgekommen. Zuviel für Simpsons Geschmack anscheinend. In dieser Nacht war Simpson ebenfalls nicht da, und als sie sich am nächsten Morgen bei ihm beschwerte, hat er ihr gesagt, daß er die Geschichte ganz anders gehört hätte, und dann hat er sie auch rausgeschmissen. Diese Kerle scheinen Simpsons Schläger zu sein. Ich frage mich nur – was hat Simpson zu verbergen, daß er etwas dagegen hat, wenn Malerinnen und Schafzüchter Urlaub in dieser Gegend machen? Die Antwort sind wohl mein Mädchen und Beryl. Was glauben Sie?«

»Soweit denke ich noch nicht«, antwortete Bony. »Warum haben Sie sich so für das interessiert, was ich tue, daß Sie mich ständig beobachtet haben?«

»Das ist ganz einfach. Ich habe nicht so sehr Sie beobachtet, sondern Simpson, weil der Sie beobachtet hat. Ich war ja inzwischen selber ein bißchen rumgekommen. Habe eine Menge Eindrücke gesammelt, wenn Sie verstehen, was ich meine. Pa hat immer gesagt, bevor du dich mit einem Kerl befaßt, finde soviel wie möglich über das Umfeld raus, in dem er lebt, und als Sie ins Garden Park kamen, hatte ich schon eine Menge erfahren.«

»Und Sie glauben, daß Simpson etwas zu verbergen hat?«

»Er hat irgendwas so Oberfaules zu verbergen, daß er eines Tages nahe dran war, Sie zu erschießen. Das war an dem Tag, an dem Sie den Quarz mit dem Gold gefunden haben. Er hat Sie ziemlich lange beobachtet, bevor er Sie angesprochen hat. Einmal hat er so halb und halb mit dem Gewehr auf Sie gezielt – ich hätte fast mein Messer geworfen.«

Bony seufzte. »Sieht so aus, als hätten Sie mich ein paarmal vor Schaden bewahrt«, sagte er. »Danke, Shannon.«

»Schon recht, Mr. – na ja, lassen wir's bei Parkes, bis Sie mir Ihren richtigen Namen verraten. Sehen Sie, es fällt mir nicht schwer, Leute ein bißchen im Auge zu behalten, Pa hat mich ja drauf trainiert.«

»Was möchte Simpson Ihrer Ansicht nach um jeden Preis verbergen?«

»Den Mord an Mavis und ihrer Freundin.«

»Vielleicht. Aber was für ein Motiv könnte er für diesen Mord gehabt haben?«

»Ein ziemlich schwerwiegendes, meine ich. Simpson ist ein Killer von Natur aus. Er hat die Augen und die Hände eines Killers. Pa hat mir gezeigt, wie man sie erkennt – Männer, die von Natur aus gefährlich sind.«

»Er kann Orgel spielen«, sagte Bony.

»Das kann er wirklich.«

»Was halten Sie von Betrug?«

»Das reicht nicht. Mich interessiert weniger, warum mein Mädchen und Beryl Carson beseitigt wurden. Ich will vor allem wissen, wer sie getötet hat. Deshalb habe ich mich auf Simpson und auf die Umgebung des Hotels konzentriert. Der Grund liegt meiner Meinung nach hinter einem hohen Stacheldrahtzaun, der alle fernhält, die daran interessiert sein könnten, diesen Grund zu erfahren.«

»Oh!«

»Wie ich gesagt habe, kümmere ich mich nicht um die Gründe, sondern um die Folgen. Einige habe ich entdeckt, aber noch bin ich nicht so wütend, wie ich sein werde, wenn ich weiß, was mit meinem Mädchen passiert ist. Als sie und ihre Freundin vermißt wurden, hat Simpson als erster nach ihnen gesucht. Ich glaube, der damalige Angestellte, O'Brien hat er geheißen, hat etwas gesehen oder irgendwie zwei und zwei zusammengezählt. Er war ein kleiner Mann mit weißem Haar, der nie Socken oder Strümpfe getragen hat. Auch Stiefel hat er nicht getragen, weil er entzündete Fußballen hatte. Ferris hat mir viel über ihn erzählt. Vierzehn Tage nachdem die Mädchen verschwunden und während Ferris und ihre Mutter verreist waren, ist O'Brien gegangen. Sie sitzen direkt auf seinem Grab.«

17

»Waren Sie schon einmal verliebt?«

Bony starrte den schlaksigen Amerikaner ein paar Sekunden an, bevor er den Blick senkte und die Zigarette zum Mund führte. Shannon merkte, daß seine Hand zitterte.

Eine Bürde – und nicht die geringste –, an der Bony zu tragen hatte, war seine Angst vor dem Tod. Eine Furcht, die ihn während seiner Laufbahn bei der Kriminalpolizei oft unvermittelt aus dem Unterbewußtsein angesprungen und an ihm genagt, ihn an die uralte Rasse erinnert hatte, der er nie ganz entkommen konnte.

Shannon hatte keine Ahnung, daß es sehr unfair war, Bony um diese Zeit und an diesem Ort mit dieser Mitteilung zu überfallen, doch das Weiße in Bonys Augen und die zitternde Hand ließen ihn ahnen, welchen Dämon er freigelassen hatte. Verachtung verdrängte ein wenig das Bedauern, das Shannon empfand, aber weil nicht das leiseste Beben Bonys Stimme veränderte, schlug die Verachtung in Bewunderung um.

»Woher wissen Sie, daß O'Brien unter mir begraben liegt?«

»Ferris Simpson hat ein paar Dinge erzählt«, antwortete Shannon. »Ich bin hergekommen, um festzustellen, ob es stimmt. Wenn Simpson nicht da war, habe ich mich mit Ferris unterhalten. Sie interessiert sich sehr für dic Vereinigten Staaten. Da ich wußte, daß ein Hofarbeiter im Hotel beschäftigt gewesen war, als mein Mädchen verschwand, habe ich Ferris nach ihm gefragt. Sie hat gesagt, daß sie gar kein gutes Gefühl hat, wenn sie an die Umstände denkt, unter denen O'Brien gegangen ist, während sie und ihre Ma grade ein bißchen Urlaub machten. Und sie hat auch gesagt, daß ihr Pa dauernd nörgelt, weil Jim O'Brien rausgeworfen hat. Angeblich hatte der sich im Alkohollager vollaufen lassen. Aber Ferris hat nach ihrem Urlaub das Alkohollager kontrolliert und ist überzeugt, daß sich dort niemand zu schaffen gemacht hatte, seit sie am Tag vor ihrer Abreise drin gewesen war.«

»Wissen Sie zufällig, wieso sie so sicher ist?«

»Ja, ich weiß es. Sie hatten keinen besonders großen Vorrat mehr, und Ferris kannte den Bestand genau. Es gab keine angebrochenen Kisten, als sie abfuhr, und keine als sie zurückkam.«

»Und weiter?« sagte Bony, ohne sich auch nur einen Zentimeter von seinem Platz auf dem Grab wegzurühren, und Shannons Bewunderung wuchs.

»Es gehörte zu meinen Pflichten, mit Pferd und Wagen Feuerholz aus dem Wald zu holen. Davon gibt es reichlich im Umkreis von einer Meile beim Hotel. Aber vor meiner Zeit, hatte irgend jemand den Wagen genau bis hierher zu diesem Felsen gefahren. Man sieht noch jetzt, wo die Radspuren enden, der Wagen anhielt, wendete und wieder zurückfuhr. Also hab' ich ein bißchen rumgeschnüffelt. ›Wenn du eine Leiche auf dem Wagen hättest‹, hab' ich zu mir gesagt, ›wohin würdest du sie dann tun?‹

Ich habe viel und lange hin und her überlegt und bin hier rumgelaufen, vor allem bei Mondschein, weil ich mir wegen Simpson nie ganz sicher war. Eines Nachmittags kam ich in diese Höhle und merkte, daß ein Hund hier gescharrt hatte. Ich ging wieder, hatte aber gar kein gutes Gefühl dabei.

Wenn hier eine Leiche begraben ist, konnte ich ja nicht wissen, ob es O'Brien oder mein Mädchen ist. Wenn es Mavis ist, wollte ich natürlich nicht graben, aber ich – ich mußte es rausfinden.«

Bony fröstelte. Manchmal ist Phantasie weniger eine Gabe als ein Fluch.

Die weiche, schleppende Stimme fuhr fort: »Ich konnte so nicht weitermachen und mußte einfach wissen, wer hier liegt – wenn es überhaupt jemand ist. Simpson rührte sich nicht weg und gab mir keine Gelegenheit nachzusehen, also bin ich einmal spät nachts hergekommen – und hatte vergessen, einen Spaten mitzunehmen. Waren Sie schon mal verliebt?«

Bony nickte.

»Manchmal tut es weh zu lieben«, sagte Shannon. »Es betäubt einen irgendwie, man kann nicht mehr richtig denken und macht komische Sachen. Es war verrückt von mir, nachts herzukommen und den Spaten zu vergessen, und als ich hier war, wußte ich, daß ich nie wieder den Mut dazu haben würde, und was ich tun mußte.

Ich stellte eine Taschenlampe auf den Felsblock hinter Ihnen, schaufelte einen Haufen Sand mit den Händen weg und mußte dann ein paar Steinplatten wegheben. Ich dachte nur an das, was ich jemandem mit meinen Messern antun würde, wenn ich – wenn es mein Mädchen ist. Vor allem dachte ich an den chinesischen Koch einer Ranch, der mir gezeigt hatte, was man mit den Messern anstellen kann, ohne zu töten.

Als ich ungefähr sechzig Zentimeter tief gegraben hatte, stieß ich auf Haare. Sie blieben mir in der Hand, und ich mußte aufstehen und sie ins Licht halten. Aber mir war auch dann nicht besonders fröhlich zumute, als ich sah, daß die Haare weiß und nicht hellbraun mit Goldglanz waren wie die meines Mädchens. Ich wußte ja nicht, was mit den Haaren passiert, wenn man tot ist, also grub ich weiter und kam zu den Kleidern, aber die waren schon so verrottet, daß ich noch immer nicht wußte, wer es war. Die Schuhe haben es mir dann bewiesen. Das Segeltuch war zerfallen, aber die Gummisohlen waren noch intakt. O'Brien hat immer Segeltuchschuhe getragen.«

Shannon zündete sich mit dem glühenden Ende eines Zweigs die Zigarette an, und ein großer, grotesker Schatten flackerte über die Granitdecke.

Der Amerikaner verstummte für eine Weile. »O ja«, fuhr er endlich fort, »manchmal tut es wirklich weh, wenn man liebt. Ich war nie richtig verliebt, bevor ich Mavis begegnet bin. Sie war ein feines Mädchen. Pa hat mir gesagt, ich soll den Kopf nicht hängen lassen, bis ich sicher weiß, ob sie tot ist. Na ja, ich hab' mein Bestes getan und will dabei bleiben, bis ich Gewißheit habe, daß sie umgebracht wurde und nicht nur in diesem gottverdammten Land verschwunden ist. Ich hab' den alten Ted O'Brien wieder zugedeckt, wie sich das gehört, bin rücklings rausgegangen und hab' meine Spuren verwischt. Später hab' ich mich dann ab und zu reingeschlichen, um nachzusehen, ob der Mörder seinem Opfer vielleicht einen Besuch abgestattet hat.«

»Wann haben Sie die Leiche gefunden?« fragte Bony.

»Ungefähr vierzehn Tage bevor Sie im Hotel erschienen sind. Ich habe Sie beobachtet, weil Sie überall rumgeschnüffelt haben. Wie haben Sie gemerkt, daß ich hinter Ihnen her war?«

»In diesem Land kann niemand einen Schritt tun, ohne seine Fährte zu hinterlassen.«

»Eine Fährte? Ich hätte nicht gedacht – ich meine, ich habe gedacht, eine Fährte findet man nur auf sandigem oder staubigem...«

»Es ist eine Begabung. Die Gabe, die Fährten anderer zu lesen, ist fast so hoch einzuschätzen wie die Gabe, selbst keine Fährte zu hinterlassen, der andere folgen können. Als ich merkte, daß Sie mich verfolgen, habe ich gedacht, daß Sie das in Simpsons Auftrag tun. Ich entschuldige mich dafür. Der alte Simpson hat mir erzählt, warum O'Brien angeblich entlassen wurde, und daher war mir auch klar, was diese Wagenspuren hier bedeuten konnten. Warum glauben Sie, daß Simpson den alten O'Brien ermordet hat?«

»Keine Ahnung. Vielleicht wußte O'Brien, daß Simpson die beiden Mädchen auf dem Gewissen hat.«

»Warum haben Sie das Hotel so überstürzt verlassen?«

»Damit man mir nichts anhängen konnte, ich hatte nämlich keine Lust, im Knast zu landen. Hatten Sie mal Gelegenheit, einen Blick in das Zimmer zu werfen, in dem Simpsons Orgel steht? Nein? Ich schon. Eines Abends, als Simpson und Ferris in Dunkeld waren, habe ich mit einem Stückchen Draht die Tür geöffnet. Ich verstehe nicht viel von Orgeln, aber ich wette, daß diese ein paar tausend Dollar gekostet hat. Das Zimmer ist immer abgeschlossen, und Ferris hat mir erzählt, daß niemand dort rein darf – nur Simpsons Freunde. Etwas allerdings ist merkwürdig in diesem Zimmer – das Telefon, das auf einem Pult neben der Orgel steht. Es hat Kopfhörer wie ein Funkgerät, damit der Organist seine Gespräche führen kann, während er Orgel spielt und niemand hört, daß er telefoniert.

Nun ja, als Simpson mir sagte, daß ich entlassen bin und am nächsten Morgen verschwinden muß, saßen wir grade beim Abendessen. Hinterher ging er Orgel spielen, und ich hatte so eine Ahnung, daß er vielleicht mit seinen Freunden in Baden Park was aushecken wollte. Ich hatte natürlich keine Ahnung, was es war, aber ich wollte auf keinen Fall riskieren, daß man mich daran hinderte, weiter nach Mavis zu suchen. Außerdem hätte Simpson ja auch vermuten können, daß ich über Ted O'Brien Bescheid wußte.

Deshalb beschloß ich, auf der Stelle abzuhauen. Ich packte meinen Kram und brachte alles in die Garage. Ferris sah mich und wollte wissen, was los ist. Ich erzählte ihr, daß ihr Bruder mich rausgeworfen hat, und sie meinte, es wäre schlau von mir zu gehen. Wir redeten noch ein bißchen, während wir nach dem Abendessen aufräumten und Simpson noch immer eifrig Orgel spielte. Ich sagte ihr nicht, daß ich Ted O'Brien gefunden hatte, und sie sprach nicht über ihren Bruder. Was zählte, war ja auch nie das, was sie sagte, es war die Art, wie sie es sagte, und der Ausdruck ihrer Augen, wenn sie es sagte. Ich habe ihr nie von Mavis erzählt oder verraten, warum ich nach Australien zurückgekommen war.

Aber egal. Es war schon dunkel, als wir endlich fertig waren. Ich machte mich auf den Weg in die Garage, um mein Motorrad zu beladen, und da sah ich die Scheinwerfer eines Wagens, der von Baden Park kam, über den Kamm des Hügels gleiten. Ich hab' mich beeilt, aber als ich das Motorrad aus der Garage schiebe, wartet Simpson auf mich und will wissen, ob ich eine Spritztour vorhabe. Ich gehe für immer, sage ich, und er meint, okay, aber dann soll ich mit ihm hineinkommen, damit er mir mein Geld geben kann.

Er trödelt ein bißchen rum und sagt, daß ich nicht gleich gehen müßte, es hätte Zeit bis morgen früh. Als er mir endlich mein Geld gibt, ist der Wagen von der Ranch eingetroffen und drei von den Jungs kommen auf einen Drink herein. Sie wollten, daß ich bleibe und mit ihnen trinke, aber ich ließ sie stehen und fuhr los. Ich bin nicht schnell gefahren – ich wollte ganz einfach weg.«

»Wissen Sie, daß man Ihnen bis zur Abzweigung an der Hauptstraße gefolgt ist?« fragte Bony.

»Nein. Tatsächlich?«

Bony berichtete, was er gesehen hatte, und stellte dann eine andere Frage: »Wohin sind Sie an diesem Abend gefahren?«

»Nach Dunkeld. Habe im Hotel übernachtet und mir am nächsten Morgen einen Quartkrug und Vorräte gekauft. Hab' mich den ganzen Tag nur rumgetrieben und bin später dorthin zurückmarschiert, wo ich mein Motorrad im Busch versteckt hatte.«

»Sie halten es nicht für möglich, daß Simpson mit jemandem in Dunkeld telefonierte und ihm den Auftrag gegeben hat, Sie zu beobachten und ihm zu melden, was Sie taten?«

»Nein? Sie?«

»Ich schon.«

Shannon lachte leise in sich hinein, und Bony sah ihn verblüfft an.

»Wird ein lustiger Krieg«, sagte der Amerikaner. »Ich wünschte nur, Pa wäre hier. Schade, daß Sie ein Cop sind. Werden Sie sich einmischen?«

»Vielleicht.«

»Kommt nicht in Frage.« Shannon dachte nach und fuhr, ohne zu lächeln, fort: »Sie sind ein feiner Kerl, aber Sie wissen nicht richtig, wie man jemanden fertigmacht. Ins Herz geschossen zu werden, macht einem weniger aus, als eins in den Bauch verpaßt zu kriegen. Zielen Sie mit ihrer Waffe immer auf den Bauch eines Mannes. Das schüchtert irgendwie ein. Sollten Sie je daran denken, mich verhaften zu wollen, dann beherzigen Sie das.«

Jetzt mußte Bony lachen, und Shannon grinste und stand auf.

»Ich leg' mich jetzt für ein paar Stunden aufs Ohr«, verkündete er. »Oh, ist dieses Kaninchen noch genießbar?«

»Wie lange schleppen Sie es schon mit sich rum?«

»Wie lange? Hab' es erst heute morgen geschossen.«

»Dann vergraben Sie es am besten. Die Fliegen werden schon über es hergefallen sein.«

Shannon hob den Kaninchenkadaver auf und wandte sich damit zur Glut.

»Sie haben recht, und ich habe Simpsons Hühner satt.«

»Simpsons Hühner?«

»Ja, ich hab' seinem Hühnerstall nachts ein paarmal einen

Besuch abgestattet. Pa hat mir beigebracht, wie man einem Huhn den Hals umdreht, ohne daß es gackert. Muß mir wahrscheinlich noch eins holen.«

»Das könnte der Krug sein, der zu oft zum Brunnen geht.«

»Kenn ich. Mein Pa sagt: Scher dich nicht um den Krug, das Wasser ist wichtig.«

Bony legte das letzte Holz auf, damit es noch ein bißchen länger hell blieb, nahm seine Deckenrolle und trug sie in den Gang. Shannon folgte ihm, und Seite an Seite schlugen sie ihr Lager auf.

»Mir ist nicht unbedingt danach, zu nahe bei Ted O'Brien zu schlafen«, erklärte Shannon beiläufig. »Seit ich ihn mir angesehen habe, gefällt es mir hier überhaupt nicht mehr besonders. Ich wüßte nur zu gern, warum sie ihm eins übergebraten haben.«

»Wir werden es erfahren«, sagte Bony.

»Glauben Sie?«

»Ja. Ich ermittle in einem Mordfall immer bis zum bitteren Ende.«

»Kriegen immer Ihren Mann.«

»Immer!«

»Versuchen wohl die Royal Canadian Mounted Police nachzuahmen, wie?«

»Nicht nachzuahmen, Shannon. Ich habe immer Maßstäbe gesetzt, die sie zu kopieren versuchen. Ich werde feststellen, von wem und warum der alte O'Brien getötet wurde und wer die Mädchen auf dem Gewissen hat – falls sie ermordet worden sind. Eins muß Ihnen klar sein: Wenn Sie Ihren Privatkrieg führen – wie Sie das nennen – und ich entdecke, daß Sie jemanden getötet haben, bin ich gezwungen, sie zu verhaften oder verhaften zu lassen.«

»Da muß ich wohl sehr vorsichtig sein, nicht wahr?« Shannons Stimme klang spöttisch und sehr übermütig.

»Sehr vorsichtig«, entgegnete Bony, und es gelang ihm nur schwer, streng zu bleiben. »Angesichts Ihres großen persönlichen Interesses und anderer Umstände, die sehr zu Ihren Gunsten sprechen, wäre es wohl am besten, wenn ich Sie im Namen der Behörden auffordere, mir bei der Festnahme bestimmter verdächtiger Personen – falls es mehrere sind – zu assistieren. Da Sie nicht unintelligent sind, werden Sie anerkennen, wie weit ich Ihnen entgegenkomme, wenn ich folgendes hinzufüge: Falls sich bei bestimmten Aktionen oder bei der Festnahme aus Ihrer Pistole ein tödlicher Schuß lösen sollte, brauchen Sie keine strafrechtlichen Folgen zu befürchten.«

»Was für ein Mann!« murmelte Shannon vor sich hin. »Einhundert Worte.«

»Deshalb werden Sie Ihre Pistole nur benutzen, wenn ich Ihnen die Erlaubnis erteile – und nicht eher.«

»Das trifft mich aber ziemlich hart. Wie ist es mit meinen Halsabschneidern?«

»Auch sie gelten als tödliche Waffen.«

»Na, da sagen Sie mir aber was Neues.« Shannon streckte sich und bohrte mit der Hüfte eine Mulde in den Sand, um bequemer zu liegen. »Ich liebe die Freiheit, und was Sie sagen, klingt mir zu stark nach Armee. Wofür haben wir gekämpft? Keine Ahnung, aber damals haben wir gedacht, es sei für die Freiheit. Ich habe eine Menge zu überlegen, wenn ich über Ihren Vorschlag nachdenken soll. Pa, zum Beispiel. Für ihn gehört mein Mädchen schon zur Familie. Ich muß auf die Prinzipien meines Vaters und die Tradition unserer Familie Rücksicht nehmen. Gründe und Motive überlasse ich Ihnen. Sie können die Gründe, die hinter dem Mord an meinem Mädchen und Beryl Carson stehen, ganz für sich haben – vorausgesetzt, daß sie ermordet worden sind. Die mein Mädchen getötet haben, gehören mir, und ich mache mit ihnen, was ich will.«

Bony streckte sich. Er sehnte sich danach, seine Füße von den Stiefeln zu befreien, aber Stiefel sind im Busch unentbehrlich.

»Immer langsam!« sagte er mit einem scharfen Unterton. »Ich sollte Sie festnehmen, nach Dunkeld ins Gefängnis bringen und anklagen, weil Sie ein Waffenarsenal auf zwei Beinen sind. Ich habe gehört, daß Sie gedroht haben, Landfriedensbruch zu begehen und einen Polizeibeamten bei der Ausübung seiner Pflicht zu behindern. Ehrlich, ich möchte, daß Sie mit mir zusammenarbeiten, aber wie und was gespielt wird, bestimme ich. Ich trage die Verantwortung.«

»Ich denke darüber nach, Kumpel«, sagte Shannon schläfrig. »Sie sind wirklich ein feiner Kerl, auch wenn Sie ein Cop sind. Wie heißen Sie wirklich?«

»Nennen Sie mich Bony.«

»Bony wie weiter?«

»Nur Bony.«

»Okay, dann Bony. Wir werden uns vertragen. Freut mich, mit einem Mann zu arbeiten, der das große Vorbild der Royal Canadian Mounted Police ist.«

Ein paar Sekunden Stille, dann das leise, regelmäßige Schnarchen eines amerikanischen Originals von der Art, die Bony bisher noch nicht gekannt hatte. Rote Glut färbte die Wände von Ted O'Briens Gruft, als wären sie mit seinem Blut getränkt. In dem kurzen Gang zwischen Totenkammer und guter, frischer Luft lagen Bony und sein Gefährte im Dunkeln.

Bony war entsetzlich müde. Der ganze Körper tat ihm weh. Immer wieder schlief er fast ein, wurde jedoch ebenso oft wieder wach, weil ihm die Informationen, die er von Shannon bekommen hatte, keine Ruhe gönnten.

Als Shannon sich rührte und aufhörte zu schnarchen, beunruhigte Bony die Stille – die Stille und die instinktive Furcht vor dem Toten, der in seiner Nähe ruhte. Einmal vertrieb ihm der Gedanke den Schlaf, daß Shannon ihn durch seine körperliche Überlegenheit ein paarmal hätte überwältigen können, und dann wieder wurde er wach, weil sich das Bild von Shannon, der mit einem Stock und bloßen Händen im Sand grub, vor sein geistiges Auge drängte.

Weil er die Sterne nicht sehen konnte, wußte er nicht, wie spät es war. Die roten Wände und das Dach der Felsenkammer verblaßten ganz langsam zur Farblosigkeit, und die Dunkelheit um ihn herum wurde noch bedrückender. Zweimal setzte er sich auf, drehte sich eine Zigarette und überzeugte sich im Licht des aufflammenden Streichholzes, daß Shannon noch da war. Er kam zu dem Schluß, daß es bald dämmern mußte, und dachte daran, hinauszugehen und nachzusehen, ob in einer seiner Fallen am Bach ein Kaninchen saß, als er draußen plötzlich ein Geräusch hörte, das ihn erstarren ließ.

Es wurde wieder still, und er richtete sich auf den Ellenbogen auf. Dann hörte er es wieder – das noch ziemlich weit entfernte Knirschen von Wagenrädern. Er tastete nach Shannon, und der Amerikaner sagte: »Ein bißchen früh, um eine Ladung Feuerholz zu holen.«

18

Angst vor den Toten

Shannon mußte auf seine Armbanduhr geschaut haben, denn er fügte hinzu: »Zehn nach vier. Möchte wissen, was da los ist.«

»Packen Sie Ihr Zeug«, befahl Bony. »Vielleicht müssen wir sehr schnell hier verschwinden.« »Aber –« wandte Shannon ein und wurde durch den schneidend scharfen Ton von Bonys Stimme überrascht. »Reden Sie nicht! Packen Sie ein!«

Im Dunkeln rafften sie ihre Sachen zusammen, während draußen das Räderrollen lauter wurde. Sie hörten Jim Simpson fluchen.

»Simpson«, flüsterte Shannon.

»Ihr Quartkrug!« fauchte Bony und schob das Gefäß zu Shannon hinüber. »Ein paar Meter weiter vorn ist rechts eine Spalte im Fels. Verstecken Sie dort Ihre Sachen. Dann gehen Sie zum Eingang, und beobachten Sie Simpson.«

Shannon verschwand mit Rucksack und Deckenrolle – er war von Bonys plötzlicher Autorität beeindruckt. Bony kroch ohne Licht auf allen vieren in die Felsenkammer zu dem inzwischen erkalteten Feuer. Er tastete mit den Händen danach, fand es, schaufelte eine Mulde in den Sand, schob die Asche und das halbverbrannte Holz hinein und deckte alles mit Sand zu.

Die Notwendigkeit, sich zu beeilen, dämpfte das Entsetzen, das Shannon mit seiner Geschichte von der Leiche in Bony hervorgerufen hatte und, noch immer auf allen vieren, verwischte er die Spuren im Sandboden und wedelte zum Schluß noch mit einem Handtuch darüber. Nachdem er alles Menschenmögliche getan hatte, kroch er rückwärts aus der Kammer und durch den kleinen Gang bis zur Einmündung in den Hauptgang, wo der Boden mit kleinen Steinen bedeckt war. Dort legte er eine kurze Pause ein, um zu überdenken, ob er alle Spuren von Shannon und ihm verwischt hatte.

Shannon stand im Haupteingang, und Bony trat hinter ihn. Simpson hatte am Bach Feuer gemacht, und der Schein war hell genug, daß sie ihn mit einer Kerosinbüchse voll Wasser vom Bach zurückkommen sahen. Das Pferd war noch immer vor den Wagen gespannt. Bony fühlte ein elektrisches Prickeln im Nakken, als Simpson die Büchse mit dem Wasser ins Feuer stellte und dann eine Emailwaschschüssel, ein Handtuch und ein Stück Seife vom Wagen holte.

»Soll ich ihn mir vornehmen?« flüsterte Shannon.

»Selbstverständlich nicht. Was haben Sie zuerst gemacht, nachdem Sie das Grab wieder zugeschüttet haben?«

»Hab' mich gewaschen – hab' mir die ...« Zischend entwich der Atem durch Shannons Zähne. »Sie glauben, er ist hier, um die Leiche umzubetten?«

»Das ist durchaus möglich. Tun Sie nichts, um ihn daran zu hindern. Wenn er herkommt, gehe ich vor ihm hinein, und Sie verstecken sich in der Nische. Schauen Sie!«

Simpson nahm eine Sturmlaterne und eine Schaufel vom Wagen und kam auf den Felsenberg zu. Shannon machte sich zwischen zwei Felsblöcken unsichtbar, und Bony wich lautlos in den Gang zurück und wartete an der ersten Biegung. Vom Schein seines Feuers erhellt, erschien Simpson als schwarze Silhouette am Eingang, stellte die Schaufel ab und zündete die Sturmlaterne an. Er trug eine alte, fleckige Leinenhose, ein graues Flanellunterhemd und alte Schuhe. Sein Haar war zerzaust, seine kalten grauen Augen wirkten sehr klein.

Die Hand, mit der er das Streichholz an die Laterne hielt, zitterte, und die Laterne in der anderen ebenso. Er trat zwei Schritte in die Höhle, fluchte dann und stellte die Laterne so heftig ab, daß sie fast ausging. Er stapfte wieder hinaus, und Bony wartete. Als Simpson zurückkam, hatte er einen zum Teil gefüllten Sack bei sich.

Mit Sack, Schaufel und Laterne kam er nur mühsam vorwärts, und Bony bewegte sich vor ihm tiefer in die Höhle, völlig lautlos, ohne ein einziges Steinchen zu verschieben, bis er zu dem Schlupfwinkel kam, in dem Shannon seine Sachen untergebracht hatte; jetzt schob er sich ebenfalls hinein und legte sich flach auf den Boden. Simpson kam auf dem Weg in die Kammer an ihm vorbei, und sofort stand Bony auf und schlich hinter ihm her; er setzte darauf, daß die Nervosität und innere Anspannung des Mannes ihn hindern würden, die notwendigerweise ziemlich oberflächlich verwischten Spuren im Sandboden zu erkennen.

Es war offensichtlich, daß Simpson seine Zeit nicht mit Nebensächlichkeiten vertrödeln und sich ausschließlich auf das konzentrieren würde, was ihn hierhergeführt hatte. Hastig, jedoch nicht ohne die natürliche Vorsicht außer acht zu lassen, schlich Bony durch den kurzen Gang, der zur Felsenkammer führte, schob den Kopf vor, bis er um die Ecke schauen konnte und verschwand in den Schatten.

Das Missionsbaby, das zum Jungen herangewachsen, mit den Aborigines spielte und auf Abenteuer ging, in der Stadt die High School besuchte und alle Schulferien bei den Aborigines verbrachte, um das große *Buch des Busches* zu studieren, an der Universität erstklassige Zeugnisse erhielt, sein Studium mit Glanz abschloß und für drei Jahre in den Busch ging, um sich auf seinen Beruf vorzubereiten – es war zu einem Mann geworden, der dem Eis befahl zu schmelzen, den Dämonen zu fliehen und den Stimmen zu schweigen, der befahl und dem nicht gehorcht wurde.

Durch die Hitze und die Kälte, das Chaos und das Entsetzen, drang die Stimme von Detective Inspector Napoleon Bonaparte, der gespreizt erklärte: »Ich beschäftige mich ausschließlich mit Kapitalverbrechen. Bei mir gibt es keine ungelösten Fälle. Ein Mord wurde begangen, und dieser Mord und dieser Mörder, die ich sehe, sind die Folgen einer bestimmten Ursache. Verhafte ich jetzt den Mörder, heißt das wahrscheinlich nicht, daß zugleich die Ursache, das Motiv für dieses Verbrechen, klar zutage tritt. Warum Simpson O'Brien getötet hat, ist nicht so wichtig wie die Frage, warum er sein Opfer jetzt ausgräbt. Mord zieht oft weitere Morde nach sich, und auch diesem ist ein anderer vorausgegangen.«

»Lauf!« brüllten tausend Stimmen. »Schau nicht hin! Wende den Kopf ab! Lauf, oder du wirst ein Bild sehen, das du nie vergessen kannst!«

»Du mußt bleiben! Schauen! Warten!« befahl Inspector Bonaparte. »Sei still! Du bist ein Mann. Simpson ist keiner mehr. Schau ihn dir doch an!«

Simpson hatte den Sand weggeschaufelt und die Steine entfernt. Jetzt zerrte er sein Opfer wie ein monströses Insekt zu der Plane, die er auf dem Boden ausgebreitet hatte. Er bewegte sich rücklings in der Hocke, beide Arme steif ausgestreckt, als müsse er seine gräßliche Last so weit wie möglich von sich weghalten. Er hatte sie etwa einen Meter weit gezerrt, als sie ungefähr in Taillenhöhe entzweibrach, und jede Bewegung plötzlich erstarrte. Nur Simpsons Blicke schweiften noch abwechselnd zwischen dem Teil der Leiche, den er noch festhielt, und dem anderen Teil hin und her, der sich gewissermaßen selbständig gemacht hatte.

Dann zerrte er das Ding weiter, über den Rand der Plane, die er an den Ecken mit Steinen beschwert hatte, damit sie nicht verrutschte. Schließlich holte er noch die andere Hälfte, sehr langsam und vorsichtig, als fürchte er, daß noch ein Stück abfallen könnte, wenn er sich zu sehr beeilte.

Was dann passierte, ähnelte einem Kinofilm, der viel zu schnell ablief. Simpson warf sich auf die Knie, schlug eine Längsseite der wasserdichten Plane über die gräßlichen Überreste, rollte und rollte, schlug Fuß- und Kopfende nach innen ein und rollte weiter. Er sprang auf die andere Seite, sein Atem zischte wie entweichender Dampf, er packte den Strick, den er sorgfältig unter der Plane ausgelegt hatte, und schnürte das Bündel fest zusammen.

Er verknotete die Enden des Stricks, richtete sich auf, sein Brustkasten hob und senkte sich, als müsse er um Atem ringen. Er sah aus, als sei er nahe daran, den Verstand zu verlieren. Einmal blickte er auf seine Hände hinunter, und er krümmte sich wie ein Hund, der sich erbrach. Dann griff er nach der Schaufel und begann wie ein Wilder zu arbeiten, füllte das leere Grab mit Sand und glättete die Oberfläche. Die Schaufel stieß er in eine Felsspalte, den Sack schob er hinterher. Die Laterne hängte er sich über den linken Arm, bückte sich und hob das Bündel auf.

Bony zog sich – einem Schlafwandler nicht unähnlich – in die

Spalte, in der Shannons Gepäck lagerte, zurück. Er legte sich flach auf den Boden. Dann übermannte ihn die Übelkeit, die Fesseln rissen, und die Eisnadeln schmolzen.

Er sah Simpson mit der Laterne und seiner Last vorüberstapfen, kämpfte gegen die Übelkeit an, preßte sich das Handtuch, das er dazu benutzt hatte, seine und Shannons Spuren zu tilgen, aufs Gesicht. Shannons schwerer Rucksack lag neben ihm, und er zog ihn unter sich, so daß er von unten auf seinen Magen drückte; Bony wollte dadurch dem Brechreiz vorbeugen und die Würgegeräusche ersticken, bis Simpson die Felsenhöhle verlassen hatte und außer Hörweite war.

Nach einer Weile ging es ihm besser. Shannons Rucksack war ein gutes und praktisches Hilfsmittel. Bony blieb ruhig liegen, bis sich der Aufruhr in seinem Innern gelegt hatte. Ein Luftzug kühlte ihm das nasse Gesicht. Der Tote und mit ihm Bonys Todesfurcht waren dahin, fortgetragen auf dem Rücken des Lebenden. Morgenwind fegte durch den Gang, drang durch alle Spalten und Ritzen und nahm den Leichengeruch mit.

Taumelnd richtete sich Bony auf, lehnte sich an die Felswand und mußte eine Weile warten, bis er wieder bei Kräften war. Dann ging er zum Eingang, und auch jetzt bewegte er kein einziges Steinchen, ließ nicht die geringste Spur zurück.

Shannon war auf seinem Posten. Er sagte nichts, und Bony lehnte sich dankbar an den Felsen. Simpsons Feuer loderte jetzt hell. Pferd und Wagen standen noch in der Nähe. Simpson war nicht zu sehen – ebensowenig das Bündel und die Laterne. In der Luft hing der beißende Gestank von brennendem Stoff.

»Er ist zum Bach hinunter«, sagte Shannon leise. »Er hat das, was er rausgebracht hat, auf den Wagen gelegt. Dann hat er sich ausgezogen und seine Sachen samt den Schuhen ins Feuer geworfen. Er hat das heiße Wasser und die Seife genommen und ist zum Bach hinunter.«

Bony sagte nichts dazu, und Shannon fragte: »Hat er ihn ausgegraben?«

»Ja«, gelang es Bony zu sagen, und es war eine ungeheure Erleichterung für ihn, daß ihm die Sprache wiedergegeben war.

»Wird ihn anderswo begraben«, vermutete Shannon. »Ich

wüßte gern, was ihn dazu bewogen hat. Der alte Junge hat doch hier gut gelegen. Niemand hätte ihn je gefunden.«

»Sie haben ihn gefunden«, gab Bony zu bedenken und fügte hinzu: »Und ich hätte es auch getan.«

Simpson kam vom Bach zurück. Im Feuerschein glitzerten die Wassertropfen auf seinem kraftvollen Körper. Er trocknete sich gründlich ab, holte aus einem anderen Sack frische Kleidung und Schuhe heraus, zog sich an, nahm eine Flasche Wein heraus, trank, zündete sich eine Zigarette an und blieb, während er rauchte, mit dem Rücken zum Feuer stehen.

»Werden wir ihm folgen?« flüsterte Shannon.

»Nicht nötig. Wir brauchen nur den Wagenspuren nachzugehen.«

Simpson blickte in ihre Richtung, und einen Moment glaubte Bony, er hätte sie entdeckt. Dann sah er, daß Simpson den Gebirgskamm betrachtete, der sich schroff, gezackt und schwarz vom opalisierenden Blau des morgendlichen Himmels abhob.

Er rauchte noch eine Zigarette und trank ausgiebig aus der Flasche. Inzwischen behauptete sich der junge Tag gegen die müde, alte Nacht. Simpson dehnte die Arme und spannte die Schultern, als gebe der neue Tag ihm Kraft und innere Ruhe. Er steckte Flasche, Handtuch und Waschschüssel in den Sack und trug den Sack zum Wagen.

Er führte das Pferd weg. Bony und Shannon blieben am Eingang der entweihten Grabstätte stehen und lauschten auf das immer leiser werdende Knirschen der Wagenräder. Ein Glokkenvogel huldigte mit klingender Stimme dem prachtvollen Tag.

»Ich hole unsere Sachen von drinnen«, sagte Bony. »Sie machen Feuer am Bach, aber weit weg von dem anderen.«

»Kochen wir Kaffee, und essen wir was?« fragte Shannon.

»Sie können ruhig essen«, antwortete Bony. »Ich brauche starken Tee so nötig wie ein Ertrinkender Atemluft.«

»Was wir beide brauchen, sind ein paar Tropfen Bourbon, Bony, alter Freund. In meinem Rucksack ist eine Flasche Brandy. Haben Sie Simpson beim Graben zugeschaut?«

»Das habe ich. Brandy? Haben Sie eben gesagt, Sie haben Brandy in Ihrem Rucksack?«

»Eine volle, noch ungeöffnete Flasche.«

»Ich frage mich, Shannon, ob ich es abwarten kann, bis sie offen ist. Ja, ich habe Simpson zugeschaut. Es war nicht gerade schön. Mir war ziemlich übel.«

Shannon nickte. »Nur noch ein bißchen Geduld, Freund«, sagte er. »Ich hole unsere Sachen. Sie sind ein zäher Teufel!«

19

Simpsons Auftraggeber

»Werden Sie Simpson für den Mord an dem alten Knaben festnageln?« fragte Shannon, während er ein Fladenbrot zu einer Büchse Schweinefleisch mit Bohnen aß und Bony den dritten mit einem Schuß Brandy angereicherten Becher Tee trank.

»Noch nicht. Erst muß ich wissen, was für ein Motiv Simpson hatte, die Leiche umzubetten. Das muß einen ungeheuer zwingenden Grund haben, aber ich kann mir keinen vorstellen und bin nicht imstande, mir eine Theorie zurechtzuzimmern. Wir müssen Simpson Gelegenheit geben, sein Vorhaben zu vollenden, bis das Motiv klar wird.«

»Essen Sie eine Scheibe von diesem verdammt köstlichen Brot, damit es den Brandy aufsaugt, den Sie in sich hineinschütten.«

»Ein vernünftiger Vorschlag. Danke. – Alles beginnt an dem Morgen, an dem die beiden Mädchen das Hotel verlassen haben. Simpson hat dafür gesorgt, daß Ferris bei ihm war, als sie gingen, und hinterher wurde er in der Garage gesehen. Er hat es so eingerichtet, daß man ihn auch bei Prices Abfahrt beobachtet hatte, wie er noch ein paar Worte mit ihm wechselte. O'Brien hat er wahrscheinlich ermordet, als seine Mutter und seine Schwester verreist waren. Sein alter Vater konnte ihn nicht ständig im Auge behalten. Jim Simpson war nicht zu Hause, als die Gangster aus der Stadt auftauchten und die Malerin belästigten. Er war auch nicht da, als dieselben Männer versuchten, mich anzugreifen. Wir wissen natürlich nicht, welche Pläne er mit Ihnen hatte, aber ich glaube, er hätte sich wie immer ein Alibi verschafft.«

»Denken Sie, daß er die Absicht hatte, auch mich beseitigen zu lassen?« fragte Shannon.

»Sie nicht?«

»Doch – durch seine Komplizen von der Baden Park Station.«

»Aber nicht von den Besitzern, denke ich. Tatsächlich kann ich nicht glauben, daß er die Männer, die an jenem Abend herübergekommen sind, telefonisch herbestellt hat. Beantworten Sie mir jetzt folgendes: War jemand dabei, als Simpson Ihnen sagte, daß Sie gehen müssen?«

»Ja, der alte Mann.«

»Später hat er Ihnen gesagt, Sie könnten noch über Nacht bleiben und erst am nächsten Morgen gehen. Danach verschwand er, um Orgel zu spielen, ohne ›böse‹ Absicht gegen Sie, da er keine Zeit gehabt hatte, ein Alibi für sich vorzubereiten und so mit Ihnen zu verfahren wie mit Detective Price. Er telefonierte mit Baden Park und erfuhr, daß drei von den Männern am selben Abend rüberkommen wollten. Sie erschienen gerade, als Sie aufbrechen wollten. Simpson konnte Sie nicht zurückhalten. Mit irgendeinem Märchen – daß Sie mit der Portokasse durchgegangen waren oder Ferris beleidigt haben oder so ähnlich, überredete er die drei, hinter Ihnen herzufahren, um festzustellen, welche Richtung Sie auf der Hauptstraße eingeschlagen haben. Nach seiner Rückkehr rief er einen Freund in Dunkeld an und gab ihm den Auftrag, ihm zu melden, was Sie tun, weil er wissen wollte, ob Sie noch im Distrikt sind oder nicht.

Er erfuhr, daß Sie Vorräte und einen Quartkrug gekauft hatten und in Richtung Hall's Gap unterwegs waren, nachdem Sie Dunkeld verlassen hatten. Er erinnerte sich, daß Sie ziemlich viel im Busch umhergestrolcht sind und daß er Ihre Spuren in der Nähe von Ted O'Briens Grab entdeckt hat.

Ich bezweifle nicht, daß er plante, Sie zu beseitigen – wie Sie es ausdrücken. Er war ziemlich voreilig, als er Sie entlassen hat, und außerdem haben Sie sein Angebot abgelehnt, bis zum nächsten Tag zu bleiben. Zwei Fehler in der Planung, aber in allen vorhergehenden Fällen hatte Simpson ein perfektes Alibi.«

»Hm«, brummte Shannon und steckte sich eine Zigarette an. »Sie glauben, daß er so was Ähnliches getan hat, was unser Pa meinte, als er mir und meinem jüngeren Bruder den Rat gegeben hat, wir sollten uns in unserer Heimatstadt nie betrinken und nie den Mädchen nachsteigen, das wäre schlecht für unseren Ruf?«

»Das, denke ich, trifft die Sache«, sagte Bony und lächelte an diesem Morgen zum erstenmal. »Der alte Simpson hat erwähnt, daß es in diesem Landesteil Rowdys oder gefährliche Männer gibt. Ein paar können natürlich unter den Viehhütern von Baden Park zu finden sein, es wäre jedoch unlogisch, Mr. Carl Benson dazuzurechnen, den Besitzer der Baden Park Station und all ihrer goldenen Vliese. Unsere Interessen müssen sich auf das Hotel und seine Umgebung und auf Simpson und seine Komplizen konzentrieren, vor allem auf jene, die unmenschlich genug sind, einen Mord zu begehen.«

»Warum dann dieser mächtig feine Zaun um Baden Park herum?« fragte Shannon.

»Der Zaun ist eine ganz legitime Sicherung gegen den Diebstahl wertvoller Tiere und hungrige Wildhunde, das auf elektrische Impulse ansprechende Tor ist eine sehr gute Idee, weil die Leute es sich einfach nicht angewöhnen können, Tore zu schließen. Da können Schafzüchter noch so viele Schilder anbringen, bitten, befehlen oder Strafen androhen – das nützt alles nichts. Wissen Sie genau, daß Sie damals, als Sie Ted O'Brien gefunden haben, Ihre Spuren gründlich verwischt haben?«

»Aber klar weiß ich das.«

»Vergessen Sie nicht, daß Simpson hier geboren und aufgewachsen ist. Er ist ein Buschmann. Wir können davon ausgehen, daß er Ihre Spuren gesehen hat. Sie haben ihm verraten, daß Sie öfter hier waren, und daraus schließt er wahrscheinlich auch, daß Sie die Höhle kennen. Als er Sie entlassen hat und dann wollte, daß Sie noch bis zum nächsten Morgen bleiben, war entweder ein Plan schiefgegangen, der Sie betraf, oder er war nicht sicher, ob Sie etwas Wichtiges entdeckt haben. In diesem Punkt hat er sich ganz uncharakteristisch verhalten, deshalb muß man sich gründlich damit beschäftigen.

Wir wissen, daß Simpson eine heimlich begrabene Leiche exhumiert und weggebracht hat. Und wir können annehmen, daß er O'Brien ermordet hat. Wir können weiterhin annehmen, daß der Mord an O'Brien eine zwangsläufige Folge des Mordes an Detective Price und – vielleicht – an den jungen Mädchen war. Aber mehr als annehmen können wir es nicht. Price könnte auch von einem Kriminellen getötet worden sein, den er erkannt hat.

Die Mädchen könnten auf Jahre hinaus verschwunden bleiben – falls sie überhaupt je gefunden würden.«

»Sie manövrieren sich ganz schön selbst in eine Ecke, wie?« sagte Shannon, den Mund zu einem grimmigen Lächeln verzogen.

»Nein«, antwortete Bony. »Ich gehe nur vorsichtig vor, um es nach Möglichkeit zu vermeiden, einen falschen Weg einzuschlagen und dadurch Zeit zu vergeuden. Sie glauben offensichtlich, daß die drei Männer aus Baden Park von Simpson ins Hotel zitiert wurden. Wir dürfen aber nicht vergessen, daß Simpson seine Schläger, die mich und vor mir die Malerin hinausekeln sollten, aus Melbourne kommen ließ.«

»Aber jetzt sitzen seine Schläger hinter Gittern«, wandte Shannon ein.

»Er hätte sich mühelos andere besorgen können. Aber sei es, wie es will, wir machen keine Fortschritte. Jetzt müssen wir feststellen, was Simpson mit der Leiche gemacht hat. Als Mavis zu dieser Bergwanderung aufbrach, trug sie eine mit roten Brillanten besetzte Spange im Haar. Haben sie das gewußt?«

»Ja. Ich habe sie ihr geschenkt.«

»Ich habe einen roten Brillanten gefunden – ein paar Minuten, nachdem ich den Kristall mit dem goldenen Einschluß entdeckt habe.«

Shannon riß kurz die blauen Augen auf und kniff sie dann ganz eng zusammen.

»Tatsächlich?« fragte er sehr langsam.

»Ich habe ihn an der Stelle gefunden, an der ein Wagen gewendet hat. Dieser Wagen hat möglicherweise dort auf die Mädchen gewartet. Die Spange kann während eines Kampfes hinuntergefallen sein, dann ist jemand draufgetreten und hat sie wieder aufgehoben, ohne zu merken, daß der Brillant herausgebrochen war.«

»Haben Sie den Brillanten bei sich?«

»Nein. Er ist in sicheren Händen. Ich denke, Shannon, es wäre gut, wenn Sie weiterhin nach Spuren der beiden Mädchen suchen würden. Ich werde inzwischen meine Ermittlungen gegen Simpson fortsetzen und versuchen, hinter seine Motive zu kommen.

Wenn Sie das tun und mir versprechen, das Gesetz nicht selbst in die Hand zu nehmen, kämen wir viel schneller vorwärts. Wir lassen unsere Sachen hier und verstecken sie im Busch. Heute abend treffen wir uns hier, schlagen unser Lager auf und erstatten uns gegenseitig Bericht.«

»Okay. Gehen wir los.«

Sie verstauten ihre Decken und Rucksäcke in einem Felsennest am Fuß der Berge und nahmen die Fährte des Pferdewagens auf. Bony deutete auf die Spuren. »Ziemlich schwierig für einen normalen Mann, einen anderen in diesem Land zu verfolgen, ohne entdeckt zu werden«, entgegnete Shannon und bewies, nicht zum erstenmal, daß er eigensinnig war.

»Gute australische Buschmänner sind keine normalen Männer, Shannon. Australische Aborigines sind Extraklasse. Wir haben Glück, daß es in diesem Distrikt keine gibt – soviel mir bekannt ist. So, ich gehe jetzt dem Wagen nach. Wir arbeiten völlig unabhängig voneinander und treffen uns heute abend hier.«

Shannon nickte ein bißchen zu beiläufig, um Bony zufriedenzustellen, marschierte los und verschwand im Busch, um zu demonstrieren, daß er sich bestens zurechtfand. Auch Bony machte sich auf den Weg und hielt sich ein wenig abseits, aber ungefähr parallel zu den Radspuren. Er orientierte sich an abgebrochenen Zweigen.

Sehr schnell stellte er fest, daß Simpson das Pferd nicht zum Hotel zurückgelenkt, sondern um die Berge herumgefahren war, um an der Kurve hinter dem Weingarten auf den Seitenweg hinüberzuwechseln; dann hatte er das weiße Tor passiert, das er offengelassen hatte. Weitab von der Straße, entdeckte Bony Pferd und Wagen auf einem kleinen, gerodeten Platz. Simpson saß auf dem Boden. Er lehnte an einem Stapel von ungefähr sechs Tonnen Feuerholz.

Bony versteckte sich am Rand der Lichtung in niedrigem Buschwerk, machte es sich ebenfalls bequem und beneidete Simpson, weil er rauchen konnte. Von Shannon hatte er nichts gesehen und nichts gehört.

Der Holzstoß stellte Bony vor ein Problem. Sollte er verhindern, daß die Überreste von Ted O'Brien auf dem Scheiterhaufen verbrannt wurden? Wo lag seine Pflicht? Wenn die Leiche mit dieser Unmenge von Holz eingeäschert wurde – was dann? Feuer zerstört einen menschlichen Körper nicht völlig. Knochenstücke bleiben in der Asche erhalten, auch die Zähne – und außerdem Dinge wie Metallknöpfe und Sohlennägel.

Weil er ahnte, daß der Mord an O'Brien eine Folge vorhergegangener Morde war, und weil er das Gefühl hatte, daß Simpson und sein Verbrechen der Schlüssel zu dem Geheimnis um das Schicksal der beiden Mädchen war, beschloß er, sich nicht bemerkbar zu machen.

Eine volle Stunde verging, Bony kämpfte gegen den Schlaf und sehnte sich nach einer Zigarette, als er auf der Straße Hufschläge hörte, die von Baden Park kamen. Simpson rührte sich nicht, obwohl auch er den Reiter gehört haben mußte. Er stand erst auf, als der Reiter die Straße verließ und neben dem Wagen abstieg.

Der Reiter war groß und hatte graumeliertes Haar. Bony hatte ihn schon zweimal gesehen – neben einer Frau in einem prächtigen Rolls-Royce.

20

Der Mann von Baden Park

Die Begrüßung war nicht freundschaftlich, sondern eher frostig. Mit finsterem Gesicht stand Simpson vor Benson, der ihn seinerseits aus harten blauen Augen musterte. Seine steife, angespannte Körperhaltung paßte nicht zu der Kleidung eines australischen Schafzüchters, die er trug. Er hatte eine volltönende Stimme, so daß Bony mühelos verstehen konnte, was er sagte.

»Hast du die Leiche mitgebracht?«

»Ja. Sie liegt im Wagen. Ich habe sie in Segeltuch gerollt.«

»Leg sie auf den Holzstoß, und pack sie aus, damit ich sie mir ansehen kann.«

»Oh, ich hab' sie wirklich mitgebracht«, fauchte Simpson und schenkte Benson einen rebellischen Blick.

»Damit ich sie mir ansehen kann«, wiederholte Benson.

Simpson zuckte mit den Schultern, zerrte das verschnürte Bündel vom Wagen und trug es zum Holzstoß. Simpson schob das Bündel hinauf, kletterte nach, schnitt die Schnüre auf und tat, was ihm befohlen worden war. Weder seine Augen noch sein Gesicht verrieten etwas von dem Entsetzen, das Bony in der dunklen Stunde vor Tagesanbruch gesehen hatte. Jetzt war Simpson nur wütend, weil sein Wort angezweifelt worden war. Die Sonne schien. Die Vögel waren wach und zwitscherten aufgeregt. Benson schwang sich geschickt auf den Holzstoß.

»Zufrieden?« fragte Simpson über die Schulter zurück.

Benson verzog keine Miene.

»Steck den Holzstoß an«, sagte er.

Er sprang zu Boden, und Simpson folgte. Benson stolzierte steif zu seinem Pferd und führte es weiter vom Wagen weg und näher zu Bony. Simpson nahm einen großen Kanister vom Wagen und schüttete den Inhalt über die Seite des Holzstoßes, die vom Wind bestrichen wurde. Mit einem Streichholz setzte er trockene Zweige in Brand und warf sie auf das mit Petroleum getränkte Holz. Dann stellte er den leeren Kanister wieder auf den Wagen und führte das Pferd ein Stück die Straße hinunter.

Das Holz war vielleicht vor etwa zwei Jahren geschnitten worden und entsprechend ausgetrocknet. Nach der ersten kohlschwarzen Rauchsäule schickte es nur noch dünnen blauen Rauch in die Höhe, der vom Wind zu den Bergen getragen wurde, wo er sich auflöste.

Benson entspannte sich und beobachtete das immer heller lodernde Feuer. Als er Simpson auf sich zukommen sah, holte er wortlos ein Etui aus der Tasche und bot Simpson eine Zigarette an. Simpson bediente sich. Das Etui war mit bläulich funkelnden Diamanten besetzt. Schweigend beobachteten sie den brennenden Scheiterhaufen, der bald zu einem Berg Holzkohle wurde, von dem jetzt kein Rauch mehr aufstieg und nur noch heiße Luft herüberwehte.

Es war ganz klar, warum die Leiche so weit transportiert worden war, um verbrannt zu werden. Das Holz des Scheiterhaufens war strohtrocken, enthielt kein Gas mehr und sonderte daher nur ein Minimum an Rauch ab, was sehr wichtig war, da zu dieser Jahreszeit bei starker Rauchentwicklung wahrscheinlich sehr schnell ein Beobachtungsflugzeug aufgetaucht wäre.

Carl Benson brach das lange Schweigen, und seine Stimme klang jetzt längst nicht mehr so schroff wie vorher.

»Das hast du gut gemacht, Jim. Eine unangenehme Episode ist fast zu Ende. Um die restlichen Einzelheiten mußt du dich morgen früh kümmern.«

»Traust du mir jetzt, oder wirst du wieder aufkreuzen, um mich zu überwachen?« stieß Simpson wütend hervor.

Carl Benson schien von der schlechten Laune seines Freundes unberührt zu bleiben, denn weder sein Gesichtsausdruck noch sein Tonfall veränderten sich.

»Ich bedaure nicht, daß ich so bestimmt gewesen bin«, sagte er. »Du darfst mir weder meine Befehle noch mein Mißvergnügen übelnehmen, denn unsere Verantwortung ist zu groß, sie darf auf keinen Fall unter unserer Reaktion auf bestimmte Situationen leiden. Du hast einen Fehler gemacht, den wir beide – ich und du – korrigieren mußten.«

»Schon gut, Carl. Tut mir leid, daß ich verärgert war. Es war eine widerwärtige Aufgabe, aber sie mußte sein, das verstehe ich ja. Du kannst dich darauf verlassen, daß ich morgen früh die Knochen einsammle, in einem Schlämmfaß zermahle und den Staub ausstreue.«

»Natürlich war es eine gräßliche Sache, Jim, aber es mußte getan werden. Ich war wütend, weil du mir damals nicht gesagt hast, daß du den alten Esel beseite geräumt und die Leiche einfach vergraben hast. Dadurch hast du nämlich *den Plan* gefährdet.«

»Das Risiko, daß jemand die Leiche dort fand, wo ich sie begraben hatte, war tausend zu eins.«

»Du hast recht, Jim. Aber angesichts der Verantwortung, die man uns auferlegt hat, dürfen wir auch ein Risiko von eins zu tausend nicht dulden. Außerdem bin ich ganz und gar nicht glücklich darüber, daß du den Amerikaner auf diese Weise weggeschickt hast. Du hast überstürzt gehandelt, ohne gründlich zu überlegen. Du hättest mich um Rat fragen sollen. Hast du ihn inzwischen gesehen oder etwas von ihm gehört?«

»Nein, nicht nachdem Amos gemeldet hat, daß er Dunkeld verlassen hat. Ich nehme an, daß er sich in Hall's Gap aufhält.«

»Du nimmst an – aber wir können nicht sicher sein«, sagte Benson. »Seit Lockyer nicht mehr da ist, haben wir keinen Vertrauensmann in Hall's Gap. Wir müssen äußerst vorsichtig sein, bis *der Plan* am achtundzwanzigsten verwirklicht wird. Komm heute abend zu uns, und spiel für uns. Gesellschaft und Musik werden dir helfen, die scheußliche Sache zu vergessen.«

»Aber ich bin ja morgen abend ohnehin bei euch«, wandte Simpson halbherzig ein.

»Macht nichts. Komm auch heute. Es gibt noch ein paar Kleinigkeiten, die ich vor morgen abend erledigt wissen will.«

»In Ordnung. Vielen Dank. Mir ist nach Richard Wagner zumute.«

Benson warf seinem Pferd die Zügel über den Kopf. Er streckte die linke Hand aus, und Simpson ergriff sie.

»Wir haben beide große Fehler gemacht«, sagte Benson. »Deiner war der alte Arbeiter, der meine, daß ich auf Coras Forderungen eingegangen bin. Dein Fehler wird morgen früh restlos ausgemerzt sein, nachdem du die Reste beseitigt hast. Mein Fehler wartet immer noch darauf, korrigiert zu werden. Wir werden die Angelegenheit heute abend besprechen.«

Carl Benson stieg auf, nickte zu Simpson hinunter, und Simpson deutete, die rechte Hand an die Stirn legend, einen militärischen Gruß an, nickte ebenfalls und schlenderte zu seinem Wagen. Benson ritt davon und wirbelte kleine Staubwolken auf.

Simpson ging zur Brandstelle zurück, umkreiste sie langsam und offensichtlich zufrieden. Es war nicht nötig, unverbranntes Holz in die Glut zu stoßen, denn der Scheiterhaufen war ganz regelmäßig heruntergebrannt und war jetzt ein kleiner Hügel aus weißer Asche, auf der noch rote Glut schwelte. Gegen Abend würde möglicherweise alles soweit abgekühlt sein, daß man nach Gegenständen suchen konnte, die einen Mörder überführen konnten. Ganz bestimmt konnte man sie morgen früh einsammeln.

Bony fragte sich, wo Shannon in diesem Moment sein mochte. Falls er irgendwo in der Nähe der Lichtung versteckt war, konnte er Carl Benson gesehen und erkannt, aber nicht gehört haben, was gesprochen worden war. Das war gut so, denn der Amerikaner durfte seinen privaten Krieg nicht beginnen, bevor Bony alle Fäden dieses verworrenen Knäuels in der Hand hielt.

Die Schlußfolgerungen, die sich aus diesem letzten Treffen ergaben, waren wirklich ungeheuerlich. Daß Simpson, ein Hoteldirektor, seinen Angestellten ermordet hatte, war schon erstaunlich genug, aber daß der Besitzer der Baden Park Station und der Leiter der berühmten Grampianzucht, etwas mit dem Mord zu tun hatte, war so unglaublich, daß Bony sich zur Ruhe zwingen mußte, um vollständig begreifen zu können, was er gehört und gesehen hatte. Benson hatte von zwei Fehlern gesprochen, und einer dieser Fehler war, daß man ihn nicht über einen Mord informiert hatte und er dem Mörder keine Tips geben konnte, wie er die Leiche am besten loswurde. Er hatte von einer Verantwortung gesprochen, die ihm und Simpson auferlegt war und die einen Mord rechtfertigte, eine Verantwortung, die so groß war, daß ein Mörder gezwungen wurde, sein Opfer nachts auszugraben, die Überreste wegzubringen und auf einem Scheiterhaufen zu verbrennen.

Was für einen Fehler Carl Benson selbst begangen haben konnte, als er einer Forderung seiner Schwester nachgegeben hatte, überstieg Bonys Vorstellungskraft in jeder Hinsicht.

Bony dachte an die beiden anderen Männer, die Viehhüter, die sich am Tor getroffen hatten und gemeinsam zum Haus zurückgeritten waren. Das Bild des jüngeren, der sich mit Simpson durch das offene Wagenfenster unterhielt, drängte sich Bony auf. Simpson war zornig gewesen. Er hatte sich bei dem Reiter über etwas beklagt. Der Viehhüter hatte mitfühlend genickt, und als der Wagen weitergefahren war, gerufen: »Um den Job beneide ich dich nicht!«

Der Job! War Simpson an diesem Nachmittag in Baden Park gewesen, um seinen Fehler zu gestehen? Hatte Benson ihm da befohlen, die Leiche zu exhumieren und zu dem Holzstoß zu bringen, wo sie endgültig vernichtet werden konnte? Wenn Simpson sich darüber bei dem jungen Reiter beklagt hatte, dann war der über die »Verantwortung« informiert, an der Benson und Simpson so schwer trugen. Und sehr wahrscheinlich wußte der andere Viehhüter ebenso Bescheid wie ein paar andere von Bensons Angestellten.

Wenn die beiden Mädchen ermordet worden waren, weil sie etwas über die »Verantwortung« erfahren hatten, wenn die Malerin beleidigt worden war, damit man einen Vorwand hatte, sie aus dem Hotel hinauszuwerfen, wenn der Angriff auf Bony inszeniert war, um ihn loszuwerden, wenn sie Price ermordet hatten, weil er etwas von größter Wichtigkeit entdeckt hatte, dann konnte jeder, der zu »neugierig« war, damit rechnen, daß er es nicht nur mit Simpson zu tun bekam, sondern auch mit Benson und vielleicht einem Dutzend seiner Männer; und man würde nicht zimperlich mit Eindringlingen umgehen.

Shannon, obwohl er seine Spuren nicht so gut verwischen konnte, daß ein erfahrener Buschmann sie nicht entdeckte, war sehr wohl imstande, auf sich selbst aufzupassen. Bony selbst war, wenn er nur ein bißchen Glück hatte, durchaus in der Lage, auch einem Dutzend Reitern ein Schnippchen zu schlagen, doch angenommen, er hatte Pech, wurde entdeckt und entweder gefangengenommen oder getötet – wem sollte er das Material anvertrauen, das er bisher gesammelt hatte? Sollte er nicht bei Groves, dem Polizeibeamten in Dunkeld, einen Bericht hinterlegen, um sich abzusichern, falls er versagte?

Kein Pferd konnte so heftig vor einem flatternden Tuch zurückscheuen wie Bonaparte vor dem Wort »versagen«. Zu versagen bedeutete für ihn absolute und endgültige Verdammnis. Ein Versagen würde seinen Stolz zerbrechen, und dann blieb ihm nichts mehr.

Stolz trieb Bony dazu, den Gedanken an den schriftlichen Bericht aufzugeben und allein zu kämpfen. Stolz versprach Bony große Belohnung und hohes Lob und machte ihn blind gegen die ungeheuren Gefahren, die andere bedrohten, wenn er einen Fehler beging.

Er sah Simpson zu Pferd und Wagen gehen, schaute zur Sonne hinauf und stellte die Zeit fest. Plötzlich merkte er, daß er Hunger hatte und nach einer Zigarette lechzte. Und als Simpson das Pferd am Zügel nahm und zum Tor hinunterführte, begann er sofort, eine Zigarette zu drehen.

Die Wagenräder knarrten, und Bony wußte, daß ihm bei jedem ähnlichen Geräusch in Zukunft das Blut in den Adern gefrieren würde – und wenn er hundert Jahre alt werden sollte. Er rauchte, sah Mann und Wagen das Tor passieren, sah, daß Simpson das Tor zusperrte und den Schlüssel einsteckte. Er hörte die knarrenden Räder auch noch, als Mann und Wagen längst verschwunden waren.

Bony blieb noch eine Stunde in seinem Versteck und beobachtete die Vögel, die ihm verraten würden, ob Shannon in der Nähe war. Dann kehrte er, genauso vorsichtig wie bisher zu dem Felsennest zurück, wo sie die Decken und Rucksäcke verwahrt hatten.

Shannons Sachen waren nicht mehr da. An Bonys Rucksack lehnte die angebrochene Brandyflasche.

21

Der verängstigte Mann

Trotz der lästigen Mücken und der neugierigen Ameisen schlief Bony volle sechs Stunden und erwachte, als die Sonne am heißen Himmel unterging und die Vögel am Bach ein Loblied auf den Tag anstimmten. Nachdem er ein rauchloses Feuer angezündet hatte, setzte er seinen Kessel auf, um Tee zu kochen, rasierte sich, zog sich aus und badete im Bach. Geistig und körperlich erfrischt kehrte er an sein Feuer zurück und hätte am liebsten laut gepfiffen, so zufrieden war er mit diesem Tag.

Mit Shannon beschäftigten sich seine Gedanken genauso wie mit Carl Benson. Seine Sympathie für den Amerikaner war hauptsächlich auf seine sentimentale Ader zurückzuführen; Bony fand es romantisch, daß dieser junge Ex-Soldat um die halbe Welt gereist war, um nach seinem Mädchen zu suchen. Doch jenseits aller Sentimentalität konnte Bony, der Polizeibeamte, »Privatkriege« ebensowenig dulden wie die Einmischung von Zivilpersonen, die mit Pistolen und Wurfmessern bewaffnet waren. Wenn er an die Wurfmesser und an die Pistole mit dem plumpen Schalldämpfer dachte, war er dankbar, daß sich Shannon nicht auf dem Kriegspfad gegen ihn befand.

Er war sehr zufrieden, daß der Amerikaner, falls er Zeuge der Leichenverbrennung gewesen war, nicht nah genug herangekommen sein konnte, um die Unterhaltung zwischen Simpson und Carl Benson zu hören. Wie alle Ermittlungsbeamten der Polizei, hatte auch Bony eine Abneigung gegen Amateuerdetektive.

Ein größeres Problem als Shannon stellten O'Briens Überreste dar, die in der abkühlenden Asche von Simpsons Feuer lagen. Morgen würde Simpson die Knochen herausholen und in einem Schlämmfaß pulverisieren, einem Gefäß, das die Form einer

Granate hat und in dem Steine zu Staub zermalmt werden. War Simpson mit den Knochen des alten Mannes erst einmal so verfahren, gab es nur noch Indizienbeweise gegen ihn, die sich auf die Aussage zweier Zeugen stützten und eventuell auf einen zufällig entdeckten Kleiderknopf und die Metallösen von den Segeltuchschuhen des Opfers.

Sollten die Überreste des Toten morgen früh nicht mehr in der Asche liegen, würde Simpson mit dieser Nachricht sofort zu Benson laufen, denn dann wäre klar, daß das Verbrechen entdeckt worden war. Und dann würde, was zu dieser Tat geführt hatte, vernichtet, wieder versteckt oder auf andere Weise verschwinden. Bony kam daher zu dem Schluß, daß es ein Fehler wäre, die Überreste aus der Asche zu holen – ob ein gravierender Fehler, konnte er nicht abschätzen. Andererseits konnte es genauso falsch sein, die Beseitigung des Skeletts Simpson zu überlassen. Die Frage wurde von einem Rat Kaiser Napoleon Bonapartes entschieden: »Wenn Zweifel bestehen, tu gar nichts.«

Daß Simpson seinen Angestellten ohne Bensons Wissen ermordet hatte und Benson später zum Komplizen geworden war, hatte Bony bei ihrem Treffen am Scheiterhaufen erfahren. Wenn ein Mann wie Carl Benson zum Komplizen in einem Mordfall wurde, dann mußte er von einem einzigartigen und sehr zwingenden Motiv geleitet werden.

Als Bony seine Decke einrollte, fiel sein Blick auf die Brandyflasche, und er beschloß, den alten Simpson zu besuchen, um von ihm mehr über den Besitzer von Baden Park zu erfahren. Als sich Bony unter dem Baum niederließ, den Shannon für seine Zielübungen mit dem Wurfmesser benutzt hatte, war die Welt um ihn herum zwar dunkel, aber am Himmel schimmerte noch ein wenig Helligkeit.

Zwanzig nach acht fuhr Simpson auf dem Weg nach Baden Park mit dem Auto an ihm vorbei; um neun schlich Bony um das Hotel herum. Er war ein wenig verblüfft, weil das Haus stockdunkel war.

Als der Buick an ihm vorübergekommen war, hatte Bony im Licht des Armaturenbretts ganz deutlich Simpson am Steuer erkannt. Zwar hatte er keine Passagiere gesehen, aber Mrs. Simpson und Ferris hatten vielleicht im Fond gesessen. Daß sie so früh zu Bett gegangen waren und schon schliefen, war unwahrscheinlich.

Völlig lautlos stieg Bony die Verandastufen hinauf und schlich ebenso leise über die Veranda, als der Kakadu schläfrig, aber sehr deutlich sagte: »Hau ab, zum Teufel!«

An der Ecke blieb Bony stehen, wartete und lauschte. Fünf Minuten stand er reglos da, vernahm jedoch kein Geräusch, das darauf schließen ließ, daß jemand im Haus war. Das einzige, was man hörte, war das Quaken der Frösche am Bach.

Leise ging er weiter zu der Verandatür, die in das Schlafzimmer des alten Mannes führte. Auf der Schwelle blieb er wieder stehen, horchte, hörte wieder nichts – nicht einmal die Atemzüge des Alten. Er trat einen Schritt in den Raum und hob den rechten Fuß, um den nächsten Schritt zu tun, als ein hoher Angstschrei ihn jäh innehalten ließ, der in ein Gurgeln und in einen Kampf um Worte überging.

»Nein – nicht jetzt, Jim! Nicht jetzt, Jim! Laß deinen alten Vater in Ruh. Ich hab nix Unrechtes getan. Nix gesagt, Jim, kein Wort, nicht mal geflüstert hab ich was. Ich kann dich sehn, Jim, vor der Scheibe kann ich dich genau sehn. Ich hab' geschlafen, Jim, ich hab' ...«

Die Stimme aus dem Bett verstummte, und Bony wußte, daß die alten Lungen Luft für den nächsten Schrei sammelten. Diesen Augenblick nutzte er, trat ans Fußende des Bettes und sagte: »Still. Ich bin es, John Parkes. Es ist alles in Ordnung. Jim ist nach Baden Park gefahren.«

Der alte Mann begann zu schluchzen, und dieses Schluchzen war fast genauso schlimm wie sein Schreien. Bony ging zur Verandatür zurück und horchte noch einmal hinaus, aber alles war still. Als das Schluchzen aufhörte, wurde die Stille zur Last.

Bony ging zum Bett zurück und fragte, wo Frau und Tochter des alten Mannes waren.

»Sie sind weg«, antwortete er mit vor Angst bebender Stimme. »Gestern sind sie weggefahren. Jim hat sie für 'ne Woche nach Melbourne geschickt. He! Sind Sie wirklich John Parkes? Sie –

Sie sind nicht Jim, oder? Reden Sie, sagen Sie was. Ich will Ihre Stimme hören.«

»Sind Sie ganz allein im Haus?« fragte Bony und setzte sich auf den Bettrand. Eine tastende Hand berührte ihn, glitt zu seinem Handgelenk hinunter und umklammerte es. Der Alte seufzte erleichtert auf und versuchte zu sprechen, aber seine Stimme versagte, und er versuchte es noch einmal. Schließlich überwand er seine Angst.

»Wahrhaftig, John Parkes«, sagte er. »Was machen Sie hier?«

»Sonst noch jemand im Haus?«

»Nein. Haben Sie mir was zu trinken mitgebracht?«

»Ich dachte, Sie hätten vielleicht ganz gern einen Schluck. Warum schlafen Sie nicht?«

»Schlafen! Ich trau' mich nicht zu schlafen. Geben Sie mir 'nen Schluck – schnell. Sehn Sie nicht, daß ich ganz fertig bin, ich lieg' hier – lieg' hier und warte – warte auf...«

»Worauf warten Sie?«

»Oh, auf gar nichts Bestimmtes. Die Phantasie geht mit mir durch heute nacht. Sie wissen doch, wie das ist, allein in so einem großen Haus. Schnaps würde mich beruhigen. Geben Sie mir was, John Parkes, und dann erzählen Sie, was Sie inzwischen gemacht haben.«

Bony tastete auf dem Nachttisch herum und stieß auf ein Glas mit etwas Wasser darin, er goß Brandy dazu und drückte dem Alten das Glas in die gierig danach greifende Hand. Mitleid regte sich in ihm, als der Alte verzückt aufseufzte.

»Haben Sie heute abend Ihre Schlaftabletten nicht genommen?« fragte Bony, und der Alte kicherte und schwieg eine Weile. Als er sprach, klang seine Stimme wieder verängstigt.

»Jim hat die Frauen weggeschickt. Er muß sich ganz plötzlich entschlossen und sie gestern am frühen Nachmittag nach Stawell gebracht haben. Da hab' ich dran denken müssen, daß sich Ted O'Brien, als sie das letzte Mal fort waren, im Alkohollager hat vollaufen lassen. Diesmal ist kein Ted O'Brien da und auch kein Glen Shannon. Keiner ist da. Nur ich.«

»Aber Jim kann sich doch um Sie kümmern«, sagte Bony. »Warum machen Sie sich Sorgen?«

»Ja. Jim kann sich um mich kümmern. Stimmt. Jim kann sich immer um mich kümmern. Er hat mir heut abend 'n feines Essen gekocht – das hat er gemacht. Er hat mir hinterher auch 'nen Schnaps gegeben und mich auf der Veranda sitzen lassen, bis es dunkel war. Und da hab' ich angefangen nachzudenken, warum er mir zu trinken gegeben hat. Als er mich ins Bett bringt, sagt er, ich soll meine Tabletten nehmen, weil er schon jetzt weiß, daß ich 'ne schlechte Nacht hab'. Also schieb' ich die Tabletten unter meine Zunge und schluck' das Wasser. Dann stellt er die Flasche mit den Tabletten neben das leere Glas und geht mit dem Licht raus. Ich spuck' die Tabletten aus und steck' sie in die Schlafanzugtasche.«

»Und was stimmt daran nicht?«

»Weiß nicht, ist wohl alles in Ordnung. Nur dieser Schnaps – der erste seit Jahren – und daß er die Flasche mit den Tabletten dagelassen hat. Das hat er nie getan, seit ich einmal noch zwei dazugenommen hab'. Damals ging's mir irgendwie schlecht. Sie mußten den Doktor holen. Ich hab' gedacht – ich hab' gedacht ...«

»Was haben Sie gedacht? Sagen Sie's Ihrem alten Kumpel.«

»Ich hab' gedacht – als ich diesen verfluchten Vogel ›Hau ab, zum Teufel!‹ krächzen gehört hab', daß Jim sich heimlich nach Hause schleicht – seinen Wagen für 'ne Weile auf der Straße stehen läßt – wie schon ein paarmal. Dann hab' ich Sie am Fenster gesehn und hab' gedacht, er ist's. Ich hab' gedacht ...«

»Sprechen Sie weiter, sagen Sie mir, was Sie gedacht haben.«

»Ich hab' gedacht, er ist vielleicht zurückgekommen, weil er nachschaun will, ob ich noch 'n paar Tabletten mehr genommen hab'.«

Bony ignorierte die Anspielung und sagte: »Geben Sie mir Ihr Glas. Trinken Sie noch einen Schluck. Sie sind schrecklich nervös.«

»Nervös!« wiederholte der alte Mann. »Ich bin total fertig, John Parkes, ganz am Boden, sag' ich Ihnen. Ich lieg' hier im Dunkeln, denk' alles mögliche und frag' mich, was Jim mit dem Pferdewagen macht. Ich hab' ihn heut morgen gehört – es war noch finster – Jim ist damit in den Busch gefahren. Alles mögliche hab' ich mir da zusammengereimt – wie er mit dem Pferdewagen weggefahren ist an dem Morgen, an dem er Ted O'Brien hinausgeworfen hat. Damals ist er auch erst mittags zurückgekommen. Sie werden Jim nicht sagen, daß ich Ihnen so Sachen erzähle, nicht wahr?«

»Ach was, zur Hölle mit Jim!« rief Bony. »Keine Sorge, ich sage ihm bestimmt kein Wort. Wissen Sie, warum er Ihre Frau und Ferris nach Melbourne geschickt hat?«

»Nein, aber ich denk' mir meinen Teil.«

»Und was, zum Beispiel?«

»Er hat was vor. Er und Carl Benson. Dieser Carl Benson hat Jim zu dem gemacht, was er ist – mit seinen Angeberautos und schicken Gästen und dem vielen Moos. Benson ist zu hochnäsig, reinzuschaun und mir und der Frau guten Tag zu sagen. Ganz anders als sein Vater. He! Wie wär's, wenn Sie 'n paar Flaschen aus dem Vorratslager holen würden? Ich hab' den Schlüssel. Dann können wir trinken...«

»In dieser Flasche ist genug. Hat Jim die Frauen bis nach Melbourne gebracht?«

»Nein, nach Stanwell zum Bahnhof. Hab' sie streiten hören. Sie wollten nicht fahren. Er hat sie gezwungen. Wir müssen alle tun, was er will – wie wenn er 'n Offizier wär'. Das hat er von Carl Benson, sag' ich. Und von den Kerlen, die er manchmal nach Baden Park mitnimmt.«

»Reiche Männer, nehme ich an?«

»Möglich. Kommen mit großen Wagen und schlafen meistens hier. Irgendwie komisch.«

»Wieso sind sie komisch?«

»Kann ich eigentlich gar nicht sagen. Sie sind einfach anders als die Gäste, die Weihnachten und Ostern kommen. Manchmal sind auch Ausländer dabei. Aufgeblasene Bande. Drücken die Brust raus, als ob ihnen die Grampians gehörn würden.«

»Und Jim bringt sie nach Baden Park? Wie oft kommen diese Leute?«

»Nicht sehr oft, aber oft genug für mich. Haben Sie was über Ted O'Brien rausgefunden?«

»Nein. Glauben Sie, daß er wirklich von hier weggegangen ist?«

Der alte Mann hielt den Atem an und fauchte dann: »Warum fragen Sie mich so was? Woher soll ich das denn wissen?«

»Steigen Sie bloß von Ihrem hohen Roß herunter«, befahl Bony. »Trinken Sie noch einen. Erinnern Sie sich, daß Sie mir von einem gewissen Bertram erzählt haben, der Geige spielt und den Jim auf der Orgel begleitet hat?«

»Ja. Der war ganz oft hier.«

»Ist Jim auch mit ihm nach Baden Park gefahren?«

»Jedesmal, wenn er kommt. Ich glaub', der hat auch dort drüben Geige gespielt. Aber was hat das alles mit Ted O'Brien zu tun?«

»Vielleicht arbeitet Ted O'Brien jetzt drüben.«

»Eh!« rief der alte Mann und verstummte dann. »Ne, ne, der geht nicht nach Baden Park, nie im Leben. Der mag Benson nicht. Oder vielleicht ist er doch da? Cora Benson hat immer gejammert, daß sie Küchenhilfen braucht. Die Dienstboten bleiben nicht bei den Bensons, weil die Station so weit weg von allem ist – Kintopp und so.«

Der alte Mann schwieg, und nach einer Weile fragte Bony: »Ist das die einzige Straße nach Baden Park?«

»Kenn' keine andere«, antwortete der Alte. »Der alte Benson hat 'ne Straße nach Süden gebaut. Sie ist mit der Straße von Moorella nach Dunkeld zusammengestoßen, aber sie ist immer wieder von Erdrutschen kaputtgemacht worden. Die Straße hier durch hat schon der junge Benson gebaut. Hat ihn 'ne Stange Geld gekostet. Im selben Jahr hat er den Zaun ziehen lassen.«

»Hat er die Straße gebaut, um mit seinem teuren Rolls-Royce drauf rumkutschieren zu können, wie?«

»Ne, hat er nicht. Den hat er aus Europa mitgebracht, als er die zwei Orgeln gekauft hat. Hat für jede tausend Pfund bezahlt. Kurt ist 1922 gestorben, und ...«

»Kurt? Wer war Kurt?«

»Der Vater von Carl Benson, natürlich. Als er starb, hat sich rausgestellt, daß er nicht so reich war, wie alle dachten. Carl hat's geschafft und so viel Geld gemacht, daß er sich über die Depression retten konnte, und danach hat er ziemlich viel zusammengescheffelt. Er und seine Schwester sind nach Europa gefahren –

lassen Sie mich mal überlegen – 1935. Und dann wieder 1938. Sind grade noch rechtzeitig vor dem Krieg zurückgekommen. Mann! Er und seine Schwester müssen 'n Haufen Moos verjubelt haben, wo die überall rumgekommen sind. Ah! Danke, mein Junge. Prost.«

Bony sagte nichts, um die Flut der Erinnerungen nicht zu unterbrechen.

»Dann war Krieg, und sie sind ruhiger geworden. Haben ihre Züchtungen verbessert, und nach dem Krieg haben sie den Zaun um Baden Park errichten lassen. Hab' ihn selber nie gesehn, aber man hat mir erzählt, daß er alles abhält – von der Ameise bis zum Elefanten. Sie haben ruhig gelebt, bis auf die Partys und die Besucher aus der Stadt. Protze sind das in meinen Augen. Und Jim ist wie sie. Der alte Kurt Benson war in Ordnung.«

»Er war Ihnen ein guter Freund, als Sie hier anfingen, nicht wahr?«

»Ganz großartig, das war er. War selber noch nicht lange hier.«

»Wann hat er sich in Baden Park niedergelassen?«

»Fünf Jahre vor mir. 1907. Er kam von Neusüdwales. Hat von seinem Vater geerbt. Sein Vater war Weinhändler und Winzer. Hat früher Schoor geheißen.«

»Oh! Er hat seinen Namen geändert, ja?«

»Ne, das hat Kurt gemacht. Der alte Schoor war Ausländer. Schweizer oder Österreicher oder so, weiß es nicht genau.«

»Und Carl, hat er nie geheiratet?«

»Ne. Seine Schwester Cora auch nicht. Die Zeiten haben sich geändert, und die Jungen haben hochtrabende Ideen. Wollen nur Moos machen, ohne dafür zu arbeiten. Wie wär's mit 'nem Schluck?«

»Es ist nur noch einer in der Flasche. Wie fühlen Sie sich?«

»Fein, John, einfach fein. Meine Schmerzen sind weg.«

»Glauben Sie, daß Sie jetzt schlafen können?«

»Warum? Wollen Sie gehen? Sie lassen mich doch nicht allein – nicht jetzt, oder?«

»Na ja, ich würde mich auch ganz gern ein bißchen ausruhen.«

»Aber – Jim – vielleicht kommt er vor Tagesanbruch zurück.«

»Das sollte er auch«, sagte Bony. »Jetzt trinken Sie noch dieses letzte Glas, und dann schlafen Sie schön.«

»Wo werden Sie schlafen?«

Die Stimme des Alten Stimme klang verzweifelt eindringlich, und Bony sagte ihm, daß er am Rand der Lichtung ein Lager hätte und alles in Ordnung war. Der alte Mann fürchtete sich vor seinem Sohn, es war erschütternd.

»Bleiben Sie, John, nur noch eine Weile«, bat er. »Bleiben Sie, bis ich schlafe. Ich hab' keine Angst, wenn Sie im Dunkeln bei mir sitzen.«

»Ruhig«, sagte Bony leise, »ganz ruhig. Ich bleibe.«

Der alte Mann seufzte, und bald darauf verriet sein Atem, daß er eingeschlafen war. Bony zerbrach sich nicht den Kopf darüber, ob es richtig war, dem Alten Alkohol zu geben. Er blieb bei ihm, bis er den Buick hörte. Aber auch da zog er sich nur bis zu den Obstbäumen hinter der Veranda zurück und wartete, bis feststand, daß James Simpson in sein Zimmer gegangen war.

22

Shannons Privatkrieg

Es gab natürlich mehrere Möglichkeiten, sich Zugang nach Baden Park zu verschaffen. Man konnte durch den Zaun gehen, nachdem man mit einer Drahtschere – die nicht zu Bonys Standardausrüstung gehörte – ein Loch hineingeschnitten hatte; man konnte sich mit Hacke und Spaten unter dem Zaun durchgraben – aber auch Hacke und Spaten befanden sich nicht in Bonys Gepäck; und man konnte sich nachts, wenn es sehr dunkel war, an das Heck von Jim Simpsons Wagen klammern. Doch all diese Methoden waren zu plump und konnten kaum wiederholt werden; es war jedoch durchaus möglich, daß Bony sich auf Carl Bensons Besitz öfter als einmal umsehen mußte.

Bony verlegte seine Operationsbasis in ein Versteck zwischen sieben großen Felsblöcken, die eng und dicht von Strauchwerk umwuchert waren. In der Nähe rieselte ein Bach vorüber und am Ufer wuchs üppig grünes Gras, sehr begehrt bei den Kaninchen, die zu diesem Zeitpunkt von Inspector Napoleon Bonaparte ebenso begehrt wurden.

Weniger als hundert Meter von den Felsblöcken entfernt befand sich der hohe Zaun – für jemanden wie Bony, der an diesem Abend in Gipfelnähe des größten Felsblocks in einer abschüssigen Nische lag, scheinbar leicht zu übersteigen. Goldenes Sonnenlicht fiel schräg auf das grüne Tal, auf das von hohen Bäumen umstandene Haus, das Observatorium und auf das weiße Band der Straße, das sich schnurgerade durch das Grün zog.

Der Tag neigte sich dem Ende zu, als Bony Simpsons Wagen beobachtete, der rasch die weiße Straße entlangfuhr und beim Haus unter den Bäumen verschwand. Als er nicht mehr zu sehen war, begann Bony mit den Händen und einem im Feuer gehärteten Stock unter dem Zaun einen Tunnel zu graben.

Der Tunnel war die einzige Möglichkeit für ihn, Baden Park zu betreten und zu verlassen, wann er wollte. Er grub an einer gut geschützten Stelle, wo auch hinter dem Zaun haufenweise trokkenes Gestrüpp herumlag, so daß der Tunnel von beiden Seiten nicht entdeckt werden konnte. Bony war gezwungen, bis zu neunzig Zentimeter tief zu graben, und er mußte die ausgehobene Erde gut verstecken. Als er fertig war, wurde es schon Tag, und er hatte das Gefühl, seinen Rücken nie mehr ganz aufrichten zu können. Seine Hände waren aufgerissen und schmerzten.

Er frühstückte gegrilltes Kaninchen und einen Kanten Fladenbrot; es war das letzte Stück, denn er hatte kein Mehl mehr. Der Tabak war ihm auch ausgegangen, aber er hatte einen Vorrat an Zigarettenstummeln, etwa zwanzig Streichhölzer, eine Handvoll Tee und ein bißchen Zucker.

Er schlief bis kurz vor fünf, brühte sich dann eine Tasse Tee auf und aß wieder ein Stück Kaninchenfleisch. Er plante, sich nachts das Haus und seine Bewohner näher anzusehen und rauchte gerade bewußt langsam eine Zigarette, als er Schüsse hörte. Es waren vier, etwa so laut wie das Plopp eines Korkens, der aus der Flasche gezogen wurde.

Innerhalb weniger Sekunden stand Bony in der Nische unter dem Gipfel des höchsten Felsblocks und blickte zum Haus hinüber. Er sah die goldenen Orangen an den Bäumen, doch weder beim Haus noch beim Observatorium bewegte sich etwas. Er sah sogar den blauen Rauch, der träge aus einem der drei Schornsteine stieg. Dann hörte er wieder Schüsse, ein bißchen deutlicher diesmal, aber nicht näher, und sie kamen aus den Bergen hinter ihm.

Ein paar Minuten vergingen, dann knallte es wieder und nach einer kurzen Pause noch einmal. Als danach alles still blieb, beschloß er, festzustellen, was es mit diesen Schüssen aus einem oder mehreren Gewehren auf sich hatte.

Dann hörte er das Flugzeug.

Es flog sehr hoch und näherte sich von Westen, ein goldfarbener Bleistift, dem Flügel gewachsen waren und der schließlich über dem Haus zu kreisen begann. Eine Maschine mittlerer Größe landete auf einer Koppel, um die sich der Bach herumschlängelte, und rollte dann auf das Haus zu. Es hüpfte wie eine Zikade, die zum erstenmal ihre Flügel ausprobiert. Vor der Gartenhecke tauchte ein Mann auf, der die drei Leute begrüßte, die aus dem Flugzeug stiegen.

Für Bony war es offensichtlich, daß die Bewohner des Hauses die Schüsse nicht gehört hatten. Für ihn waren sie jedoch interessanter als die Ankunft der drei Gäste. Er hielt es für möglich, daß die Schüsse auf Shannons Konto gingen, der seinen Privatkrieg begonnen hatte, denn kein Sportsmann würde Jagd auf Känguruhs, Wallabys oder wilde Hunde machen. Der Teufel sollte Shannon holen, wenn er in der Gegend herumgeballert und einen Hornissenschwarm aufgeschreckt hatte, der um jeden Preis ruhiggehalten werden sollte.

Verärgert, aber doppelt vorsichtig begann Bony den langen Aufstieg über den Bergrücken, der an dem Felsen endete, von dem aus man das Baden Park Hotel überblickte.

Er erreichte den Kamm und ging ungefähr eine Viertelmeile ganz langsam, bevor er fast in der Fallinie abzusteigen begann. Als er die Hälfte des Weges hinter sich hatte, sah er Farbe aufblitzen und warf sich zu Boden. Er blieb eine Zeitlang liegen. Die Farbe war hellbraun gewesen, und Bony war verblüfft, weil die Vögel in der Umgebung nicht in Aufregung gerieten. Er kroch weiter und entdeckte, nachdem er etwa zwölf Meter zurückgelegt hatte, ein gesatteltes Pferd, das an einem Baumstumpf angebunden war. Wieder verstrichen mehrere Minuten, bevor er ein Stückchen näher kroch, und erstarrte beim Anblick des Reiters wieder zu Bewegungslosigkeit.

Der Mann lag so still, daß die Vögel nicht einmal Notiz von ihm nahmen, sondern ihre Aufmerksamkeit ganz auf Bony konzentrierten. Der Mann lag ein paar Meter von seinem Pferd entfernt auf dem Rücken, in einer Hand ein Gewehr, die andere hoch oben auf die Brust gepreßt.

Kein Zweifel, der Mann war tot, und Bony ging vorsichtig näher. Das Pferd beobachtete ihn, die Ohren wachsam aufgestellt. Dann seufzte Bony mit der Resignation eines Märtyrers, denn im Hals des Reiters steckte ein Wurfmesser.

Diese Seite im *Buch des Busches* enthielt unverkennbar eine

Tragödie, und Bony hätte sie unschwer entziffern können, hätte Vorsicht ihm nicht geboten, den schwereren Weg einzuschlagen. Anstatt direkt vorwärtszugehen, mußte er, noch immer auf allen vieren, um Pferd und Mann herumkriechen, bis er endlich etwas fand.

Von Osten, von der Straße nach Dunkeld, waren gemeinsam zwei Reiter gekommen. Einer hatte sein Gewehr aus dem Futteral gezogen und mit einem Messer im Hals geendet, und der andere war den Abhang hinuntergeritten – nicht zum Tor der Station.

Bony folgte der Fährte des zweiten Pferdes und verließ sich darauf, daß die Vögel und seine Augen ihn rechtzeitig vor einem lauernden Feind warnen würden; er blieb oft stehen, schnupperte in die Luft und horchte, obwohl der Wind von hinten kam und keine große Hilfe war.

Dann sah er das zweite Pferd. Neugierig schaute es den Abhang hinunter. Die Zügel hingen lose über dem abgebrochenen Ast eines niedrigen Baumes, und auf seinem Sattelknopf hüpfte eine braune Taube herum.

Bony schlug einen weiten Bogen und hoffte, daß das Pferd ihn nicht durch sein Wiehern verriet. Ein paar Minuten später sah er den zweiten Mann. Er lag auf dem Bauch, als ziele er mit seinem Gewehr um einen Felsblock herum, und trug, wie der erste Mann auch, die Kleidung eines Viehhüters.

Bony pirschte sich näher heran, kreuzte Shannons Fährte und sah, daß der Amerikaner im Zickzack gelaufen war, bevor der zweite Reiter zu Boden ging. Daß der Viehhüter gestorben war, als er ein Ziel anvisierte, bewies der rote Farbstreifen, der sich von seinem Gesicht zum Boden zog, doch ob ein Messer oder eine Kugel die Todesursache war, konnte Bony nicht ausmachen, da er sich nicht näher heranwagte.

Er folgte Shannons Fährte und stellte fest, daß der Amerikaner Deckung hinter einem Monolithen gesucht hatte, der in einem gefährlichen Winkel überhing. Die Entfernung vom ersten Toten und die Lage dieses zweiten Toten verrieten Bony, daß Shannon hinter der granitenen Säule Schutz gefunden hatte, bevor er sein Messer warf. Bony konnte ganz und gar nicht sicher sein, daß

Shannon nicht noch immer dort lauerte und voller Zorn blindlings Messer auf alles schleuderte, was sich bewegte. Der Gedanke, daß es für einen verheirateten Mann mit drei Kindern verdammt idiotisch wäre, sich von einem Verbündeten umbringen zu lassen, schoß Bony durch den Kopf.

Bony mußte einen großen Bogen schlagen. Shannon saß auf dem Boden und lehnte an der Steinsäule. Er hatte die Augen geschlossen, und man hätte glauben können, daß er schlief, wäre das dünne Rinnsal getrockneten Blutes nicht gewesen, das Schläfe und Wange wie gespalten aussehen ließ. In der rechten Hand, die auf seinem Schoß lag, hielt er die Pistole mit dem Schalldämpfer.

Langsam kroch Bony näher, darauf gefaßt, sofort nach der Pistole greifen zu müssen. Er wußte nicht, ob Shannon schlief oder bewußtlos war.

Er war weder bewußtlos noch schlief er. Shannon war übel. Die Kopfschmerzen, die er spürte, sollten ihm noch viele Jahre in Erinnerung bleiben, und er mußte eine Weile ganz stillsitzen und die Augen geschlossen halten. Er hörte keinen Laut, doch sein Instinkt warnte ihn. Mühsam öffnete er zuerst ein Auge und dann das andere. Keine fünfzehn Zentimeter vor seinen Füßen sah er ein dunkles Gesicht mit strahlend blauen Augen. Eine Hand griff nach seiner Pistole.

»Guten Abend«, sagte Bony höflich.

23

Bonys Bote

Glen Shannon betastete seine Kopfwunde, musterte seine Finger und war enttäuscht, daß sie nicht blutverschmiert waren. Seine Augen verrieten Schmerz, aber seine Stimme klang so humorvoll wie immer.

»Ich hab' mir eingebildet, daß mich eine Kugel erwischt hat«, sagte er. »Ich hab' es fest geglaubt. Muß 'n Stein gewesen sein.«

»Es war eine Kugel«, fauchte Bony, hockte sich auf die Fersen und lehnte sich neben Shannon an den Felsen. »Sie hat Ihre rechte Kopfseite gestreift. Wie fühlen Sie sich?«

»Ziemlich miserabel, Bony, alter Freund. Ich wußte, daß ich was vergessen hatte, als ich in Dunkeld meine Vorräte eingekauft hab'. Jetzt weiß ich auch, was. Schmerztabletten. Wie kommt das?«

»Erzählen Sie, was passiert ist«, befahl Bony. Shannon schob trotzig die Unterlippe vor und zog sie dann wieder zurück. Die Stimme und der durchdringende blaue Blick bewirkten, was den Gewehren nicht gelungen war – er wurde kleinlaut. »Wie viele Reiter waren es?«

Shannon stöhnte. »Nur zwei«, antwortete er. »Bei dem zweiten war ich ein bißchen unvorsichtig. Nachdem ich fast die ganze Nacht unterwegs gewesen war, wollte ich ein bißchen schlafen und schlug mein Lager zwischen zwei Steinplatten auf. Es war sehr früh am Morgen, und ich hab' gut und fest geschlafen, bis mich eine Krähe weckte. Doch anstatt richtig wach zu werden, fluchte ich nur ein bißchen vor mich hin und döste wieder ein. Dann hör' ich jemanden sagen: »He, du!« Ich setze mich auf und seh' die beiden Kerle auf ihren Gäulen. Einer schaut über Kimme und Korn seiner Flinte auf mich herunter. Es waren keine netten Kerle – anders als Sie, Bony. Sie haben irgendwie gemein ausgesehen. Als sie mir sagen, ich soll aufstehen und die Arme hochnehmen, lass' ich, während ich mich aufrapple, ein Messer in meine Hand gleiten.

Ich bin ziemlich sauer auf die Krähe, die mich den Kerlen verraten haben muß, und der eine, der auf mich zielt, sagt dem anderen, er soll absteigen und mich auf Waffen durchsuchen. Also steigt der eine ab, und der andere sagt, wie sehr er sich freut, mich zu treffen, nachdem ich an dem Abend, an dem ich aus dem Hotel weg bin, nicht mehr bleiben und mit ihm trinken wollte. Und während er quatscht, erinnere ich mich an das, was mein Pa mir für eine solche Situation geraten hat. Ich tu' also so, als ob ich den Busch hinter ihm anstarren würde und nicke leicht, und er läßt die Waffe ein bißchen sinken, und – spürt mein Messer.

Der andere Kerl verzieht sich mit seinem Gewehr hinter einen Felsen, und weil ich praktisch im Freien stehe, kann ich mich nicht aufhalten und mit ihm reden. Er schießt zweimal hinter mir her, aber ich schlage einen Haken nach dem anderen. Der hat bestimmt bisher nur auf dem Schießplatz geschossen. Wenn man richtig hart sein will, muß man auch schnell sein, und ich, ich bin schnell, wurde von Kindesbeinen an dazu erzogen. Der Kerl vergeudet eine Menge Zeit damit, wieder auf sein Pferd zu steigen. Ich habe einen schönen Vorsprung, aber er holt bald auf, springt vom Pferd und schießt. Mir hat der Krach, den er veranstaltete, richtig Spaß gemacht, und er kriegte mich auch nicht, bis ich irgendwie unvorsichtig wurde. Eine Kugel hat mich über dem Ohr erwischt, wie Sie sagen, und bevor ich weggetreten bin, hab' ich den Krieg beendet. Sie wissen ja, wie das ist. Wenn man bewußtlos ist, kann man leicht umgebracht werden.«

Shannon schwieg und wartete vergeblich auf einen Kommentar von Bony, der die Ereignisse im stillen rekapitulierte und versuchte, sich über die möglichen Folgen klarzuwerden.

»Sie können nicht mir die Schuld geben, Bony, alter Freund«, fuhr Shannon fort. »Ich hab' diese Schlacht nicht angefangen, großes Ehrenwort. Ich hab' ganz unschuldig dagelegen und geschlafen. Und ich habe mich nicht auf privatem Grund und Boden aufgehalten.«

»Wo haben Sie Ihr Gepäck?« unterbrach ihn Bony.

»Wo? Lassen Sie mich nachdenken. Wo hab' ich das Zeug nur gelassen?«

»Nur keine Aufregung«, sagte Bony. »Ich hole die beiden Pferde. Wir müssen von hier verschwinden. Heute abend habe ich Arbeit für Sie.«

Shannon legte den Kopf auf die gekreuzten Arme und sah daher nicht, daß sich Bony in der Dämmerung entfernte, um den beiden Toten alles abzunehmen, wodurch sie identifiziert werden konnten, und dann die Pferde zu holen und zum Monolithen zu bringen. Er befahl Shannon, aufzusteigen, ging in östlicher Richtung voran und dann den Berg hinunter. An einem seichten, schnell fließenden Wasserlauf hielt er an. Er ließ die Pferde trinken, während Shannon sich ins Wasser kniete und seinen schmerzenden Kopf kühlte.

»Wissen Sie jetzt, wo Sie Ihre Sachen gelassen haben?« fragte Bony, als Shannon ans Ufer kam und sagte, daß ihm das eiskalte Wasser Erleichterung verschafft hatte.

»Nein, weiß ich nicht – noch nicht. Es ist schon komisch, wenn man sich nicht erinnern kann. Aber es fällt mir sicher wieder ein.«

»Haben Sie den einen der Männer schon mal gesehen?«

»Ja, beide waren öfter im Hotel. Einer von ihnen ist an dem Abend, an dem ich wegging, mit dem Wagen gekommen, das hab' ich Ihnen ja schon gesagt. Es sind Viehhüter aus Baden Park.«

»Und Sie erinnern sich bestimmt daran, daß einer mit dem Gewehr auf Sie gezielt und gesagt hat, Sie sollen aufstehen und die Arme hochnehmen?«

»Man kann vergessen, wo man seine Brieftasche oder seine Uhr oder sogar sein ganzes Gepäck gelassen hat, aber wenn man mal in eine Gewehrmündung schaut, vergißt man das bestimmt nicht«, antwortete Shannon ernst.

»Was haben Sie seit dem Morgen gemacht, an dem Simpson die Leiche verbrannt hat?«

»Bin 'rumgestrolcht. Ich hab' gesehen, wie ein Laster Bier und Lebensmittel im Hotel ablieferte und nach Baden Park weitergefahren ist. Er ist nicht zurückgekommen. Der Fahrer war einer von Bensons Leuten. Dann ist Simpson mit seiner Mutter und Ferris weggefahren und nach drei Stunden allein zurückgekommen. Das ist ungefähr alles.«

»Hm. Wissen Sie, wo wir sind?«

Shannon blickte zum Gipfel hinauf, der den Himmel zu stützen schien.

»Schätze, wir sind nicht allzu weit von der Straße nach Dunkeld entfernt.«

»Etwa eine Meile. Glauben Sie, Sie können Ihr Motorrad finden?«

»Klar. Es ist in einem sicheren Versteck.«

»Sie fahren sofort nach Dunkeld«, sagte Bony, »und überbringen dem dort stationierten Polizeibeamten eine Nachricht von mir. Wenn Sie sie abgeliefert haben, können Sie zurückkommen und Ihren Krieg fortsetzen, denn nachdem Sie zwei australische Viehhüter getötet haben, sitzen Sie ohnehin tief in der Patsche.«

»Sagen Sie –«, begann Shannon, aber Bony schnitt ihm das Wort ab.

»Mit Ihrer Maschine müßten Sie in einer Stunde in Dunkeld sein«, fuhr er fort, »plus eine Stunde für die Rückfahrt, das heißt, daß sie Ihr Schlachtfeld alles in allem nur für zwei Stunden verlassen müssen. Dieses bißchen Zeit können Sie mir ruhig opfern. Ich weiß, daß Sie das sehr gern tun. Ist Ihnen jemals der Gedanke gekommen, daß Ihr Mädchen noch am Leben sein könnte?«

Shannon umklammerte Bonys Unterarm wie ein Schraubstock. »Was wissen Sie, Bony, alter Freund? Raus mit der Sprache, schnell!«

»Ich weiß nichts, aber solange ihre Leiche nicht gefunden wurde, weigere ich mich zu glauben, daß sie tot ist. Daher gehe ich von der Voraussetzung aus, daß sie noch lebt. Es ist eine Möglichkeit, mit der wir rechnen können, und deshalb müssen wir unser Hirn fleißiger benutzen als Pistolen und Messer. Sie waren in der Armee und kennen die Beziehung von Soldaten zu ihrem General. Ich habe mich zum General befördert, weil es die Aufgabe eines Generals ist, nachzudenken. Ich will zwei Stunden Ihrer Zeit in Anspruch nehmen. Bekomme ich sie?«

»Sie bekommen sie«, sagte Shannon schlicht.

Sie stiegen auf die Pferde und ritten durch die Dunkelheit. Shannon erwies sich als guter Buschmann, denn er orientierte sich nach den Bergen und dem Himmel. Als sie die Straße erreichten, mußten sie nur noch eine halbe Meile bis zum Versteck seines Motorrads reiten.

»Was denken Sie über die beiden Reiter?« fragte Bony, während Shannon die wasserdichte Plane von seiner Maschine abnahm. »Glauben Sie, daß man sie ausgeschickt hat, um Sie aufzuspüren?«

»Nein, ich denke, sie sind zufällig vorbeigekommen, und erst die Krähe hat sie mißtrauisch gemacht.«

»Ich vermute, Sie haben recht«, sagte Bony. »Sie müssen von Osten gekommen sein, sonst hätte ich ihre Fährten gesehen, als ich auf den Berg stieg, um mich umzuschauen. Sie können von Dunkeld gekommen sein und eine Abkürzung zum Tor genommen haben, anstatt über die Straße zu reiten, die am Hotel vorbeiführt.«

Bony half Shannon, die Maschine auf die Straße zu schieben, überzeugt, daß das Donnern des Motors vom Wind verweht würde, der träge aus dem Norden blies. Shannon saß auf, startete, ließ den Motor warmlaufen und stellte ihn dann auf Bonys Befehl wieder ab.

»Ich muß ein paar Zeilen schreiben«, sagte Bony. »Wir setzen uns an den Straßenrand, und Sie werden mir mit Streichhölzern leuchten.«

Die Nachricht war in drei Minuten geschrieben.

»Sie müssen Constable Groves umgehend aufsuchen. Sollte er unterwegs und nicht in der Stadt sein, müssen Sie hinter ihm herfahren, um ihm diesen Bericht zu übergeben. Er wird sofort nach Glenthompson aufbrechen, weil die Telefone in diesem Distrikt vielleicht – sagen wir – nicht sehr zuverlässig sind. Von Glenthompson aus setzt er sich mit Inspector Mulligan in Ballarat in Verbindung. Er muß Mulligan mitteilen, daß ich für Simpson und Benson wegen des Mordes an Edward O'Brien einen Haftbefehl und außerdem ein großes Aufgebot an Männern anfordere, die Baden Park auf den Kopf stellen sollen. Außerdem soll er Mulligan sagen, daß Sie ihn mit weiteren Informationen am Einfahrtstor zur Baden Park Station erwarten. Ist das klar?«

»Ja.«

»Nachdem Sie Constable Groves die Nachricht übergeben haben, kommen Sie hierher zurück, verstecken Ihre Maschine im Busch und besteigen das Pferd, das ich in der Nähe anbinden werde. Dann reiten Sie zu dem verschlossenen Tor, hinter dem Simpson die Leiche verbrannt hat. Nehmen Sie einen Schraubenschlüssel mit, um die verriegelten Angeln zu entfernen, die Nutengröße ist anderthalb Zoll. Wenn Sie die Angeln an einem Torflügel entfernt haben, können sie beide Flügel aufziehen. Es soll für Mulligan offen bleiben. Dann werden Sie vor dem elektrisch betriebenen Haupttor auf Mulligan warten. Wenn er kommt und ich nicht bei Ihnen bin, sagen sie ihm, daß ich im Haus warte und er die Station stürmen und alles verhaften soll, was ihm unter die Augen kommt. Ist das ebenfalls klar?«

»Klar wie Batteriewasser, Bony, alter Freund, aber ...«

»Was?«

»Wann sollen die Cops am Haupttor sein?«

»Kurz vor Tagesanbruch. Darauf muß ich mich verlassen können. Sie dürfen nichts tun, was den Frieden dieser Nacht gefährden könnte – und sollten Sie es für nötig erachten, etwas zu unternehmen, tun Sie es lautlos. Denken Sie daran, daß Sie schon zwei Männer erledigt haben. Und vergessen Sie nicht, daß das schnelle und ebenfalls lautlose Erscheinen der Polizei für Ihr Mädchen und seine Freundin von entscheidender Bedeutung sein kann – falls sie noch am Leben sind. Fahren Sie jetzt los, und schonen Sie Ihre Pferdestärken nicht.«

Als das Geräusch von Shannons Maschine verklungen und die Stille nur noch vom Flüstern des leichten Windes in den Bäumen gestört wurde, rauchte Bony eine Zigarette und beschäftigte sich mit den Papieren, die er den toten Viehhütern abgenommen hatte; er las sie im Schein eines kleinen, sorgfältig im dichten Busch versteckten Feuers. Einer hatte Paul Lartz geheißen, war Tscheche gewesen und hatte sich 1938 einbürgern lassen; der andere hatte einen an William Spicer gerichteten Brief der Firma Bertram & Co in der Tasche gehabt, in dem stand, daß die für

Spicer eingehende Post nach Baden Park weitergeleitet werden würde. Einen Brief hatten Bertram & Co bereits geschickt; er kam von einem Mann, der mit Hans Stromberg unterschrieben hatte. Er war vom 11. Juni 1946, stammte aus einem Kriegsgefangenenlager nördlich von Victoria, und darin stand, daß der Schreiber verzweifelt hoffe, bald nach Deutschland entlassen zu werden.

In diesem Lager, erinnerte sich Bony, hatte man nur deutsche Soldaten festgehalten, die zu dem harten Kern der Nazis gehört hatten.

Deutsche und Deutschland! Wie oft war er im Lauf dieser Ermittlungen auf irgendeine Verbindung mit Deutschland gestoßen! Ohne Zweifel war der Name Spicer der abgeänderte Name eines Deutschen. Bertram war ein deutscher Name. Tatsächlich war Bertram auch Deutscher. Der Tscheche konnte Sudetendeutscher gewesen sein. Dann waren da die Bensons, die ursprünglich Schoor geheißen hatten und dem alten Simpson zufolge, Österreicher oder Schweizer gewesen waren. Orgeln aus Deutschland. Ah! Und Viehhüter, die wie Soldaten ritten. Und konnte die lässig zum Gruß erhobene Hand nicht ein abgewandelter Nazigruß sein? Die Bensons waren vor dem Krieg in Deutschland gewesen. Während der Kriegsjahre hatten sie ruhig gelebt und Geld verdient. 1945 hatten sie eine neue Straße über den Berg gebaut, die am Hotel vorüberführte und eine Verbindung zur Straße nach Dunkeld war. Nach dem Krieg hatten sie, laut Vater Simpson – Leute zu Gast gehabt, die ganz anders waren als die Touristen, die Weihnachten und Ostern kamen und sich die Grampians ansehen wollten; diese Leute, die nach Baden Park wollten, hatten »die Brust rausgedrückt«, als gehörten die Grampians ihnen. Deutsche.

Ein sehr nachdenklicher Bony ritt bei Dunkelheit auf schlechten Wegen zu seinem versteckten Lager bei den Felsblöcken in der Nähe des Tunnels. Dort aß er die Reste seines Kaninchens und rauchte zwei Zigaretten aus den letzten so sorgsam gehüteten Stummeln.

Zehn Minuten später stand er innerhalb des umzäunten Geländes. Er blickte zu den Sternen auf. Es war kurz vor halb elf.

24

Rebellen in Weiß

Ohne die schwere Deckenrolle und den Jutesack kam Bony leicht und schnell vorwärts. Er ging am Zaun entlang bis zum Tor und folgte dann der Straße. Die Nacht, obwohl sternenklar, war dunkel, und er sah den Draht nicht, über den er fast gestolpert wäre. Er war nach einer Reparatur am Zaun liegengeblieben.

Bony war schon dran vorbei, als er eine Idee hatte, zurückging und ein ungefähr ein Meter zwanzig langes Stück abbrach, indem er es immer wieder hin und her bog. Ein Ende des abgebrochenen Stücks bog er zu einem langen Haken um, den er in seinen Gürtel steckte, so daß der Draht wie ein Schwert hinunterhing. Ein starker Draht ist eine wirksame Waffe gegen Mensch und Hund.

Das Tor war geschlossen, öffnete sich jedoch, als sich Bony auf das Metallband stellte, das in die Straße eingelassen war. Als er zur Seite trat, schloß sich das Tor wieder. Bony dachte daran, einen Stein auf das Metallband zu legen, damit Mulligan ungehindert passieren konnte, verwarf die Idee aber wieder, weil jemand, der herein oder hinaus wollte, Alarm schlagen könnte.

Bony kam nach einiger Zeit zu einer Lücke in einer dichten Hecke, und weil der Wind vom Norden kam und möglicherweise Hunde auf dem Grundstück waren, ging er um die Hecke herum nach Süden und stieß dort auf das Flugzeug und die kleine Pforte, durch die die Passagiere geführt worden waren.

Durch die Pforte gelangte man zum Haus, in dem mehrere Räume hell erleuchtet waren. Links vom Haus erhob sich das Observatorium. Die Quartiere der Männer und die Nebengebäude mußten auf der anderen Seite stehen.

Bony schnürte seine Stiefel auf, zog sie aus und versteckte sie in der Hecke. Dann schlich er durch den Garten und weiter über die große Rasenfläche vor dem Haus. Er bewegte sich so lautlos wie ein Nebelstreif in einem finsteren Verlies.

Das Haus war einer der landesüblichen Bungalows und auf dieser Seite von einer breiten Veranda umgeben, auf die man über eine die gesamte Länge einnehmende vierstufige Treppe gelangte. Vom Rasen konnte man den unteren Teil der Räume nicht einsehen.

Bony verbrachte volle fünf Minuten damit, sich zu überzeugen, daß sich außer ihm niemand im Garten aufhielt, dann schlich er den schwarzen Streifen zwischen zwei breiten Lichtbändern entlang, die bis in den halben Rasen reichten, über die Verandastufen kletterten und zwischen zwei Fenstern vom Schatten der Hauswand aufgesogen wurden. Das Stimmengemurmel wurde deutlich, als Bony mit einem Auge um einen Fensterrahmen schielte.

Die Größe des Raums, die Lüster, die Wandteppiche, die lange Tafel aus Nußholz, die Teppiche, die hochlehnigen Stühle; die zwei Frauen und zwölf Männer, die an der Tafel saßen, der Butler, der wie ein Hauptfeldwebel aussah, und das riesige Porträt an der Wand – all das schien nur ein nebelhafter Hintergrund für zwei ganz in Weiß gekleidete junge Mädchen zu sein.

Am Kopfende des Tisches saß der Mann, der Zeuge bei der Verbrennung von O'Briens Leiche gewesen war, und ihm gegenüber derjenige, der die Leiche exhumiert hatte. Rechts und links von Benson saßen zwei Frauen mittleren Alters, nach allen Regeln der Kunst zurechtgemacht, üppig und steif. Wie Benson und Simpson, trugen auch die anderen Männer Abendanzüge. Vom Butler angeleitet, bedienten die beiden Mädchen in Weiß den Gastgeber und seine Gäste.

Die Unterhaltung wurde in einer Sprache geführt, die Bony nicht verstand. Es war eine harte, irgendwie maskuline Sprache, und die Männer und Frauen, die sie sprachen, wirkten hart und maskulin, stattlich und arrogant. Ihre Haltung war starr, sie bewegten sich ruckartig wie subalterne Offiziere in der Messe, wenn der General anwesend ist. Niemand lächelte. Sie waren alle blond und eckig. Die Männer sahen aus, als steckten sie in einem Korsett – alle außer Simpson – er war anders.

Auch die Serviermädchen. Eins war brünett, schlank und hübsch. Das Haar des zweiten Mädchens schimmerte rötlich wie die untergehende Sonne. Sie war größer als ihre Kollegin und robuster. Sie war es wert, daß ein junger Mann ihr durch die halbe Welt nachreiste.

Es war ganz logisch gewesen, anzunehmen, daß die beiden Mädchen die Straße verlassen hatten und im Busch umgekommen waren. Es war genauso logisch gewesen, zu vermuten, daß man sie ermordet hatte, weil sie zufällig über ein furchtbares Verbrechen oder ein ungeheuerliches Geheimnis gestolpert waren. Es war sogar logisch gewesen, sich auszumalen, daß ein paar geile Kerle sie verschleppt hatten, um sie zu vergewaltigen; doch daß sie verschleppt worden waren, um Hausmädchen zu spielen, das wäre Bony nicht einmal im Traum eingefallen.

Selbst in diesen demokratischen Zeiten war es in Australien nicht unmöglich, Hauspersonal zu bekommen. Die Bensons verfügten über die Mittel, Mädchen aus Dunkeld, ja, sogar aus Melbourne nach Baden Park zu holen. Wozu also zwei Touristinnen entführen und sie zu Dienstmädchen machen? Warum, wenn ein solches Vorgehen, falls es entdeckt wurde, die Bensons ruinieren würde?

Falls es entdeckt wurde! Vielleicht hätte es nie entdeckt werden sollen.

Daß die beiden Mädchen gekidnappt worden waren, traf zweifellos zu, da sie, nachdem sie das Hotel verlassen hatten, niemand mehr gesehen hatte; seit sie von Dunkeld aufgebrochen waren, hatten sie sich weder mit ihren Eltern noch mit Freunden in Verbindung gesetzt. Daß sie ihre Arbeit hier nur unter Zwang verrichteten, war nur allzu offensichtlich, denn während sie zwischen Anrichte und Tafel hin und her gingen, sah man ihren Mienen und ihrer Haltung die innere Rebellion deutlich an.

Ihr Schicksal gab Bony jetzt keine Rätsel mehr auf. Der alte Simpson und Carl Benson hatten es für ihn gelöst. James Simpson hatte gewußt, daß die Bensons kein Hauspersonal einstellen konnten, weil sie etwas zu verbergen hatten. Benson hatte erwähnt, daß er bereute, den Forderungen seiner Schwester nachgegeben zu haben. Also hatte James Simpson zwei Hotelgäste nach Baden Park gebracht, damit Cora Benson sie begutachten konnte. Die beiden hatten ihr gefallen, und sie hatte sich an ihren Bruder gewandt, der die Entführung in Szene setzte.

Diese drei, Bruder und Schwester Benson und Jim Simpson wußten, was für ein Verbrechen sie an diesen beiden Australierinnen begangen hatten, aber auch die andere Frau und die übrigen zehn Männer mußten darüber informiert sein.

Aber warum? Warum diese beiden Mädchen entführen? Warum den alten O'Brien ermorden? Warum Detective Price erschießen? Warum Hotelgäste beleidigen oder angreifen? Warum eine Schießerei mit Glen Shannon anfangen, der jedes Recht hatte, sich im freien Gelände aufzuhalten? Wer und was waren die Leute, die so etwas taten? Was war das für ein Geheimnis, das einen Mann und eine Frau, reich und hochangesehen, bewog, Mord nicht nur zu dulden, sondern zu Komplizen des Mörders zu werden?

Als die sterblichen Überreste von O'Brien zu Asche geworden waren, hatte Benson von einer »Verantwortung« gesprochen. Wieviel wußten die beiden zur Zwangsarbeit gepreßten Mädchen davon? Doch auch wenn sie nichts wußten, war und blieb es Zwangsarbeit, was sie taten. Sie waren die Schlüssel zu der Gefängniszelle, die auf Carl und Cora Benson wartete. Wie würde es den Mädchen ergehen, wenn Mulligan und seine Männer kamen, solange sie sich in den Händen dieser Leute befanden?

Der bevorstehende Erfolg verursachte ein heißes Prickeln in Bonys Adern. Als die Polizei sich anderen Dingen zugewandt hatte, weil in diesem Fall Spuren und Hinweise fehlten, hatte er den Auftrag übernommen, Licht in das Schicksal der beiden jungen Frauen zu bringen, die vor fünf Monaten im Busch verschwunden waren. Er konnte ihr Schicksal aufklären, brauchte jedoch noch einige Beweise, und um die zu bekommen, mußte er jemanden finden, der die beiden identifizieren konnte.

Sobald Mulligan das Grundstück betrat, würden sie vielleicht verschleppt werden, so daß niemand mehr an sie herankam. Vielleicht zerrte man sie ins Flugzeug und warf sie, mit Gewichten beschwert, über der nicht allzu fernen See über Bord. Bony mußte sie auf jeden Fall aus dem Haus schaffen und an einen sicheren Ort bringen, bevor Mulligans Polizeiwagen mit quietschenden Reifen vor dem Eingang hielten.

Instinktiv blickte er zum Himmel, um sich von den Sternen die Zeit sagen zu lassen, stellte fest, daß er hinter dem diffusen Lichtbogen keine Sterne sah, schätzte und kam zu dem Schluß, daß es halb zwölf sein mußte. Eine merkwürdige Zeit, um noch bei einer aus mehreren Gängen bestehenden Mahlzeit zu sitzen. Die Speisen und Getränke, die serviert wurden, erinnerten ihn an seinen Hunger. Doch er fühlte keinen Neid, nichts von der Verzweiflung des Beobachters, denn die Atmosphäre, die im Raum herrschte, hatte so wenig mit heiterer Geselligkeit zu tun, daß ihn fröstelte.

Niemand lächelte. Carl Benson redete am meisten. Einmal wandte sich Simpson an seinen Nachbarn zur Linken und fragte auf englisch, wie viele Passagiere das Flugzeug befördern konnte; die Antwort »acht« klang so schroff, daß Simpson leichte Röte ins Gesicht stieg. Alle waren nervös, als stünden sie vor einer Entscheidung von großer Tragweite oder einem gewaltigen Ereignis.

Dann passierte etwas, das Bony in unaussprechliche Wut versetzte. Und er war froh, daß Shannon jetzt nicht bei ihm war.

Das rothaarige Mädchen schenkte der Frau – unverkennbar Bensons Schwester –, die den Fenstern gegenübersaß, Wein nach, und stieß unabsichtlich mit dem Arm an die von einer Serviette umhüllte Flasche. Ein bißchen Wein schwappte auf den polierten Tisch. Der Rotschopf zuckte zusammen, und mit ganz gelassener Miene und ohne, daß der Ausdruck ihrer Augen sich merklich verändert hatte, hob Cora Benson die Hand und schlug dem Mädchen ins Gesicht.

Bevor das klatschende Geräusch ganz in Bonys Bewußtsein gedrungen war, stand der Butler hinter dem Mädchen und ergriff seine Hand. Er riß das Mädchen vom Tisch weg, als sei es ein Staubwedel, zerrte es zur Anrichte, drehte ihm den anderen Arm um und nahm ihm die Flasche aus der rechten Hand.

Niemand am Tisch wandte den Kopf oder auch nur den Blick von Carl Benson ab, und Benson hielt keinen Sekundenbruchteil bei seiner Rede inne. Der Butler, fast einsneunzig groß und ungefähr fünfundneunzig Kilo schwer, stellte die Flasche auf die Anrichte, ließ den Arm des Mädchens los und stieß es brutal gegen die Wand. Dann marschierte er zum Tisch, wischte den verschütteten Wein auf und füllte Cora Bensons Glas.

Die Rothaarige weinte nicht. Sie stand neben der Anrichte, die Hände geballt, schwer atmend, mit zornfunkelnden grünen Augen. Ihre Kollegin kam mit Tellern an ihr vorbei und schüttelte den Kopf, flehte die Freundin mit Blicken an, still zu bleiben. Dann kam der Butler zur Anrichte zurück, holte eine Flasche aus dem Eiskübel, öffnete sie, schlang eine Serviette darum und reichte sie erstaunlicherweise der Rothaarigen. Sie kehrte an den Tisch zurück.

Dann war die Mahlzeit beendet. Die beiden Mädchen stellten das Geschirr auf die Anrichte, und der Butler half ihnen dabei. Auf einen Befehl von ihm, verließ der Rotschopf den Raum und tauchte auf der anderen Seite der Durchreiche wieder auf. Sie nahm dem Butler die beladenen Tabletts ab, und die Brünette verließ den Raum. Die Durchreiche wurde geschlossen, und der Butler verriegelte sie. Dan sperrte er die Tür ab, schenkte Wein in frische Gläser, und die Gäste blieben sitzen und schwiegen.

Nachdem alle Gläser gefüllt waren, nahm der Butler das Glas, das er sich selbst eingeschenkt hatte und stellte sich neben Benson. Benson blickte zu ihm auf. Der Butler stand in bester Oberfeldwebel-Manier stocksteif da. Dann erhob sich Benson, und die übrige Gesellschaft tat es ihm nach.

Ein Gast begann zu sprechen. Er war groß, schlank, grauhaarig und hielt sich aufrecht wie ein Soldat. Auch er benutzte die fremde Sprache und richtete die hellblauen Augen auf einen Punkt unmittelbar über dem Kopf seines Gegenübers. Die anderen erstarrten zu Statuen und hielten die Weingläser in Lippenhöhe in der Luft. Der Toast – denn um einen solchen mußte es sich handeln – war sehr lang. Die Stimme war leise, aber so leidenschaftlich und gefühlsbetont, daß Bony, obwohl er kein Wort verstand, stark davon berührt wurde.

Unvermittelt verstummte die Wortflut. Die Stille danach war deutlich fühlbar. Benson sprach dasselbe Wort zweimal, und beim drittenmal stieß die ganze Gesellschaft einen lauten Schrei aus. Die Gläser wurden geleert und dann in die große Benaresschale auf dem Tisch geworfen.

Eine melodramatische Szene, die Bony durch Mark und Bein ging, so daß sogar seine nackten Fußsohlen kribbelten.

Der Butler marschierte im Paradeschritt zur Tür, drehte den Schlüssel um und riß die beiden Flügel weit auf. Fast ahmten die Gäste, als sie den Raum verließen, seinen steifen Gang nach. Und dann flüchtete Bony von der Veranda und kauerte sich in die Ecke, während der Butler die Fenster schloß, verriegelte und schließlich das Licht löschte.

Noch immer nicht imstande, die merkwürdige Gefühlsreaktion abzuschütteln, die der Toast – und vor allem die Stimme des Sprechers – und das nachfolgende Zerschmettern der Gläser in ihm ausgelöst hatten, überlegte Bony seinen nächsten Schritt. Er spielte mit dem Gedanken, zu überprüfen, ob er sich durch die Verandatüren Eintritt ins Haus verschaffen konnte, verwarf die Idee aber und beschloß, sich im Freien umzusehen und sich mit der Umgebung des Hauses vertraut zu machen.

Es war wichtig, festzustellen, wo das Personal untergebracht war. Er mußte sich den genauen Plan der gesamten Anlage einprägen, damit er sich zurechtfand und rasch handeln konnte, wenn es erforderlich wurde. Sobald er damit fertig war, mußte er versuchen, an die Mädchen heranzukommen, sie aus dem Haus holen und an einen sicheren Ort bringen. Das hatte unbedingten Vorrang.

Der schwüle Wind flüsterte in den Orangenbäumen und den kleineren Sträuchern. Die Sterne flimmerten wie Ziermünzen auf dem Samtkleid einer Frau. Eine schwarze Gestalt huschte an der dunklen Seite des Hauses entlang, bog um die Ecke, hielt unter einem erleuchteten Fenster inne, machte ein paar hastige Sätze vom Haus weg und kletterte auf einen in voller Blüte stehenden Eukalyptusbaum. Von einer Astgabel aus blickte Bony in eine geräumige Küche.

Beide Mädchen hatten sich umgezogen und trugen jetzt blaue Leinenkleider. Der Rotschopf polierte Gläser, die Brünette spülte Geschirr. Sie redeten, ohne zu lächeln, miteinander, wirkten aber auch nicht mürrisch. Die Rothaarige machte noch immer ihrer Empörung Luft, die Brünette versuchte, sie zu beschwichtigen.

Bony mußte sich noch das Grundstück anschauen, doch am liebsten hätte er schon jetzt ans Fenster geklopft und die Mädchen gedrängt, zu fliehen. Die Gelegenheit schien zwar günstig, aber Bony mußte erst noch einige Voraussetzungen schaffen.

Als die beiden mit der Arbeit fertig waren, traten sie Arm in Arm ans Fenster, als sei der körperliche Kontakt für beide ein Trost. Sie redeten ernst miteinander und beruhigten sich gegenseitig. Nachdem sie eine Zeitlang dort gestanden hatten, kam der Butler mit einer riesengroßen Taschenlampe herein.

Er nickte in Richtung Tür und marschierte, von den Mädchen gefolgt, hinaus.

Bony sprang leichtfüßig vom Baum; die Taschenlampe des Butlers gab ihm Hoffnung. Die schwarze Gestalt entfernte sich leichtfüßig vom Küchenfenster, zog sich ein bißchen weiter vom Haus zurück und blieb hinter der nächsten Ecke stehen. Von dort aus konnte man zwei Seiten des Hauses übersehen.

Auf der dem Rasen gegenüberliegenden Seite öffnete sich eine Tür, ein Mann erschien und machte die Tür wieder hinter sich zu. Bony warf sich zu Boden, suchte und fand die Silhouette des Mannes und erkannte den Kopf von James Simpson. Simpson überquerte einen großen Platz und betrat das dunkle Observatorium. Im nächsten Moment wurde ziemlich weit oben ein kleines Fenster hell.

Sofort nachdem das Licht im Observatorium eingeschaltet worden war, ging eine andere Tür auf, und diesmal erkannte Bony die beiden Mädchen und den Butler. Er knipste die Taschenlampe an und richtete den Strahl auf den Boden und auf die Füße der Mädchen. Auch sie schickten sich an, den Platz zu überqueren. Wie eine hochbeinige Tigerkatze setzte Inspector Bonaparte ihnen nach.

25

Ein erster Schachzug

Zweimal hob der Butler die Taschenlampe und zeigte Bony, daß dieser Platz sehr groß war und vom Haus, dem Observatorium, den Nebengebäuden und dem Futtersilo begrenzt wurde. Es war offensichtlich, daß die beiden Mädchen ihren Weg kannten, denn sie gingen, ohne daß ihr Begleiter etwas sagen mußte, direkt auf eines der Nebengebäude zu.

Vor der Tür dieses Gebäudes blieben sie stehen, der Butler schob sich an ihnen vorbei, richtete den Strahl seiner Lampe auf das Schloß, hantierte mit dem Schlüssel herum und stieß die Tür nach innen auf. Die Mädchen gingen hinein, es wurde hell, und der Butler schloß die Tür von außen zu. Als er zum Haus zurückmarschierte, lag Bony der Länge nach, dicht an die Mauer des Observatoriums gepreßt, auf dem Boden.

Nachdem der Butler im Haus verschwunden war, machte sich Bony auf den Weg zu den Nebengebäuden. Sie waren aus Blocksteinen erbaut, und er brauchte kein Licht, um festzustellen, daß die betreffende Tür schwer und stabil war. Der Riegel war mit einem Vorhängeschloß gesichert.

Er hörte das Stimmengemurmel der Mädchen, schlich, ohne sich bemerkbar zu machen, um das Gebäude herum und kam zu einem hoch in der Mauer sitzenden kleinen Fenster. Es stand offen, war jedoch vergittert und kam daher als Fluchtweg nicht in Frage. Hier waren die Stimmen lauter, die Worte aber nicht zu verstehen.

Bony wartete, bis das Licht ausging, streckte dann die Hand aus und trommelte mit den Fingerspitzen leicht auf den Fenstersims. Als nichts passierte, benutzte er den Draht als Trommelschlegel, und endlich fragte eine Stimme, wer da sei.

»Ein Freund!« rief er leise. »Machen Sie kein Licht.«

Er sprang hoch, erwischte den untersten Gitterstab und zog sich hinauf, so daß sein Gesicht über den Sims schaute. Er konnte die Wärme des Raums fühlen. Eine schemenhafte Gestalt bewegte sich dicht hinter dem Gitter, und er hörte schnelle Atemzüge.

»Sind Sie Mavis Sanky und Beryl Carson?« flüsterte Bony.

Ein leiser Aufschrei und dann die ruhige Frage: »Ja. Wer sind Sie? Was wollen Sie?«

»Vor allem möchte ich Sie hier herausholen. Ich nehme an, Sie wären ganz gern wieder frei. Wie ich schon sagte – ich bin ein Freund und Polizeibeamter. Ich möchte, daß Sie meine Fragen so kurz wie möglich beantworten, denn Zeit ist lebenswichtig.«

»In Ordnung.«

»Wie viele Männer beschäftigt Benson?«

»Sieben.«

»Wo sind ihre Quartiere, wissen Sie das?«

»Im zweiten, nein, im dritten Gebäude von hier. Zu meiner Rechten. Aber im Moment sind sie bestimmt drüben im Haus bei Benson und seinen Gästen.«

»Beim Essen waren sie aber nicht dabei?«

»O doch, das waren sie. Alle bis auf zwei, die nicht gekommen sind. Es sind keine richtigen Viehhüter.«

»Das ist mir klar. Wann werden die beiden zurückerwartet?«

»Heute abend«, sagte eine andere Stimme. »Ich habe gehört, daß Heinrich – der Butler – Mr. Benson danach fragte, und der sagte, sie hätten eigentlich schon vor Einbruch der Nacht aus Dunkeld wieder da sein sollen. Es sind lauter Ausländer, außer Benson und Simpson vom Hotel.«

»Und Sie beide hat man entführt, nicht wahr?«

»Und ob man uns entführt hat!« kam es entrüstet zurück. »Sie haben uns auf der Straße aufgelauert, nachdem wir das Hotel verlassen haben. Sie haben uns gezwungen, in einen Wagen einzusteigen, und weil wir uns gewehrt haben, haben sie uns mit irgendetwas betäubt. Das letzte, was ich gesehen habe, war O'Brien, der hinter einem Gebüsch hervorspähte. Sie haben uns hergebracht und gezwungen, für Miss Benson zu arbeiten.«

»Wir haben uns natürlich geweigert«, sagte Mavis, und als

Bony fragte, was dann passiert war, bebte ihre Stimme vor Zorn. »Man hat uns ausgepeitscht. Man hat uns mit den Händen an einen Pfosten gefesselt, und Miss Benson war dabei und hat die Hiebe gezählt. Heinrich hat eine Peitsche mit vielen Knoten darin. Zehn Hiebe hat diese – Person für jede von uns gezählt. Ein paar Wochen später haben wir gestreikt, und da waren es fünfzehn Hiebe. Danach haben wir uns nicht mehr getraut, uns zu widersetzen. Wir haben für diese Bestien geschrubbt und gewaschen und bei Tisch serviert.«

»O bitte, holen Sie uns hier 'raus! Zerschmettern Sie das Tor, tun Sie irgendwas!«

»Nein, Beryl, das geht nicht. Das würden sie hören. Mister – vielleicht können Sie sich den Schlüssel für das Vorhängeschloß beschaffen. Er hängt gleich hinter der Seitentür an einem Nagel.«

»Ist das die Tür, durch die Sie das Haus verlassen haben?«

»Ja. Werden Sie versuchen, sich ihn zu holen?«

»Ich werde es nicht nur versuchen«, sagte Bony. »Ich hole ihn einfach. Ziehn Sie sich an, und warten Sie auf mich. Ich komme vielleicht erst in einer Stunde wieder, aber haben Sie Geduld. Und jetzt sagen Sie mir eines: Was geht hier vor?«

»Das wissen wir nicht. Irgend etwas passiert im Observatorium. Dort findet oft eine Feier statt, meistens nachts. Heute nacht, zum Beispiel. Ja, und dort steht auch die Orgel.«

»Wer nimmt an der Feier teil?«

»Alle, die hier sind.«

»Was ist mit diesem Heinrich?«

»Oh, der ist auch dabei, serviert Getränke und Erfrischungen.«

»Wie lange dauert so eine Feier?«

»Zwei Stunden, mindestens. Manchmal viel länger.«

»Und was sie feiern, wissen Sie nicht?«

»Wir haben nicht die leiseste Ahnung. Simpson vom Hotel spielt Orgel, und manchmal singt auch einer. Es ist alles ganz merkwürdig.«

»Nun gut«, flüsterte Bony. »Ich gehe jetzt. Machen Sie kein Licht, und seien Sie bereit. Haben Sie Wanderschuhe?«

»Nein, die haben sie uns schon am zweiten Tag weggenommen. Schuhe! Es wird Wochen dauern, bevor wir wieder Schuhe tragen können, nachdem wir monatelang nur Pantoffeln anziehen durften.«

Zwei Hände wurden ausgestreckt und schlossen sich um Bonys Finger, die die Gitterstäbe umklammerten.

»Sie passen auf sich auf, nicht wahr?«

Bony lachte leise und zuversichtlich und sagte mit einer Überzeugung, an der er selbst nicht zu zweifeln wagte: »Keine Sorge, mir passiert schon nichts. Außerdem ist ein Freund von mir in der Nähe. Ob Sie den wohl kennen? Welche von Ihnen ist Mavis?«

Die Hände über den seinen drückten fester zu. »Das bin ich.«

»Er heißt Glen Shannon.«

»Glen!« schrie Mavis auf, und Beryl zischte: »Pst! Du hast ja immer behauptet, dein Amerikaner würde dich suchen, nicht wahr?«

»Nun, er hat Sie gesucht, und Sie werden ihn bald wiedersehen. Also seien Sie jetzt brav, machen Sie kein Licht und ja keinen Lärm. Ich hole den Schlüssel, aber es kann einige Zeit dauern.«

Bony lockerte den Griff um die Gitterstäbe, ließ sich zu Boden fallen, hob den Draht auf und ging zur Vorderseite des Gebäudes.

Gegenüber lag das Observatorium. Zwei breite, weit auseinanderstehende Fenster sahen aus wie die Augen eines heidnischen Götzen. Links stand das Haus, dessen Haupteingang von einem Außenlicht beleuchtet wurde. Die Seitentür stand offen, und dahinter sah Bony eine kleine Halle.

Und wieder huschte die schwarze Gestalt durch die Nacht. Bony fand auch das Quartier der Viehhüter, die keine waren, ein geräumiges, jetzt völlig dunkles Gebäude. Seine Nase verriet ihm, wo Farben und Öl gelagert wurde, und natürlich dachte er im Zusammenhang mit Öl sofort an Feuer. Das Tor des Vorratsraums war nicht abgesperrt, Bony ging hinein und entdeckte nach einigem Umhertasten ein Kerosinfaß, in dem ein Zapfhahn steckte, und einen leeren Eimer. Er füllte ihn mit Kerosin. Ablenkungsmanöver sind leicht und schnell zu bewerkstelligen, wenn man Kerosin und ein brennendes Streichholz in ein Futtersilo wirft.

In einem bereits geöffneten Silo war Hafer. Loses Stroh lag herum, Bony raffte es zusammen und tränkte es mit Kerosin. Falls es nötig wurde, konnte er das Stroh in Brand stecken.

Alles, was er im Dunkeln ausmachen konnte, sprach vom Reichtum und Erfolg des Besitzers von Baden Park. Es herrschte mustergültige Ordnung. Irgendwo weiter weg, damit sein Geräusch nicht störte, arbeitete ein Generator. Das Garagengebäude hatte sieben Abteilungen, jede war mit einem automatischen Tor versehen, und unter dem riesigen Wellblechdach standen genügend Landmaschinen, um ein Dutzend normale Farmen damit zu bewirtschaften.

Zufrieden, weil er sich mit der Szenerie der vermutlich unvermeidlichen Schlacht vertraut gemacht hatte, schlich Bony zum Observatorium und entdeckte dort ein paar interessante Details. Das Gebäude war quadratisch, und die Kuppel ruhte auf mehr als zehn Meter hohen Granitmauern. Der einzige Eingang lag dem Haus gegenüber. Das Tor stand offen und man hörte Musik. Es war fast zehn Zentimeter dick, hatte schwere Eisenscharniere, die wie bei einer alten Kirchentür fast die ganze Breite einnahmen. Es gab weder Schlüsselloch noch Riegel. In der linken Ecke des Gebäudes führte eine Reihe eiserner Sprossen zur Kuppel, und Bony vermutete, daß früher, als das Teleskop dort oben installiert war, gewisse Mechanismen regelmäßig gewartet werden mußten.

Als gehorchten sie einem bestimmten Stundenplan, versammelten sich vor dem Haupteingang des Hauses Leute. Bony huschte ans andere Ende des Observatoriums und spähte um die Ecke, um die Menschen zu beobachten. Sie schritten langsam und feierlich wie Menschen auf dem Kirchgang vorwärts. Der Butler öffnete das Tor des Observatoriums, trat beiseite und ging als letzter hinein. Das Tor blieb einen Spalt offen, und ein breiter Lichtstreifen fiel auf den Boden.

Die Musik verklang, und der gebannt lauschende Bony vernahm gedämpfte Stimmen. Nach kurzer Zeit begann der Organist erneut zu spielen, und Heinrich kam heraus, ging zum Haus zurück, löschte die Außenlampe über dem Haupteingang, schloß die Tür und ging weiter zum Seiteneingang. Er betrat das Haus, und Bony sah, daß er die kleine Halle durchquerte und in einem dahinterliegenden Flur verschwand.

Die Orgel sang wie der Wind in fernen Bäumen, steigend und fallend, gewann allmählich an Kraft, bis sich die Töne zum donnernden Crescendo eines Trauermarsches steigerten.

Bony geriet in Versuchung, sich zum Tor zu schleichen und einen Blick ins Innere des Gebäudes zu wagen. Seine Neugier war nur mühsam zu bezähmen, doch er konnte es nicht riskieren, entdeckt zu werden, solange er Mavis und Beryl noch nicht in Sicherheit gebracht hatte. Er spürte die Wirkung der Musik, sein Pulsschlag beschleunigte sich, und es wurden Gefühle in ihm wach, die seine Vorsicht minderten. Er war zwar selbst kein Musiker, mußte dem Organisten aber ein stilles Lob aussprechen, denn die Musik berührte ihn tief, nahm von ihm Besitz und beflügelte seine Phantasie.

So stark wirkte die Musik auf ihn, daß er Heinrich erst sah, als er schon auf halbem Weg zum Observatorium war. Und dann lief Bony, ohne zu warten, sofort nachdem Heinrich das Observatorium betreten hatte, zur Seitentür, drehte sich um, um zu prüfen, ob er beobachtet worden war, ging rückwärts durch die Tür und riß den Schlüssel vom Haken.

Eine Bewegung in der kleinen Halle hinter ihm ließ ihn herumfahren, und er sah sich einem Mann gegenüber, der aus dem Flur hinter der Halle gekommen war und jetzt mit einem Ausdruck ungläubigen Staunens in den stahlblauen Augen den barfüßigen Bonaparte anstarrte. Sie waren nur ungefähr einen Meter voneinander entfernt.

Bonys Reaktion kam in Intervallen. Zuerst der Zorn auf sich selbst, weil er die Männer, die ins Observatorium gegangen waren, nicht gezählt hatte, denn dieser Mann mußte einer von dem runden Dutzend sein, die bei Tisch gesessen hatten. Dem Zorn folgte Enttäuschung. Den Schlüssel hatte er zwar, aber er mußte noch die Tür des Gefängnisses öffnen und ein paar andere Dinge erledigen. Nichts durfte den Erfolg gefährden.

Die Art, wie der Mann Bony musterte, war unverkennbar

feindselig. Er trat einen Schritt näher und seine rechte Hand verschwand blitzartig in der linken Tasche seines Smokings. Das jedoch war das letzte, was er in diesem Leben tat. Das Drahtschwert fuhr schwirrend durch die Luft und traf das bloße Handgelenk des Mannes. Er taumelte zurück, hob den Kopf, um zu schreien und bot so seine Kehle ungeschützt dem Biß von Bonys Waffe dar.

Der Mann schrie nicht. Bony fing ihn auf, bevor er auf dem Fußboden zusammenbrach.

26

Der »Vorhang«

Bei dem Gedanken, daß der Butler jeden Augenblick zurückkommen konnte, mobilisierte Bony ungeahnte Kräfte. Er schleppte den Toten durch den Flur zu einer Tür, öffnete sie und verschwand mit seiner Last in dem dunklen Zimmer. Er hörte Heinrichs Schritte in der Halle. Hörte, wie sie über den Korridor näher kamen. Bony schloß lautlos die Tür.

Die Schritte gingen vorüber. Im Dunkeln kauerte Bony über dem Toten und nahm ihm eine kleinkalibrige Automatic und eine dicke Brieftasche ab und stopfte beides unter sein Hemd. Dann fand er ein Bett und rollte den Toten darunter. Die tiefsten Orgeltöne drangen sogar bis hierher. Der Rhythmus glich den langsamen Herzschlägen eines Sterbenden. Bony dachte an den Organisten und die Menschen, die ihm zuhörten, und an die beiden Mädchen, die zum Dienst als Hausmädchen gezwungen und ausgepeitscht worden waren. Er dachte an Benson, kalt und starr, und an seine Schwester, steif und unbarmherzig.

Heinrich kam zurück, ging durch den Korridor und durch die kleine Halle. Bony öffnete die Tür und spähte vorsichtig hinaus, um zu sehen, ob der Butler das Haus verließ. Er schlüpfte auf den Flur, schloß die Tür hinter sich, rannte in die Halle und sah durch die offene Tür, daß Heinrich im Observatorium verschwand. Nur ein paar Sekunden später öffnete er das Vorhängeschloß an der Gefängnistür der beiden Mädchen.

Die Tür wurde aufgerissen, die Mädchen stürzten auf ihn zu und berührten seine Hände, seine Arme, seine Schultern, als könnten sie nicht glauben, daß er ihr Retter war.

»Eine schöne Nacht für einen Spaziergang – und anderes«, sagte er. »Sind Sie bereit?«

Er befahl ihnen, kein Wort zu sprechen und so leise wie möglich über den Kies zu gehen. Der Organist spielte etwas in einem ganz ungewöhnlichen Rhythmus, und eine Frau fing an zu singen. Bonys Pulsschlag hatte sich wieder beschleunigt, doch dieser Gesang erregte ihn auf andere Weise. Die Frau sang wunderschön, nicht einmal die steinernen Mauern konnten ihrer Stimme etwas anhaben. Ihre Stimme war so reich und klangvoll, daß sie alle Freuden dieser Welt versprach.

Bony holte tief Luft, atmete wieder aus, nahm die Mädchen am Arm und zog sie fort, am Haus vorbei, durch die offene Pforte und weiter zur Straße. Er empfand Wehmut im Herzen, weil er der Sängerin nicht länger zuhören konnte.

Der schwierigste Teil der Operation war gelungen, aber noch nicht ganz beendet. Der Schlüssel zum Gefängnis der Mädchen steckte in seiner Tasche und hätte schon wieder am Nagel hinter der Tür hängen sollen. Er war an einer so auffälligen Stelle plaziert, daß Heinrich, sollte er wieder ins Haus kommen, ihn vermutlich sofort vermissen würde, obwohl es heißt, daß man ganz alltägliche Dinge, die sich immer auf demselben Platz befinden, gar nicht mehr sieht, wenn man mit anderen Aufgaben beschäftigt ist. Die Überlegung lenkte seine Gedanken in eine andere Bahn. Warum eigentlich zum Haus zurückkehren? Wieder einmal hatte er einen Fall gelöst. Man hatte ihn gebeten, das Schicksal zweier vermißter Mädchen zu klären, und genau das hatte er getan. Ihm blieb nichts weiter zu tun, als die beiden heil aus Baden Park hinauszubringen und sie jemandem zu übergeben, der sie kannte, oder sie zur Polizei zu bringen und die Öffentlichkeit über ihre Geschichte zu informieren. Er hatte körperliche und geistige Entbehrung erduldet und gelitten, und es war eigentlich Mulligans Aufgabe, dieses Nest von Mördern und Entführern auszuräuchern.

War es nicht seine Pflicht, die Mädchen in seine Obhut zu nehmen, bis die Polizei eintraf? Nun, vielleicht ja, vielleicht nein. Pflichtbewußtsein und Eitelkeit kämpften um die Oberhand, und die Eitelkeit unterlag.

»Sehen Sie die Straße?« fragte er laut, weil es nun nicht mehr nötig war zu flüstern.

»O ja«, antwortete das Mädchen zu seiner Rechten. »So dunkel ist es ja nicht.«

»Sind Sie auch warm genug angezogen für den Fall, daß Sie längere Zeit warten müssen?«

»Sind wir. Außerdem ist die Nacht nicht kühl.«

»Gut. Glauben Sie, daß Sie es bis ans Tor im Zaun zu Fuß schaffen? Es ist etwas mehr als eine Meile.«

»Zu Fuß gehen!« rief Mavis. »Ich könnte meilenweit und tagelang zu Fuß gehen! Wir sind doch frei, frei, frei! Vielen, vielen Dank, daß Sie uns von diesen schrecklichen Leuten weggeholt haben.« Ihr Schritt war so beschwingt, als tanzte sie zu unhörbaren Melodien. Beryl preßte nur Bonys Arm an sich, und zu dritt bogen sie in die Straße ein.

»Ich bin froh, daß Sie das sagen, weil ich Sie nicht bis ans Tor begleiten kann«, fuhr Bony fort. »Es ist jetzt kurz vor zwei. In vier Stunden wird es hell, und ich hoffe, daß vor Tagesanbruch eine ganze Streitmacht meiner Polizeikollegen anrückt. Wenn Sie eine Meile geradeaus weitergehen, kommen Sie an ein Tor in einem hohen Maschendrahtzaun. Ungefähr sechs Meter vor dem Tor sehen Sie ein in die Straße eingelassenes schwarzes Metallband. Wenn Sie sich beide daraufstellen, öffnet sich das Tor automatisch. Sobald es offen ist, müssen Sie durchrennen, dann schließt es sich von selbst wieder. Haben Sie das verstanden?«

»Ja, wir stellen uns auf das Metallband vor dem Tor, und es öffnet sich lange genug, um uns durchzulassen.«

»Genau. Weiter im Text: Ich muß noch einmal zum Haus. Wenn Sie allein sind, müssen Sie beide anfangen zu singen, Sie müssen singen, bis Sie das Tor erreicht haben – aber nicht zu laut. Leider werden Sie wegen der Dunkelheit das Tor erst sehen, wenn Sie direkt davorstehen, aber es ist sehr wichtig, daß Sie singen, während Sie sich ihm nähern – leise singen.«

»Gut, machen wir. Aber warum?«

»Weil sehr wahrscheinlich ein Freund von mir hinter dem Tor warten wird. Und wenn Sie sich nicht rechtzeitig bemerkbar machen und er nicht weiß, wer da kommt, könnte er einen Stein oder sonst etwas anderes auf Sie werfen. Glen Shannon ist unglücklicherweise ein bißchen sehr impulsiv.«

»Ich werde mich in diesen Jungen verlieben«, sagte Beryl.

»Ich liebe ihn schon sehr lange«, erklärte Mavis. »Vergiß nicht, Beryl, daß ich ältere Rechte habe.«

»Wie könnte ich das! Seit Jahren hast du mir mit ihm in den Ohren gelegen.« Sie blieb stehen und zwang Bony ebenfalls anzuhalten. »Aber warum gehen Sie zurück? Wozu, wenn die Polizei ohnehin kommt? Die bringen Sie um – schießen Sie über den Haufen. Das weiß ich.«

»Ich werde ihnen keine Gelegenheit dazu geben«, prahlte Bony. »Und außerdem möchte ich die Frau noch einmal singen hören.«

»Das war Cora Benson, die Lady, die so gern Peitschenhiebe zählt«, stellte Mavis erbittert fest, und ihre hübsche Stimme wurde hart. »Sie hat dieses deutsche Lied *Lilli Marlen* gesungen. Singen kann sie, das muß ich zugeben. Haben Sie eine Pistole?«

»Zwei sogar.«

»Dann geben Sie mir eine, und ich geh' mit Ihnen zurück und helfe Ihnen irgendwie.«

»Sie könnten jemanden totschießen.«

»Liebend gern. Heinrich, zum Beispiel.«

Bony überredete sie sanft, zum Tor weiterzugehen, wo sie, wie er hoffte, Glen Shannon treffen würden.

»Überlassen Sie Heinrich mir«, sagte er beschwichtigend. »Denken Sie nicht zurück. Ihre Erlebnisse hier in Baden Park dürfen Sie nicht auf die Dauer belasten. Vor Ihnen liegt das Tor zur Freiheit, das Tor ins Leben, das Tor zur Liebe. Aber bleiben Sie an diesem Tor nicht stehen, gehen Sie weiter und vergessen Sie den Alptraum.«

Er fühlte, wie Beryl Carson erschauerte. Sie war die zartere der beiden, seelisch aber die robustere.

»Hat man Sie je mit der Peitsche geschlagen?« fragte sie.

»Nein«, antwortete er, »aber ich habe entdeckt, daß ich fähig bin, andere zu schlagen. Jetzt genug davon. Bis zum Tor ist es von hier noch eine Meile, und ich muß Sie allein lassen. Sollte Glen Shannon nicht da sein, gehen Sie ein Stück weiter die Straße hinauf, und machen Sie zwischen den Felsblöcken Rast. Warten Sie bis Tagesanbruch, denn im Finstern können Sie Freund und

Feind nicht unterscheiden. Ich werde an Sie denken. Sagen Sie Glen, daß er Baden Park erst mit der Polizei betreten darf.«

»Wir sagen es ihm, keine Sorge«, entgegnete Mavis, und Beryl fragte: »Wie heißen Sie?«

»Ich bin Detective Inspector Napoleon Bonaparte, und meine Freunde nennen mich Bony. Ich hoffe, wir sind Freunde?«

»Ich wünschte, es wäre hell und ich könnte Sie mir richtig anschauen«, sagte Beryl.

»Ich fürchte, das wäre eine herbe Enttäuschung für Sie«, sagte Bony. »Hier trennen sich unsere Wege. Vergessen Sie nicht, leise zu singen.«

Er erschrak, als Beryl und Mavis ihn spontan auf die Wange küßten, aus Dankbarkeit und Erleichterung, die sich mit Worten wahrscheinlich nicht ausdrücken ließ. Reglos stand er auf der Straße und lauschte. Er sah die beiden Mädchen nicht mehr, hörte sie jedoch leise *Tipperary* singen.

Etwa zwanzig Minuten später preßte er sich mit dem Rücken an die Mauer des Observatoriums.

Seinem Gefühl nach hatte sich nichts verändert. Die Feier, das Konzert oder die Messe – was immer es sein mochte – war noch nicht zu Ende. Das Tor des Observatoriums stand noch immer einen Spalt offen. Der Organist spielte etwas Getragenes und Beruhigendes – beruhigend für Bonys Nerven.

Bony genoß die Atempause nach dem zweiten Akt eines aufregenden Melodrams. Er hatte sich aus den Stummeln der Stummel noch eine Zigarette fabriziert, und er hätte es sehr erfreulich und tröstlich gefunden, wenn er irgendwo eine anständige Mahlzeit und etwas zu trinken aufgetrieben hätte. Er hätte sich auch darum bemüht, wenn er gewußt hätte, wo der Butler Heinrich sich im Moment aufhielt. Dann hätte er auch versucht, den Schlüssel wieder an den Nagel zu hängen.

Er schätzte, daß er inzwischen seit mindestens zehn Minuten wieder zurück war und dann noch einmal zehn Minuten untätig abgewartet hatte, und jetzt war er bereit, darauf zu setzen, daß Heinrich im Observatorium und nicht im Haus war, um Erfrischungen zu holen.

Er riskierte einen Blick ins Observatorium und sah eine Frau und mehrere Männer, die auf Betstühlen saßen. Da sie ihm den Rücken zugewandt hatten, konnte er sie nicht identifizieren. Die Stühle standen in einer Reihe, und die Leute saßen vor einem schweren Satinvorhang aus abwechselnd schwarzen und purpurnen Stoffbahnen, der mindestens ein Drittel des Innenraumes abtrennte.

Die Orgel stand nicht in Bonys ziemlich eingeengtem Blickfeld. Der Organist spielte leise einen Walzer von Johann Strauß, und die Leute unterhielten sich miteinander.

Bonys Neugier entzündete sich an dem »Vorhang«. Er war sehr schön, warf in schimmernden Wellen das Licht zurück.

Dahinter war bestimmt eine Bühne, und kein Speck konnte für eine hungrige Maus verlockender sein als dieser Vorhang für Bony. Viele Fragen beschäftigten ihn: Was war auf der Bühne? Warum waren diese Leute hier? Warum stand die Orgel in der Nähe des Tors und nicht auf der Bühne?

Heinrich tauchte in Bonys Blickfeld auf. Er hatte die Hände eines Boxers, das Gesicht eines Einbrechers und einen typischen Preußenkopf.

Bony ging in Deckung, als Heinrich mit einem Tablett voller Gläser auf das Tor zukam.

27

Das Spiel

Während Heinrich zum Haus hinüberging, fragte sich Bony, wieso man den Mann nicht vermißte, den er unter dem Bett versteckt hatte. Es war mehr als eine Stunde vergangen, seit er die Leiche durch den Flur in das Schlafzimmer geschleift hatte, und die einzige akzeptable Erklärung war, daß Benson, seine Schwester und der Butler annahmen, der Mann sei mit irgend etwas beschäftigt.

Die Mädchen müßten inzwischen das Tor erreicht und passiert haben. Hoffentlich war Shannon dort. Die Flucht war noch nicht entdeckt worden, und daher war auch noch nicht aufgefallen, daß der Schlüssel fehlte. Bony hatte die Rückgabe des Schlüssels jedoch schon zu lange hinausgezögert, und jetzt durften die Leute nicht mehr aufgeschreckt werden, bevor Inspector Mulligan erschien.

Die Möglichkeit, den Schlüssel zurückzugeben, wurde vereitelt, als Heinrich die Seitentür schloß, nachdem er die kleine Halle betreten hatte. Jetzt hob sich die Hausfront nur noch als eine durch nichts unterbrochene dunkle Fläche von der Umgebung ab, und Bonys Lage war noch schwieriger geworden, weil er Heinrich nicht mehr beobachten konnte.

Egal, was der Butler vorhatte, er war zu einer unbekannten Größe geworden.

Ein paar Minuten vergingen, Bony schlich zum Haus und drückte auf die Klinke, aber die Tür war versperrt. Seine Hände lagen noch auf der Klinke, als er bemerkte, daß sich vor dem Haupteingang etwas bewegte. Sofort warf er sich zu Boden, schaute nach oben und sah den Mann. Heinrich hatte am Haupteingang kein Licht gemacht; er ging rasch über den runden Platz zu den Nebengebäuden.

Er mußte entdeckt haben, daß der Schlüssel fehlte. Wahrscheinlich hielt er es für möglich, daß er ihn in dem Vorhängeschloß hatte steckenlassen oder in der Nähe der Tür verloren hatte. Bestimmt würde er mit seiner Taschenlampe durch das vergitterte Fenster leuchten und feststellen, daß die Mädchen nicht mehr da waren.

Ein Schuß kam natürlich nicht in Frage. Pistolen sind unvorteilhaft, wenn der Erfolg einer Operation davon abhängt, daß alles lautlos geschieht. Starker Zaundraht ist in einem solchen Fall viel wirksamer. Als Heinrich vor dem Gefängnis stand und Riegel und Schloß ableuchtete, war Bony nicht einmal ein Dutzend Schritte hinter ihm.

Er sah, daß Heinrich auf dem Boden zu suchen begann. Aber er hielt sich höchstens ein paar Sekunden damit auf und marschierte dann plötzlich zu dem vergitterten Fenster. Er zog sich am Gitter hoch, hielt sich mit einem Arm fest und leuchtete mit der Taschenlampe den Raum ab. Er hing noch an dem hohen Fenster und suchte noch immer die beiden Mädchen, als Bonys Draht schwirrte. Die primitive Waffe spaltete sauber die Hautschwarte an Heinrichs Hinterkopf. Die Wunde war nicht tödlich; Heinrich sah nur Sterne und spürte, wie Nacken und Schultern taub wurden. Er ließ sich zu Boden fallen, fuhr herum und griff mit der rechten Hand in eine Tasche. Der Draht schwirrte zum zweitenmal und riß ihm das Gesicht auf. Die Taschenlampe flog in einem hohen Bogen durch die Luft und Heinrich atmete tief ein, um zu schreien. Bony, der zur Seite gesprungen war, um sich in den richtigen Winkel für den Gnadenstoß zu postieren, holte wieder aus, schlug zu, und Heinrich brach, seine Kehle umklammernd, zusammen.

Bony nahm rasch die Taschenlampe an sich, knipste sie aus, hechtete zu der fast unsichtbaren Gestalt zurück und lauschte. Er hörte nichts. Er rannte um das Gefängnis herum, horchte auch hier, schaute zum Observatorium mit den beiden erleuchteten Fenstern hinüber, doch es gab keinerlei Anzeichen für einen Alarm. Er ging zu Heinrich zurück und machte den einzigen Fehler dieser Nacht. Er überzeugte sich nicht, ob der Mann tot war oder noch lebte.

Er eilte wieder zum Observatorium und entdeckte, daß die Kuppel ein Oberlicht hatte.

Kaum eine Minute später kletterte er die in die Mauer eingelassene eiserne Leiter hinauf, die der Wölbung der Kuppel folgte. Das Oberlicht war jedoch von unten mit Stoffbahnen verhängt. Bony kletterte immer höher und verrenkte sich den Hals, weil er hoffte, irgendwo eine Lücke zu entdecken. Er fand tatsächlich eine. Trotzdem wurde er enttäuscht.

Er konnte die Bühne nicht sehen, weil sie nach oben mit irgendeinem dunklen Material abgedeckt war. Er sah jedoch, daß der prächtige Vorhang geöffnet war und drei breite, flache Stufen vom Zuschauerraum auf die Bühne führten. In der Ecke links neben dem Tor stand die große Orgel, an der Simpson saß. Er spielte, den Kopf zurückgelegt, ohne einen Blick auf das Notenblatt zu werfen. Die drei Wände, die Bony überschauen konnte, waren mit abwechselnd schwarz und purpurn gestreiften Draperien verhängt. Bony hielt es für möglich, daß er sich hinter dem reichen Faltenwurf verstecken konnte, wenn er sich hineinschleichen konnte, ohne daß Simpson ihn bemerkte.

Wo sind die Schauspieler? fragte er sich. Die Mädchen hatten gesagt, daß bis auf die beiden Männer, die aus Dunkeld zurückerwartet wurden – es waren die, die Shannon getötet hatte –, alle Bewohner von Garden Park und alle Gäste beim Abendessen gewesen waren. Einen davon hatte er selbst erledigt, und was aus Heinrich geworden war, wußte er auch. Blieben zwei Frauen und elf Männer. Die beiden Frauen und zehn Männer saßen in einer Reihe ungefähr in der Mitte zwischen Tor und Bühne, und der elfte Mann spielte Orgel.

Es konnte keine Schauspieler, keine Entertainer geben. Die Leute dort unten konnten sich bei dieser strahlend hellen Beleuchtung auch keinen Film ansehen. Bony erkannte ihre Gesichter nur undeutlich, doch sie saßen völlig passiv da und starrten auf die Bühne.

Die Musik endete mit einer Serie donnernder Akkorde, und Simpson stand auf und setzte sich auf einen Stuhl in der Reihe. Nach einer angemessenen Pause erhob sich am anderen Ende der Reihe ein Mann. Carl Benson.

Benson ging zur Bühne und verschwand aus Bonys Gesichtsfeld. Er blieb kurze Zeit dort, kam dann zurück und nahm seinen Platz wieder ein. Bony zählte bis zwanzig, bevor Bensons Nachbarin aufstand und zur Bühne ging. Sie blieb für Bony ungefähr so lange verschwunden wie vorher Benson und kehrte mit den steifen Bewegungen einer Schlafwandlerin zu ihrem Stuhl zurück. Als ihr Nachbar zur Bühne ging, wurde Bony klar, daß dies für ihn die Gelegenheit war, sich in das Gebäude einzuschleichen und hinter den Wandbehängen zu verstecken.

Als er zum Tor kam, sah er auf Bensons Seite am Ende der Reihe vier Stuhlrücken. Die vier Stühle waren besetzt, und mit größter Vorsicht schob er das Tor ein wenig weiter auf, bis er den leeren Stuhl und zwischen den Stühlen die Bühne sah. Dort gab es keine Schauspieler, nur einen Mann im Abendanzug, der dem »Publikum« den Rücken kehrte.

Bony zog sich zurück. Der Mann auf der Bühne drehte sich um. Er kam die Stufen herunter und ging langsam zu seinem Stuhl zurück; er war sehr blaß, und seine Augen waren weit aufgerissen. Eine Pause, und sein Nachbar stand auf, ging nach vorn, und Bony schlüpfte in den Kuppelsaal und verschwand hinter dem Wandbehang, lehnte sich genau da mit dem Rücken an die Mauer, wo zwei Stoffbahnen zusammenstießen und eine Falte warfen.

Er schob die Bahnen auseinander und spähte durch den Schlitz. Er konnte die Bühne jetzt deutlich sehen.

Der Hintergrund und die Seiten waren mit goldfarbenen Tüchern dekoriert. An der Rückwand hing, die Schwingen wie zum Flug gebreitet, ein schwarzer Doppeladler, der so groß war, daß der Mann auf der Bühne im Vergleich zu ihm wie ein Zwerg wirkte. Der Mann stand neben einem Marmorsockel. Auf dem Sockel lag eine dicke Steinplatte, grün und halb durchsichtig. Auf dieser Steinplatte wiederum stand ein schwarzer Sarg mit offenem Deckel.

Simpson war der letzte, der zum Sarg pilgerte. Als er zurückkam, setzte er sich wieder an die Orgel und begann ein Stück aus Richard Wagners *Ring der Nibelungen* zu spielen. Er endete mit der Hymne *Deutschland, Deutschland über alles*, einer Flut von

Tönen, die über Frauen und Männer hereinbrach wie ein Gewitter. Sie hatten sich erhoben und standen reglos da, während sich der Vorhang von beiden Seiten mit leisem Rauschen schloß.

Die letzten Töne verklangen, und Benson hob die Hand, doch den Grund für dieses Signal sollte Bony nie erfahren, denn plötzlich begann irgendwo über dem Tor eine Klingel zu schrillen. Bensons Gesicht wurde rot vor Zorn, Simpson fuhr auf seinem Sitz an der Orgel herum und machte ein genauso bestürztes Gesicht wie die anderen. Die Klingel schrillte weiter, gebieterisch, unüberhörbar. Benson war fuchsteufelswild, sah einen nach dem anderen an, als zähle er die Anwesenden und schrie: »Wo ist Heinrich? Jim, stell fest, was deine Leute wollen!«

Die Klingel verstummte, als Simpson zum Tor ging, das Bony natürlich nicht geschlossen hatte. Simpson öffnete es noch weiter und wäre fast mit Heinrich zusammengeprallt, der hereintaumelte, wild um sich schaute, als sei er betrunken, und auf Benson zuwankte.

»Was ist mit Ihnen los, Heinrich?« fragte Benson schroff, eine im Grunde überflüssige Frage, denn der Butler sah aus, als sei er in eine Häkselmaschine geraten. Er schwankte, wollte etwas sagen, brachte jedoch kein Wort heraus und schloß, offenbar einer Ohnmacht nahe, die Augen.

Aber dann gelang es ihm doch mit größter Anstrengung, sich auf den Beinen zu halten. Niemand bot ihm Hilfe an. Niemand brachte ihm einen Stuhl. Von allen, die ihn erstaunt anstarrten, konnte jedoch niemand erstaunter sein als Napoleon Bonaparte.

»Wenn Sie erlauben, Carl, werde ich mich um Heinrich kümmern«, sagte der Mann, der nach dem Essen den Toast ausgebracht hatte. »Odgers, helfen Sie Heinrich ins Haus.«

Als zähle der Zustand des Butlers überhaupt nicht, sagte Benson: »Vielen Dank, Dr. Harz. Jim, hab' ich nicht gesagt... Das Telefon, beeil dich! Meine Damen und Herren, gehen Sie ins Haus zurück. Conrad, machen Sie Ihre Maschine startklar.«

Das Geräusch von Heinrichs durch den Kies schleifenden Füßen war durch die offene Tür deutlich zu hören, und als die letzten hinausgingen, hörte Bony Cora Benson fragen: »Warum war Bertram heute abend nicht bei uns?«

»Er hat über schreckliche Kopfschmerzen geklagt, Cora«, antwortete Benson. »Er wollte sich ein bißchen hinlegen und später nachkommen. Seine Abwesenheit könnte etwas zu bedeuten haben. Wir müssen ...«

Die Stimme verstummte, wurde von einem dumpfen Schlag abgeschnitten. Der Luftdruck verriet Bony, daß das Tor geschlossen worden war.

Er lauschte, hörte jedoch nichts mehr. Ohne die Wandbehänge noch mehr zu verschieben, konnte er weder das Tor noch die Orgel sehen. Er wartete angespannt, hielt den Atem an, um besser zu hören, und kam, als das Licht ausging, zu dem Schluß, daß er allein war. Er entspannte sich, lehnte sich an die Wand und begann im Geist, Weizen und Spreu zu trennen – die Fakten von Eindrücken, Wahrscheinliches von Möglichem.

Benson hatte Simpson befohlen, nachzusehen, was seine Leute wollten, und das hing bestimmt mit der Klingel zusammen, obwohl sie nicht wie eine Telefonklingel geklungen hatte. Es bedeutete, daß sich jemand vom Baden Park Hotel gemeldet hatte und der Apparat im Haus mit einer Klingel im Observatorium verbunden war.

Wer konnte vom Hotel aus anrufen? Falls Mrs. Simpson und Ferris nicht zurückgekommen waren, wer konnte sich noch dort aufhalten? Nur der alte Mann, und er konnte das Bett nicht verlassen. Es konnte nicht Mulligan sein, denn selbst, wenn er schon so früh gekommen wäre, würde er keinen solchen Fehler begehen.

Glen Shannon? Unwahrscheinlich. Shannon mußte längst aus Dunkeld zurück sein, das erste Tor für Mulligan geöffnet haben und selbst am Haupttor bereitstehen.

Bertram? Nein, Bertram war tot. Daran gab es keinen Zweifel. Bony hätte sich genauso überzeugen müssen, daß Heinrich tot war, bevor er ihn hinter dem Gefängnis liegengelassen hatte. Das war ein Fehler, der ihn, bevor die Nacht zu Ende war, noch teuer zu stehen kommen konnte, denn ohne Zweifel würden sie Heinrich zum Reden bringen oder ihn – wenn er nicht sprechen konnte – alles aufschreiben lassen, was ihm passiert war.

Wie spät war es wohl? Wie lange dauerte es noch bis Tagesanbruch? Seit wann war er jetzt wohl hier? Es war inzwischen bestimmt schon vier Uhr – vielleicht auch später, und jeden Augenblick würde Mulligan eintreffen und wie ein Tornado über Baden Park herfallen.

Bevor es so weit war, hatte Bony jedoch noch einiges zu erledigen. Er mußte Bensons Geheimnis aufdecken, mußte die Motive für Entführung und Mord finden und herausbekommen, warum Benson diese Deutschen – denn Deutsche waren es offensichtlich – so gastfreundlich behandelte. Der Sarg auf der Bühne könnte vielleicht einiges enthüllen.

Die Stille im und um das Observatorium blieb ungebrochen, als Bony, an der Wand entlanggleitend, die Behänge mit den Händen teilte, so daß sie am Ende wieder so zusammenfielen, als hätte niemand sie berührt. Er kam zum Tor, tastete nach Klinke oder Knauf, fand weder das eine noch das andere, stellte fest, wie fugenlos das Tor in den Rahmen paßte, und kam zu dem Schluß, daß es, wie das Einfahrtstor, elektrisch gesteuert wurde.

Was für ein Jammer, denn er würde hier gefangen sein, wenn Mulligan und seine Männer eintrafen. Aber – er war dem Kern des Geheimnisses ganz nah. Seit etwa einer Stunde beschäftigte ihn eine geradezu wahnwitzige Idee, falls sie sich jedoch bewahrheitete, würde sein Ruhm unsterblich sein.

In einer seiner Taschen entdeckte er eine Streichholzschachtel, die noch etwa ein halbes Dutzend Hölzchen und eine ziemlich lange Zigarettenkippe enthielt, die er ganz vergessen hatte. Er machte sich Vorwürfe, weil er Heinrichs Taschenlampe nicht mitgenommen hatte, auch wenn er nicht vorhersehen konnte, wie sich die Situation entwickeln würde.

Von der kleinen Streichholzflamme geleitet, ging er durch den Zuschauerraum zur Bühne. Als er in der Nähe des Vorhangs war, erlosch das Streichholz. Mit beiden Händen tastete er nach dem Vorhang, und der kühle Satin streichelte seine Finger. Er fand die Stelle, an der sich der Vorhang teilte, stieg die Stufen hinauf, und die üppigen Satinfalten fielen wieder zusammen. Er zündete ein zweites Streichholz an und hielt es in die Höhe.

Irgendwo pumpte ein Motor Wasser. Es war ein monotones Geräusch, und er wünschte, es würde aufhören. Es erlaubte ihm nicht, so angestrengt zu horchen, wie die Situation es erforderte, denn schließlich mußte er sofort reagieren können, wenn die Tür aufging und jemand hereinkam. Als er Motorengeräusch vernahm, wurde ihm klar, daß das Pumpen sein Herzschlag war.

Der gewaltige Doppeladler bedeckte fast die ganze Rückwand, und zwischen ihm und Bony stand auf der grünen Steinplatte der Sarg. Das Streichholz verlöschte, als Bony einen Fuß auf den Marmorsockel setzte.

Er zündete ein weiteres an und schickte sich an, die Bühne zu verlassen, zögerte und sollte in alle Ewigkeit dankbar sein, daß er in dieser Nacht nicht einen zweiten Fehler beging. Er stieg auf den Sockel und tastete sich, einen Fuß vor den anderen setzend, im Dunkeln vorwärts, bis er gegen die grüne Platte stieß.

Die phantastische Idee, mit der er sich jetzt schon über eine Stunde herumschlug, brachte ihn so durcheinander, daß er die beiden nächsten Streichhölzer abbrach. Jetzt hatte er nur noch eins.

Vorsichtig – sei bloß vorsichtig! Halte die Schachtel und das Streichholz von dir weg, sonst erlischt es im Regen. Regen! Er kitzelte ihn im Gesicht, sammelte sich an seiner Kinnspitze und tropfte von dort hinunter. Irgendwo draußen in der schönen, warmen Nacht begann ein schwerer Flugzeugmotor zu dröhnen, stotterte, verstummte, spuckte wieder und lief schließlich rund.

Mit dem letzten Streichholz hatte Bony Glück. Glas schimmerte im Licht. Seine Hand zitterte. Er beugte sich über den Sarg, brachte Augen und Streichholz dicht an das Glas. Eisblaue und rubinrote Edelsteine blitzten. Im Sarg unter dem gläsernen Deckel lag ein Mann in Uniform. Ein wächsernes Gesicht, schwere Züge, ein schwarzes Bärtchen. Das Bild verblaßte und verschwand.

Die Dunkelheit war undurchdringlich, doch in Bonys Kopf brannte ein ganzes Feuerwerk an Visionen ab. Vor sich sah er Zeitungen aus jedem Winkel der Welt, und in jeder stand sein Name. Er saß oder stand mit Leuten vor Rundfunkapparaten, und aus jedem kam sein Name. Die ganze Welt kannte ihn – ihn, den Mann, der das größte Rätsel dieser Welt gelöst hatte.

Doch selbst in diesem Moment behielt der Instinkt des halben

Aborigines die Oberhand. Er legte das abgebrannte Sreichholz zu den anderen in die Schachtel zurück und steckte die Schachtel in die Tasche. Dann stieg er, ein triumphierender Cäsar, von der Bühne und ging, ohne im Dunkeln gegen einen Stuhl zu stoßen, zur Tür.

Er mußte Mulligan und nicht ihm allein, sondern Mulligan und vielen anderen Zeugen zeigen, was er entdeckt hatte; er wußte jetzt, warum die beiden Mädchen entführt und wie Sklavinnen gehalten worden waren , warum Edward O'Brien ermordet, sein Leichnam verbrannt und dieser unüberwindliche Zaun um Baden Park gezogen worden war – und was er vor der Welt abschirmte.

Die Tür war geschlossen, und er konnte sie nicht öffnen. Er mußte hinaus. Sofort. Er mußte sich mit Mulligan in Verbindung setzen, bevor etwas geschah, das ihn um den ewigen Ruhm betrog.

Und während er dastand und sich an das Tor klammerte, daran zu rütteln versuchte, gingen überall im Raum die Lichter an.

28

Der Ruhm wird schal

Schwere Männerschritte näherten sich dem Tor. Es wurde geöffnet, und Bony ging hinter dem Wandbehang in Deckung. Benson kam herein, gefolgt von sechs Männern in Abendkleidung. Einzeln hätte in einer Versammlung von leitenden Angestellten keiner besonders hervorgestochen, doch als Gruppe fielen sie durch rassische Merkmale ebenso auf wie durch ihre Haltung.

»Ihnen, meine Herren obliegt die Ehre«, sagte Benson. »Und an mir ist es, Ihnen das hehre Gut anzuvertrauen, für das mir ein Jahr lang die Verantwortung auferlegt war. Sie sollen es von hier zu jenen begleiten, die erwählt wurden, es weiterhin zu hüten.

Captain Conrad wird mit seiner Maschine auf meinem Besitz in der Nähe von Portland landen. Dort erwartet Sie ein Lastwagen, der unser höchstes Gut und Sie zu einem Kai bringt, wo Mitglieder meiner Bootsmannschaft Sie in Empfang nehmen werden. Ich bitte Sie, dem U-Boot-Kommandanten mein Bedauern darüber auszudrücken, daß ich es versäumt habe, jede Vorsichtsmaßnahme zu ergreifen und jeden Umstand in Betracht zu ziehen, der den für den achtundzwanzigsten März vorbereiteten Plan gefährden konnte. Deshalb sehe ich mich bedauerlicherweise gezwungen, die kostbare Fracht unnötigen Risiken und Gefahren auszusetzen. Wie Sie wissen, war im Plan der Transport zu meinem Besitz bei Portland auf der Straße vorgesehen, da dieser Weg der sicherste ist. Der Lufttransport, dem wir den Schatz anvertrauen müssen, bringt es mit sich, daß Sie sich rund drei Stunden früher als vorgesehen an Bord meines Bootes begeben werden und auch das Treffen mit dem U-Boot um drei Stunden vorverlegt werden muß.

Mrs. Tegen begleitet Sie. Ernst, der den Laster fährt, Wilhelm und Mrs. Tegen sind schon beim Flugzeug. Meine Schwester bleibt bei mir. Ebenso Heinrich und Simpson. Wir werden unsere Verhaftung nicht abwarten. Lebendig bekommt uns niemand. Das ist alles.«

Benson ging zur Orgel und drückte auf einen Knopf, der den Mechanismus des Bühnenvorhangs in Gang setzte. Bony sah ihn auf die Bühne steigen, wo er sehr behutsam den Sargdeckel schloß. Die sechs Männer nahmen den Sarg auf und trugen ihn aus dem Gebäude. Benson folgte ihnen. Ihre Füße scharrten draußen im Kies, marschierten, marschierten...

Das durfte nicht sein. Egal, was aus ihm wurde, es durfte nicht sein! Bony stürmte hinter den Wandbehängen hervor, stürzte zum Tor, und es war ihm egal, daß er im hellen Licht jetzt für alle deutlich zu sehen war.

Die Flugzeugmotoren dröhnten gleichmäßig mit halber Kraft. Ein Wagen kam herangerast. Das Verandalicht brannte. Das Hausdach hob sich wie eine Gravur vom allmählich fahler werdenden Himmel ab. Rechts stand Benson mit der Taschenlampe und leuchtete den sechs Sargträgern.

Der Lärm des Automotors übertönte die Flugzeugmotoren, als der Wagen mit blockierenden Rädern über den freien Platz vor dem Haus rutschte, schleuderte und beinahe umkippte. Simpson stieg aus, rannte zum Eingang des Observatoriums, schaute hinein, drehte sich um und lief zum Haus, wo Cora Benson auf der Veranda stand.

»Sie haben das Tor aufgebrochen, Cora!« schrie er. »Es war offen. Wir sind ausgestiegen und haben nachgesehen. Jemand hat Steine auf das Metallband gelegt, um es offenzuhalten. Während wir uns noch umschauten, ist Heinrich gefallen – von Feindeshand. Ich habe gehört, wie die Kugel ihn traf. Sie benutzen Schalldämpfer. Auf mich haben sie auch geschossen. Das können nicht die gleichen Leute gewesen sein, die ins Hotel eingebrochen sind und den Alarm ausgelöst haben. Kommst du nicht mit? Komm doch – wir verpassen sonst das Flugzeug.«

»Ich gehe nicht«, sagte Cora Benson langsam und fügte hinzu: »Und du auch nicht.«

»Aber ich muß weg. Ich kann nicht bleiben. Ich kann nicht...«

Er machte kehrt und lief auf Benson und die Sargträger zu. Sein Smoking war am Rücken zerrissen, und eine Schulter und ein Ärmel flatterten hinter ihm her.

Bony folgte der Gruppe. Er hätte Simpson stellen und wegen Mordes an Edward O'Brien verhaften können, aber was und wer war Simpson noch im Vergleich zum Inhalt dieses Sarges, der durch den Garten zu dem wartenden Flugzeug getragen wurde?

Bony hörte Simpsons flehende, ängstliche Stimme. »Du mußt mich auch gehen lassen, Carl! Jemand war am Tor. Heinrich ist tot. Sie benutzen Schalldämpfer. Die Polizei ist unterwegs. Ich kann nicht hierbleiben, Carl, nicht jetzt. Ich kann nicht ins Hotel zurück.«

»Nein, Jim, du kannst nicht ins Hotel zurück«, antwortete Benson kalt. »Du kannst aber auch nicht mitfliegen.«

»Ich muß, Carl. Die Polizei wird alles aufdecken. Sie wird es von den Mädchen erfahren, die geflüchtet sind, wird erfahren, daß ihr die beiden gezwungen habt, für euch zu arbeiten. Sie wird alles über Ted O'Brien rauskriegen. Ich habe es dir nicht gesagt, aber ich habe gesehen, daß jemand in der Höhle war, in der ich ihn begraben hatte. Ich sage dir, die Polizei wird alles herausfinden, auch das von Price und daß er auf deinen Befehl erschossen wurde.«

Die kleine Prozession hielt vor der Gartenpforte, und Benson öffnete sie. Bony wartete darauf, daß die Träger die Pforte passierten, damit er sie überholen konnte, um vor ihnen beim Flugzeug zu sein und es durch Schüsse in die rotierenden Propeller manövrierunfähig zu machen. Simpson nahm sein Betteln und Flehen wieder auf.

»Laß mich gehen, Carl! Bitte, bitte, laß mich fort! Ich habe unserem hehren Gut alles geopfert, alles getan. Wir müssen alle fort, du, Cora und ich. Die Polizei...«

»Du kannst nicht mit, Jim. Das Flugzeug ist voll, und ich werde das hehre Gut nicht dadurch gefährden, daß ich die Maschine überlade. Du bist das schwache Glied in dieser Organisation, die sonst perfekt gewesen wäre. Wir haben beide Fehler gemacht. Wir müssen beide dafür bezahlen, ich in ein paar Minuten, du jetzt. Ist Heinrich wirklich tot?«

»Ja. Sicher. Cora...«

»Cora wird nie abtrünnig werden. Ich auch nicht. Du würdest uns verraten, und deshalb...«

Ein leises Klicken, ein scharfer Knall. Simpson taumelte, fiel nach vorn, versuchte sich aufzurichten und stürzte wieder. Benson beugte sich über ihn, preßte dem Freund die Pistole an die Stirn und schoß noch einmal. Die Sargträger kamen nicht einmal aus dem Tritt. Sie gingen weiter auf das Flugzeug zu, das ungefähr hundert Meter von der Gartenpforte entfernt war.

Es war inzwischen hell genug geworden, daß man einen laufenden Mann sehen konnte, und Benson löschte seine Taschenlampe. Hinter der Gartenpforte war es noch heller. Da gab es keine Bäume mehr, die Schutz bieten konnten, und Bony mußte an den Sargträgern vorbei. Die Berge jenseits des Tals begrüßten mit gezackten Graten die Morgendämmerung, aber Bony, nur darauf bedacht, irgendwo ein Minimum an Deckung zu finden, hatte keinen Blick für ihre Schönheit. Es gab kein anderes Versteck als die Pfosten des weißgestrichenen Gatterzauns, der die Herden vor dem wirbelnden Wasserlauf schützte.

Lautlos rannte Bony auf den Zaun zu, er wollte auf der anderen Seite parallel mit ihm zum Flugzeug laufen, das in der Nähe wartete. Der Zaun schien stark zu sein. Aber das Glück verließ Bony grausam. Als er mit einer Flanke über das Gatter setzen wollte, brach es mit lautem Krachen zusammen.

»Geht weiter!« brüllte Benson. »Wartet nicht! Ich halte den Kerl fest!«

Bony hörte in seinem linken Arm einen Knochen brechen, aber er fühlte keinen Schmerz, und nachdem er sich über die Schulter abgerollt hatte, sah er Benson hinter den Sargträgern hervor- und auf ihn zustürmen. Benson ließ sich fallen, eröffnete das Feuer und schickte eine Kugel in den Pfosten, hinter dem Bony instinktiv Deckung gesucht hatte.

Wieder feuerte Benson, und wieder traf die Kugel den Pfosten, der einen Durchmesser von nur ungefähr zwölf Zentimetern hatte. Bony versuchte sich so schmal wie möglich zu machen und hätte am liebsten laut aufgeschrien, als ein großer Holzsplitter ihm die Seite aufriß. Der Schmerz verging. Doch gleich darauf jagte ein neuer Schmerz brennend durch seinen gebrochenen Arm, aber mit unglaublicher Willenskraft verdrängte Bony jede Empfindung. Er konzentrierte sich nur noch auf Benson.

Benson robbte auf ihn zu. Hinter Benson wurde das leicht dunstverschleierte Gelände um das elektrische Tor herum von den Scheinwerfern von Mulligans Wagen überflutet. Benson schoß wieder, und Bony hörte den Knall und fühlte den Luftzug, als die Kugel neben dem Pfosten und haarscharf an seinem Gesicht vorbeipfiff.

Die Flugzeugmotoren dröhnten lauter, aber Bony wagte nicht, hinüberzublicken. Benson war höchstens noch zehn Meter von ihm entfernt, ruhig, kalt, furchtlos, mit furchtbarer Präzision zielend, und Bony mußte sich vom Pfosten wegrollen, um mit dem gesunden rechten Arm auf Benson zielen zu können.

Bensons nächste Kugel traf Bonys linkes Bein über dem Knie, und er hatte das Gefühl, daß ihm das Bein abgerissen wurde. Er sah Bensons weißes Gesicht, sammelte sich, hielt den Atem an und feuerte. Wie gern hätte er laut gejubelt, als Benson heftig zuckte und sich dann nicht mehr rührte! Er beobachtete ihn ein paar Sekunden lang und wußte dann, daß Benson sich nie wieder rühren würde.

Bonys Hochstimmung verging jedoch so schnell, wie sie gekommen war. Die Träger reichten den Sarg über eine kurze Leiter zu den Leuten hinauf, die bereits im Flugzeug waren. Vor einem Rad des Fahrwerks kauerte ein Mann. Die rotierenden Propeller glichen einem Libellenschwarm. Noch war es möglich, die Maschine zu erreichen.

Trotz des gebrochenen Arms und des verletzten Beines schaffte es Bony, sich am Pfosten in die Höhe zu ziehen und sich dann halb über das Gatter zu legen. Der Boden vibrierte. Alles verschwamm vor Bonys Augen: Tal, Flugzeug, Männer, Haus. Dieses verdammte Gatter hatte ihn zur Strecke gebracht und den größten Teil seines Triumphs zunichte gemacht. Wenn er nur näher an das Flugzeug heran könnte.

Er konnte vielleicht ... Er versuchte sich am Gatter entlangzuschieben. Die Polizei würde sich den Sarg holen. Mulligan mußte jeden Polizeibeamten südlich von Baden Park dazu abkommandieren, das Flugzeug zu suchen. Es mußte irgendwo landen – in der Nähe von Portland, hatte Benson gesagt. Die Polizei würde den Laster anhalten, bevor er Portland erreichte, und verhindern, daß der Sarg auf das Boot gebracht wurde. Die Polizei in Portland konnte den Laster erwarten, wenn man per Telefon Instruktionen durchgab.

Doch nicht ihm würde die Ehre zuteil werden, Sarg und Inhalt der Welt zu präsentieren; nicht er würde zu Mulligan und seinen Leuten sagen: »Dies war das Motiv für die Entführung der beiden jungen Mädchen, den Mord an Detective Price, den Mord an Edward O'Brien. Dies...« Nicht er würde den Sargdeckel heben und ihnen zeigen, wer, unter Glas versiegelt, in diesem Sarg ruhte.

Sein Arm war eine Last, die seine Schulter kaum noch heben konnte. Das Bein war nicht so schlimm, aber er konnte dennoch nicht viel tun. Wie weit weg war dieses Flugzeug? Achtzig Meter. Vielleicht konnte er es noch aus dieser Entfernung treffen. Er mußte es versuchen. Die Sargträger waren bereits die Leiter hinaufgestiegen. Ein Mann nahm die Bremsklötze weg und rannte zur Leiter. Er kletterte hinauf, gab der Leiter einen Tritt, und sie fiel um. Das Flugzeug rollte. Der Boden bebte, und das Gatter wackelte. Der Lärm war ohrenbetäubend. Tragflächen schoben sich vor die Berge. Nur der Himmel war still. Und dann war das Flugzeug in der Luft, donnerte über das Haus, zog eine weite Schleife und flog auf die Berge zu, deren mächtige wellenförmige Kämme Feuer gefangen zu haben schienen. Bald war die Maschine nur noch so groß wie eine Biene, die lange zwischen den fernen, wie in Gold getauchten Bergzügen zu schweben schien. Am Ende verschwand sie in einer Wolke.

Dann stand Shannon neben ihm, und seine kräftigen Finger entwanden Bonys Hand die Pistole.

»Holen Sie Mulligan«, sagte Bony tonlos.

»Mulligan hat zu tun«, antwortete Shannon. »Sie sind übel dran, alter Freund. Kommen Sie lieber von dem Gatter runter, und legen Sie sich ins Gras. Wo hat es Sie erwischt?«

»Kümmern Sie sich nicht um mich, Shannon. Holen Sie Mulligan, schnell!«

»Keine Sorge, Bony, alter Freund. Mulligan kommt von selber. Die Polizei ist überall. Ich helf' Ihnen runter. Beinschuß, wie? Die Kleider voller Blut. Der Arm ist außerdem verletzt. Vorsichtig, nur vorsichtig! Ich wünschte, wir wären früher gekommen. Ich und die Mädchen sind auf dem Motorrad hinter Simpson her, aber wie soll man es mit diesem Buick aufnehmen? Ich hab' die Mädchen bei der Benson gelassen, damit sie ihr ein bißchen was von dem heimzahlen können, was sie ihnen angetan hat. Sie hat mit dem Gewehr auf uns gezielt, ich hab' es ihr mit einem meiner Messerchen aus der Hand geschlagen. Dann hat Mavis die Flinte gepackt. Es hat sie verdammt in den Fingern gejuckt, abzudrücken. Ihre Freundin hat die Benson inzwischen gefragt, was sie als Entschuldigung vorzubringen hat. Jetzt wollen wir mal Ihre Jacke ausziehen und nachsehen, wo's fehlt.«

Die Sonne war untergegangen, und es wurde dunkel. Bony hörte Mulligans Stimme und kämpfte gegen etwas Weiches an, das ihn einhüllte. Er mußte Mulligan erklären – von dem Sarg erzählen – berichten, wohin sie ihn brachten.

Er hörte Mulligan sagen: »Was ist los? Inspector Bonaparte? Ist er tot?«

Bony versuchte es Mulligan zu erklären, aber niemand hörte ihm zu. Er konnte weder Mulligan noch Shannon sehen, wünschte aber, Shannon würde endlich den Mund halten und ihn reden lassen. Er mußte Mulligan von dem Sarg erzählen, bevor – bevor...

Shannons Stimme schien sehr weit weg zu sein.

»Nein, tot ist er noch nicht, glaube ich. Das ist vielleicht ein Kerl. Drei schwere Verletzungen und schießt noch auf ein Flugzeug. Was für ein Mann! Was für ein Freund! Es gibt zwanzig Millionen Cops auf dieser Welt, und von ihnen allen ist er der einzige Freund der Shannons aus Texas.«

Er träumte viel und oft. Gesichter tauchten in seinen Träumen auf. Viele erkannte er nicht, aber unter ihnen waren auch die Gesichter von Superintendent Bolt, Inspector Mulligan, Glen Shannon und das des Mädchens mit dem herrlichen rotblonden

Haar und das des anderen Mädchens, das ein so ungewöhnlich schönes Gesicht hatte.

Als er aus seinen Träumen erwachte, fiel ihm zu allererst auf, daß er in einem Bett lag. Eigentlich nicht besonders bemerkenswert, denn Betten waren zum Schlafen erfunden worden. Dann tauchte hoch über ihm ein Gesicht mit den blausten Augen auf, die er je gesehen hatte, ein Gesicht, das ein Schwesternhäubchen krönte.

Die Schwester lächelte auf ihn herunter, und er versuchte zurückzulächeln. Dann schlief er wieder ein, und als er das nächstemal erwachte, beugte sich eine andere Krankenschwester über ihn. Sie hatte große graue Augen.

»Was für ein Datum haben wir heute, Oberschwester?« fragte er.

»Zerbrechen Sie sich darüber nicht den Kopf. Sprechen Sie nicht – noch nicht.«

»Was für ein Datum haben wir heute, Oberschwester?« wiederholte er.

»Den vierten April«, gab sie nach. »Jetzt liegen Sie aber still. Der Doktor wird Sie sich gleich ansehen. Und machen Sie sich bitte keine Sorgen.«

Sie sah, daß sich sein Blick umwölkte und vermutete schon, er werde gleich anfangen zu weinen. Als sie merkte, daß er die Lippen bewegte und wie sehr der Versuch zu sprechen, ihn anstrengte, hielt sie es für klüger, ihm zuzuhören und ihn zu beschwichtigen.

»Hat man das Flugzeug aufgespürt, Oberschwester?« fragte er kraftlos, und sie antwortete:

»Ja. In der Nähe von Portland. Es war leer. Und soviel ich weiß, hat man die Leute, die an Bord waren, nicht gefunden. Jetzt dürfen Sie aber wirklich nicht mehr sprechen, und ich muß den Doktor holen.«

»Ihr größter Erfolg, Bony«, sagte Superintendent Bolt am nächsten Tag. »Diese Mädchen zu finden und dort herauszuholen, war verdammt gute Arbeit. Die Zeitungen sind voll davon. Wie wir, brennen auch die Journalisten darauf, das ganze Drumherum zu erfahren. Nehmen Sie sich nur Zeit, und erzählen Sie Ihrem alten Freund, was dahintersteckt. Muß ein verdammt harter Kampf gewesen sein.«

»Sie haben die Leute aus dem Flugzeug nicht verhaftet?« fragte Bony.

»Nein. Die Maschine landete sieben Kilometer von Portland entfernt auf einer Farm, die Benson gehörte. Die Telefonleitungen waren rund ein halbes dutzendmal gekappt, und dadurch kam es zu einer unglückseligen Verzögerung. Nachdem wir das Flugzeug entdeckt hatten, konnten wir durch Zeugenbefragung ermitteln, daß eine große Kiste und mehrere Männer von einem Lastwagen in ein kleines Boot umgeladen worden waren, das sie zu Bensons Yacht brachte. Sie lief sofort aus, als Fracht und Passagiere an Bord waren. Am nächsten Tag haben wir mit Booten und Flugzeugen die Suche nach der Yacht aufgenommen, aber sie wurde nicht gesichtet. Die Jagd geht noch weiter.«

»Wirklich ein Jammer, Super, daß ich mich nicht lange genug halten konnte, um Mulligan Bericht zu erstatten. Was ist aus der Benson geworden? Hat man sie verhaftet?«

»Ja. Aber sie redet nicht, und bisher können wir sie nur wegen Entführung vor Gericht stellen.«

»Was habt ihr von Shannon erfahren?«

»Nichts als Mavis, Mavis, Mavis. Sagt, er will Sie nicht belästigen.«

»Ihr habt ihn doch nicht festgenommen, oder?«

»Nein. O nein. Er heiratet heute vormittag. Mulligan hat sich freigenommen und spielt den Brautführer. Und jetzt erzählen Sie mir die Geschichte, oder ich platze.«

Schön der Reihe nach berichtete Bony seine Erlebnisse von dem Augenblick an, als er sich durch die Hintertür in Baden Park eingeschlichen hatte. Er ließ nur aus, was er in dem Sarg gesehen hatte: diese phantastische Idee, dieses Gesicht, das er im Schein eines flackernden Streichhölzchens erkannt hatte.

»Sie waren alle miteinander ein schlimmer Haufen«, fuhr Bolt fort. »Der alte Simpson ist fast zu Tode erschrocken, als Mulligan und seine Leute das Hotel durchsuchten. Die Angst hat ihn wahrscheinlich um den Verstand gebracht, den armen alten Kerl.

Mulligan sagt, daß das ganze Haus verkabelt war. Sie waren noch nicht mal eine Minute drin, als sie feststellten, daß jemand auf der Baden Park Station Alarm ausgelöst hatte. Sonst haben sie nichts gefunden. Nicht mal einen Fingerhut voller Beweise. Und jetzt, Bony, bitte! Bitte sagen Sie mir, Ihrem alten Freund, was in der Kiste war.«

»Ich weiß es nicht, Super.«

»O doch, Sie wissen es.«

Bony schloß die Augen, als ob er müde sei, und er war es auch tatsächlich.

Die Schwester mischte sich ein, sagte, ihr Patient sei erschöpft und der Superintendent müsse gehen. Bony sah zu dem Gesicht des Mannes auf, vor dem er großen Respekt und den er außerdem sehr gern hatte, und er sagte: »Ich vermute, was in der Kiste war, Super, und vielleicht vertraue ich Ihnen meine Vermutungen an, wenn wir beide in Pension sind. Hätte ich die Kiste und ihren Inhalt an mich bringen können, wäre die Welt, glaube ich, zutiefst bestürzt gewesen.

Ich habe einen sehr großen Fehler begangen, als ich dachte, ich hätte den Butler Heinrich getötet, und ich will nicht noch einen Fehler machen, indem ich über Vermutungen rede. Hätte ich nachgesehen, ob Heinrich tot war, und ihn unschädlich gemacht, hätte er nicht auftauchen und Benson alarmieren können. Ach, Super! Ich bin ein Narr. Hätte ich nur auf Mulligan gewartet.«

»Was war in der Kiste?« Superintendent Bolt bettelte fast um die Antwort. »Sagen Sie's mir. Seien Sie fair.«

»Nun ja, Super, ich habe die Idee – aber wirklich nur die Idee, vergessen Sie das nicht –, daß der Inhalt dieser Kiste für Benson und seine Genossen von ungeheurer Bedeutung war.«

Bolt seufzte, schüttelte den Kopf und sagte mit übertriebenem Nachdruck: »Sagen Sie es mir! Sofort!«

Er sah in Bonys Augen ein Lächeln aufblitzen und hörte ihn mit dem gleichen Nachdruck sagen: »Ich fürchte, Sie haben sich mit Glen Shannon aus Texas verbündet.«